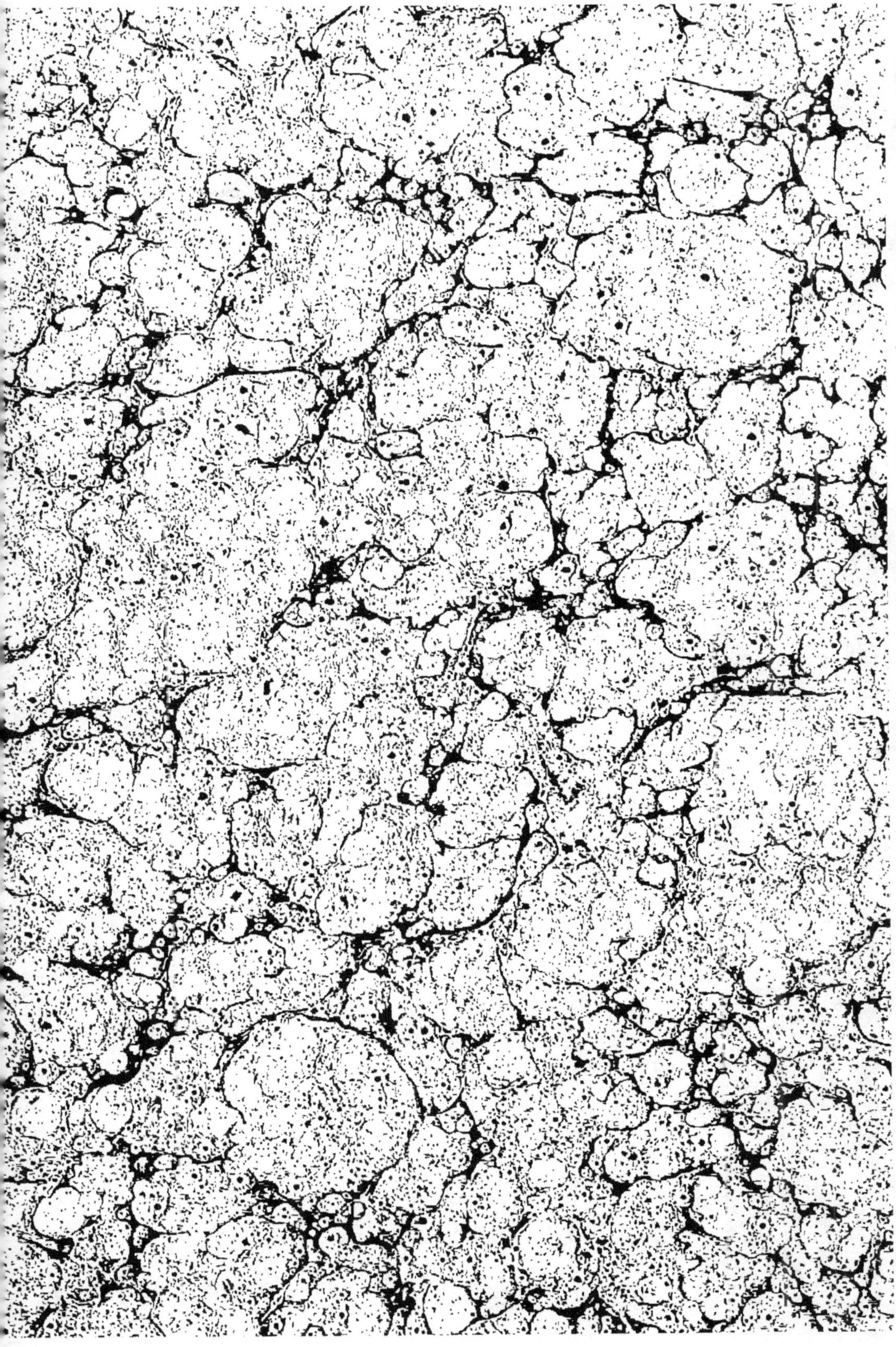

l'ouvrage avait été imprimé d'abord à Paris
en 1864, et saisi immédiatement par
la Police, sous le titre "Les mariages de
la Créole", réimprimé à Bruxelles sous le
titre La Chanteuse...

fille de Laetitia Bonaparte
et de M. Wyse parlem. anglais
Mme de Solms petite fille
de Lucien Bonaparte
cousine de Napoléon III
née Wyse

a épousé en 1863 Rattazzi
homme d'État italien puis de Rute
espagnol

—

expulsée de France
pour ce roman

LA CHANTEUSE

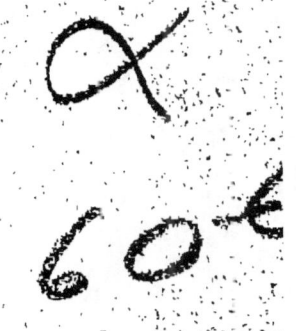

Brux.—Typ. A. Lacroix, Verboeckhoven et Cie, r. Royale, 3, impasse du Par

LA
CHANTEUSE

PAR

Mme MARIE RATTAZZI
(MARIE DE SOLMS)

TOME PREMIER

PARIS
LIBRAIRIE INTERNATIONALE
15, BOULEVARD MONTMARTRE, 15
Au coin de la rue Vivienne
A. LACROIX, VERBOECKHOVEN ET Cie, ÉDITEURS
A BRUXELLES, A LEIPZIG ET A LIVOURNE

1867

I

L'ILE BOURBON

Les événements de l'histoire que nous nous proposons de mettre sous les yeux des lecteurs ayant eu leur cause première à l'île Bourbon, il nous a semblé utile d'initier, dès le commencement, le public aux mœurs, coutumes et particularités du pays dans lequel se sont passés les faits primordiaux de notre récit. Nous abuserons, le moins longtemps qu'il nous sera possible, de ce droit que nous nous arrogeons dès le début; mais il nous a toujours semblé qu'on était plus à l'aise, pour raconter, lorsque l'auditeur avait une connaissance parfaite des lieux où se passe l'action.

Découverte, en 1545, par les Portugais qui la trouvèrent déserte et qui n'y formèrent aucun établissement, l'île Bourbon devint une possession française en 1642; mais ce ne fut que vers 1710, alors que la cession de l'île avait été faite par le gouvernement à la Compagnie des Indes, que la colonisation prit une extension rapide. La culture du tabac, du café et des grains nourriciers fut, dès le principe, l'objet spécial des travaux des colons. Cependant, l'accroissement successif de la population développa, peu à peu, l'industrie agricole; l'administration de la Compagnie ne sut pas favoriser ces progrès, car lorsque, en 1767, le gouvernement français reprit possession de l'île, il la trouva dans une situation déplorable : l'agriculture, le commerce, tout y avait été négligé.

Délivrée du monopole de la Compagnie et appelée à profiter de toutes les chances avantageuses du commerce, la colonie de Bourbon prospéra rapidement. Il y eut un temps d'arrêt dans cet accroissement de prospérité : ce fut de 1810 à 1815. Pendant ces cinq années, l'île appartenait aux Anglais qui s'en étaient emparés par surprise et qui, s'attendant sans doute à la restituer, négligèrent de s'en occuper. Bourbon fut enfin rendue à la France en 1815, et depuis lors, l'agriculture y a fait des progrès considérables. Ces progrès devinrent surtout rapides à partir de 1822, alors que la culture de la canne à sucre y prit un grand développement.

L'île Bourbon est située, dans la mer des Indes, à 140 lieues de Madagascar, à 800 lieues de la côte orientale d'Afrique et à environ mille lieues de Pondichéry. L'île a la forme d'une ellipse, dont le plus grand diamètre est d'environ 42 kilomètres et le plus petit, d'environ 40 kilomètres. La nature du sol, la disposition des laves dont il est formé, démontrent que l'île entière est le produit de deux foyers volcaniques, points les plus élevés du territoire et qui portent, l'un le nom de *Piton des Neiges* et l'autre celui de *Piton des Fournaises*. Le Piton des Neiges est le point culminant de Bourbon. La partie de l'île que domine ce volcan éteint est la plus petite : c'est celle où se sont principalement développées la culture et l'industrie agricole. C'est aussi dans cette partie qu'est située la ville de Saint-Denis, chef-lieu de l'île Bourbon et siége du gouvernement local.

Saint-Denis se distingue des villes européennes par ses maisons construites en bois et n'ayant en général qu'un seul étage : ses rues longues, droites et propres n'ont aucun caractère pittoresque. Bâtie sur le bord de la mer à l'extrémité nord de l'île, la capitale de Bourbon forme, en plan, un véritable échiquier dont la régularité est à peu près complète;

il résulte de cette disposition une certaine monotonie dont le regard est d'autant plus vite fatigué, que le style architectural n'a rien de caractéristique.

Cependant, une rue se distingue des autres par son aspect animé et vraiment charmant : c'est celle qui, se détachant de la ville, longe, à l'est, le bord de la mer et vient aboutir à la route qui contourne le rivage. C'est par cette rue qu'arrivent à Saint-Denis, les habitants de la côte, apportant à la ville les fruits, les légumes et les productions d'une partie de l'intérieur de l'île. C'est aussi par cette rue, que passent les riches colons retournant à leurs plantations, ou se rendant à leurs maisons de campagne. Il résulte de ce concours de passants, un mouvement inusité qui emprunte à la variété des types, des costumes et des véhicules, un charme tout particulier.

C'est là, à l'extrémité de cette rue, sur la route de Sainte-Marie, que l'on conduit l'étranger, pour lui faire admirer le magnifique panorama qui s'offre, à droite et à gauche, à ses yeux éblouis. A droite, une chaîne de mamelons longe la route. — Ces mamelons, séparés à leur base par d'étroites vallées creusées par des ruisseaux torrentiels, se soudent les uns aux autres à leur sommet, dont la ligne de crète se découpe, en capricieux zig-zags, sur le fond azuré du ciel. De nombreux massifs d'arbres, capricieusement échelonnés sur les flancs de la montagne, varient, de loin en loin, avec leur ombre noire, la teinte ardente que le soleil des tropiques verse sur cette terre embrasée. A gauche, la mer et son immensité : la mer flamboyant des reflets que fait jaillir le mouvement de ses eaux et resplendissant, à l'horizon, des feux que les rayons allument au loin sur ses vagues.

Si l'on continue à suivre cette route, en se dirigeant à l'est, on traverse, successivement, la *Rivière des Pluies, le Torrent de la Marre, le Ruisseau des Figues* : puis on arrive à Sainte-Marie, dont le sol est couvert de plantations de cannes à sucre et de caféyers. Plus loin, on rencontre Sainte-Suzanne, dont le territoire est situé sur une pente rapide, qui s'adoucit bientôt et forme quelques plateaux entremêlés de côteaux et de vallées ; puis enfin, on arrive à une vaste plaine, presque horizontale, que l'on appelle le *Quartier Français*.

Sainte-Suzanne est séparée du Quartier Français par une vallée large d'environ deux cents mètres, bordée, à son extrémité inférieure, par la route qui côtoie la mer, et fermée, à son extrémité supérieure, par un épais rideau d'arbres. Cette vallée est traversée par la *Rivière de la Vigne*. Cette langue de terre, qui s'enfonce dans la montagne, est assez profonde : de chaque côté, un chemin abrité par des arbres séculaires suit les contours du pied des contre-forts. Ces deux chemins aboutissent à un plateau, sur lequel huit ou dix palmistes projettent leurs ombres tachetées de points lumineux et mobiles ; toute la partie comprise entre les chemins latéraux, la mer et le massif d'arbres, forme un parterre immense, où s'étalent les richesses de la flore des tropiques.

Arrivé sur ce plateau, le touriste se trouve en face d'une élégante habitation, construite en bois, comme toutes celles de l'île ; abritée du vent quelquefois piquant de la mer, par un rideau de cocotiers dont la sombre verdure repose les yeux ; mais sans empêcher de voir les flots calmes ou agités se briser sur les récifs de la côte.

Le principal corps du logis n'avait qu'un étage au dessus du rez-de-chaussée. Ce rez-de-chaussée se composait d'une salle à manger, de plusieurs salons brillamment ornés de fleurs, et d'une vaste antichambre, où se tenaient les domestiques et les esclaves. Le premier était réservé aux chambres à coucher des maîtres de la maison : là, le luxe créole s'étalait dans toute sa voyante splendeur. Des hamacs suspendus, des moustiquaires élégants allongeant les plis onduleux de leur gaze, et des chasse-mouches aux vives couleurs, n'attendant que la main de la jeune esclave habituée à les agiter ! —

C'étaient, en un mot, de voluptueux séjours, où seul, le bonheur pouvait habiter... si toutefois le bonheur, fort calme de sa nature, peut habiter sous ce climat de feu !

A une centaine de mètres, derrière ce bâtiment principal, s'élevaient des huttes en bois de fer, destinées à loger le nombreux personnel de serviteurs attachés à l'habitation et appartenant, pour la plupart, à la race nègre : les domestiques blancs étant logés dans le premier corps de logis.

Les plantations commençaient un peu plus loin et se continuaient larges et étendues, escaladant la côte quelquefois rapide du *Pouce*, jusqu'à l'endroit où la végétation luxuriante du pays s'emparait, sans réserve, de tout ce qui restait du cône montagneux. Du sommet du *Pouce*, l'œil ébloui contemplait, à l'est et à l'ouest, une mer infinie qui, à l'horizon, rejoignait le ciel. Au nord, régnait la même splendeur uniforme, rompue par des îles volcaniques, paraissant jetées là par quelque monstrueux cratère sous-marin. Mais, quand on se retournait vers le sud, le panorama était magnifique, saisissant. C'étaient d'abord, les dégradations successives des flancs de la montagne, les bois épais de tamarins, les immenses plantations, les mousses velboutées, les hauts palmistes et les sources de cristal ; tout cela merveilleusement mélangé.

De l'habitation à la mer, le pays était moins beau : un rivage parsemé de galets durs et tranchants, finissant par une ceinture de rochers, où quelques anses naturelles, mais dangereuses, étaient ménagées, donnait à ce côté un caractère triste et navrant qui contrastait péniblement avec les environs. Une route, ou plutôt un large chemin, traversait cette plaine déserte et stérile, passait devant l'habitation et se continuait en tournant le *Pouce*.

Pourtant, la façade de l'habitation, quoique regardant cette tristesse, était pleine de gaîté. Des massifs de fleurs, habilement distribués et mêlés à de grands arbres, envoyaient, de tous côtés, leurs parfums et leur ombre. Des cours d'eau descendus de la montagne, apportaient leur féconde humidité et entretenaient les productions merveilleuses de cette admirable contrée. Le palmier, le nopal, le cactus, l'euphorbe se mêlaient et s'entremêlaient en touffes, en massifs, en groupes, ou croissaient solitaires. Dans les bassins formés par les petits cours d'eau, les nénuphars de l'Inde jetaient çà et là leurs fleurs et leurs larges feuilles. Tout ici respirait le bonheur, la joie, la volupté, « plus forte que la mort, » comme dit Dante; car la volupté qui, ailleurs, est le fruit de la civilisation, naît en ces lieux de la nature elle-même.

Cette splendide propriété appartenait alors, et appartient encore probablement aujourd'hui, à la famille des comtes de Cerny, établie là depuis plus d'un siècle, — française par son origine, créole par son tempérament. Le père du propriétaire actuel avait réussi à conserver, lors de la conquête de l'île par les Anglais, grâce à son urbanité et à son exquise distinction, les propriétés qui environnaient sa demeure. Il avait même su en doubler la valeur. Aussi laissa-t-il, en mourant, un riche patrimoine à son fils, ce qui lui permit ainsi de tenir un rang digne de ses ancêtres, au milieu de la colonie renouvelée : il épousa une jeune et opulente Anglaise arrivée récemment et dont les domaines vinrent s'ajouter aux siens propres.

Miss Lucy Standard était une de ces frêles et vaporeuses filles d'Albion, que leur pays envoie par centaines, chaque année, respirer un air plus chaud et plus généreux en Italie. Son père, négociant de la Cité, enrichi dans les affaires et dont l'amour pour sa fille unique était poussé jusqu'à la folie, eut l'idée de venir à l'Ile de France, quelques années après la conquête, plutôt que de se rendre au pays banalement choisi par tous ses compatriotes. On peut supposer aussi qu'il fut guidé par un goût très prononcé pour le lucre; il flaira de bonnes petites transactions à faire, dans un pays qu'il jugeait primitif, et se décida à s'y établir, puisqu'un climat chaud ne pouvait que faire du bien à miss Lucy, et que son propre argent à lui-même y fructifierait probablement : le commerçant se cachait un peu derrière le père. Il acheta donc de belles propriétés dans les environs de Port-Louis, puis à Saint-Denis, quelques temps après, et arriva satisfait d'avance, du double résultat qu'il espérait atteindre.

Malheureusement ses espérances furent déçues, d'un côté du moins. La spéculation qu'il avait hasardée fut heureuse; mais la santé de sa fille ne se rétablit pas. En effet, élevée dans les brumes de la froide Angleterre, Lucy aurait pu supporter le climat chaud, mais relativement tempéré, de l'Italie ou du midi de la France, — tandis que les chaleurs tropicales de l'île Maurice l'abattirent et que, sans que cela parût beaucoup extérieurement, le peu de force qui lui restait se trouva ébranlé.

Le père, aveugle comme tous les pères, et confiant dans le remède qu'il avait choisi, ne s'aperçut pas de ce changement, qui, d'ailleurs, n'aurait pu frapper que les yeux expérimentés d'un homme de l'art. La jeune fille et le comte de Cerny se rencontrèrent sur ces entrefaites. Ils étaient tous deux jeunes, riches et beaux. Ils se plurent, ils s'aimèrent. Rien ne s'opposait à une union aussi complétement assortie, et bientôt Saint-Denis vit s'accomplir un mariage sympathique à tous, mais dont les résultats devaient être désastreux. En effet, pour une nature aussi délicate que celle de la jeune madame de Cerny, un enfant devait être un fardeau trop lourd à porter, et, sous ce climat embrasé, les fatigues de l'enfantement ne pouvaient qu'amener une perturbation plus profonde dans la santé de celle qui, toute jeune encore, était déjà la pâle miss Lucy.

Cet enfant vint. Ce fut un grand malheur! Non pas que cette grossesse ne fût accueillie avec joie par le nouveau ménage : il est si doux de se voir revivre dans un petit être, but de toutes les espérances, sujet de toutes les rêveries! Que de projets bâtis sur une tête à naître! Que d'amour dépensé dans une tendre prévision! Mais la santé de Lucy de Cerny s'altérait de plus en plus pendant sa grossesse. En venant au monde, l'enfant mit en danger les jours de sa mère, et ce ne fut que par une espèce de miracle, qu'on put sauver l'existence des deux frêles créatures.

Maintenant, nous sommes obligé d'ouvrir une longue parenthèse et de remonter quelque peu en arrière, pour rendre intelligible la suite de notre récit, qui commence réellement au moment où la jeune comtesse flotte entre la vie et la mort, retenue à la terre par les liens puissants qui l'attachent à son mari et à son enfant, par ses devoirs sacrés d'épouse et de mère, les plus grands, les plus saints qui soient sous le ciel.

Au moment d'introduire sur la scène l'héroïne de ce livre, nous avons cru devoir consacrer quelques pages à la situation physique et morale des esclaves de l'Ile Bourbon en 1842. Du reste, en dépeignant une plantation, nous aurons dépeint toutes celles de l'île. Partout où il y a des esclaves, les usages sont les mêmes : la liberté seule enfante le progrès !

II

UNE PLANTATION

L'habitation de M. de Cerny était, nous l'avons dit, une des plus riches de la colonie. Des champs de maïs, de manioc, de patates, de cannes à sucre et des plantations de café et de girofle, voilà ce dont se composait cette belle propriété.

Rien de plus curieux à visiter pour l'Européen qu'un établissement de sucrerie! Le moulin dans sa rotonde fait entendre son monotone tic-tac, la *batterie* ronfle en bouillonnant et les nègres circulent silencieusement à travers la *Purgerie*.

Ces pauvres diables, vêtus d'une chemise et d'un pantalon de toile bleue qui doivent durer six mois, quelquefois même une année entière, commencent leur travail dès cinq heures du matin.

Il leur est *défendu* de porter des souliers! Ajoutez à cela la maigre pitance qu'on leur alloue et qui consiste en deux livres de maïs par jour, vous aurez une idée de l'existence de ces parias de la société. La moindre infraction est punie de trente coups de fouet, limite imposée au pouvoir du maître, mais qu'outrepassent, bien souvent, les bourreaux chargés d'exécuter les sentences sans appel du colon tout puissant.

Au moment où nous écrivons ces lignes, la question de l'abolition de l'esclavage occupe une grande partie du monde nouveau et de l'ancien monde. Les plus généreux efforts sont tentés pour l'émancipation d'une race qui n'a été soumise que par la privation d'instruction et de conseils moraux. Nous aussi nous avons voulu mêler notre voix au concert des guerriers de l'indépendance.

Du reste, le moment n'est pas éloigné, nous l'espérons, où justice pleine et entière sera rendue à ces hommes dont le seul tort repose sur une différence de couleur. Que reproche-t-on aux nègres? Leur paresse, leur stupidité et quelque peu de fourberie. Voilà du moins sur quoi l'on s'appuie, pour mettre hors la loi commune des millions de citoyens qui ont autant de droit que quiconque à participer aux bienfaits de la civilisation.

Qu'ils travaillent pour eux, ils ne seront plus paresseux; qu'ils aient part à l'instruction commune, ils ne seront plus stupides! Enfin, qu'ils n'aient plus à cacher leurs plus simples désirs, de peur du bâton, et ils ne seront plus fourbes. Et qu'on ne dise pas que l'instruction jetée à la race nègre serait du grain tombé sur une mauvaise terre. Nous avons des preuves éclatantes du contraire.

Mais revenons à la plantation et à nos principaux personnages.

Le mariage n'avait changé en rien l'existence de Cerny. Fidèle à ses habitudes, il continua ses courses à la ville et y mena même souvent sa femme jusqu'au moment où, devenue grosse, elle ne put quitter l'habitation, sans imprudence, que pendant les heures les plus fraîches du jour. Le palanquin la fatiguait énormément : elle ne pouvait plus sortir qu'à pied, marchant d'un pas lent et traînant, accablée à la fois, et par le poids qu'elle portait et par l'excès de la chaleur de ce ciel torride. La jeune femme avait su, dès son arrivée à l'habitation, se concilier l'affection de tous ceux qui en dépendaient. Elle était littéralement adorée. Ses domestiques blancs ne parlaient d'elle qu'avec le plus profond respect. Ils trouvaient bien quelquefois un point où ils pouvaient jeter le blâme ou le ridicule sur les actions de M. le comte; il était pourtant bon et humain pour tous, mais il s'emportait par instants, et dans la colère, il ne pesait pas toujours la valeur de ses expressions. Souvent, avant son mariage, il avait daigné accorder ses faveurs à une esclave plus jolie que les autres et l'on partait de là, pour prétendre qu'il n'avait pas tout à fait perdu ses anciens goûts et que, tel jour, à telle heure, on l'avait vu sourire à telle ou telle jeune négresse ou mulâtresse. Mais de madame de Cerny, oh! il n'y avait rien à dire, rien à reprendre! Elle était si belle, si bonne! Elle avait, tant de fois évité un renvoi, elle avait si souvent plaidé la cause d'un coupable! Ceux qui avaient pour elle la plus immense adoration, c'étaient les esclaves; ils étaient toujours prêts, hommes, femmes, enfants, à s'agenouiller devant elle, comme devant une de leurs anciennes idoles ou comme devant la sainte Vierge, qu'ils considéraient aussi comme une idole imposée par le baptême chrétien.

Si, couchée à l'ombre des tamariniers, elle s'assoupissait un instant, vingt bras se précipitaient pour balancer doucement son hamac; vingt autres s'avançaient pour saisir le chasse-mouche et l'immense éventail. Avant qu'elle pût le formuler, le moindre de ses désirs était satisfait: un doux sourire était la récompense désirée de ces esclaves, esclaves deux fois, par le sort et par le choix. Quand ce sourire, humblement attendu, était gracieusement accordé, c'étaient alors des cris, des joies folles, des larmes! Les pauvres noirs témoignaient par leurs attitudes grotesques, par leurs paroles entrecoupées, de leur bonheur, et plus d'un d'entre eux, ne s'éloignait pas sans avoir touché des lèvres le bas de la robe de la comtesse, emportant ainsi de la gaité, plein le cœur, pour toute une journée. Les femmes étaient peut-être encore plus expansives et plus exagérées, dans leurs démonstrations, que les hommes!

Pour ces natures primitives, fortes de corps et faibles d'intelligence, Lucy, faible de corps, mais forte d'intelligence, était une douce enfant du ciel, descendue sur la terre pour les consoler et les faire croire au paradis, dont on leur parlait. Aussi, la jeune comtesse n'appelait autour d'elle, pour la servir, que des mulâtresses, et quand elle voulait leur accorder une récréation ambitionnée, elle prenait sa harpe et chantait quelque ballade de son pays ou quelque triste et pensive mélodie d'Haendel. Sa voix mélodieuse faisait frissonner son naïf auditoire et des larmes coulaient de tous les yeux. Souvent le comte la surprenait dans cette innocente occupation. A son approche, les esclaves s'enfuyaient, et M. de Cerny la plaisantait doucement, mais sans ironie, sur son affection pour ces *animaux*.

— Laissez-moi, mon ami, répondait-elle, donner à ces pauvres femmes un peu de ce bonheur que vous me prodiguez. Je suis si heureuse près de vous, Henri, si complétement heureuse, qu'il m'est doux de voir des heureux. Et puis, quand notre fils sera là, ne croyez-vous pas qu'il vaudra mieux pour lui, être bercé par l'affection que par le devoir.

Le comte ne répondait jamais à cette phrase que par un long baiser. Entendre cette bouche chérie lui parler de l'enfant à naître, était pour lui la suprême félicité. A son tour, ses yeux s'humectaient de larmes et il bénissait le ciel de lui avoir donné une femme, une compagne, une amie aussi douce et aussi bonne. Et tous deux, appuyés l'un sur l'autre, ils descendaient pour jouir de la fraîcheur du soir, amenée par la brise qui soufflait de la mer et qui les délassait des horribles chaleurs de la journée.

C'étaient alors des demi-mots échangés, des rêves d'avenir pour cette tête si chère ; l'espoir de revoir un jour l'Europe tant regrettée par Lucy; — et les heures s'écoulaient rapides, tandis que, réveillés par le chuchottement des voix, les oiseaux cachés dans le feuillage épais, gazouillaient doucement.

Certes, le comte de Cerny aimait passionnément sa femme, il avait pour elle une de ces affections profondes, insondables, que l'homme fort et vigoureux porte toujours à l'être faible et délicat qui lui a confié aveuglément le soin de son bonheur ; mais son sang était brûlé par les effluves enflammées d'un climat torride ; des passions inassouvies le tenaient sous leur fatale domination et la femme qu'il s'était choisie, poétique et fine créature, ne pouvait répondre à ses ardeurs, les eût-elle même comprises. Le comte Henri se consumait dans une langueur sans cause apparente et souvent, il était, pour ainsi dire malgré lui, ému au souvenir des amours de sa jeunesse ; d'autres fois, il jetait à la dérobée un regard sur les esclaves de ses plantations. Mais luttant sans cesse contre le démon tentateur, il était resté fidèle à sa femme et à ses serments.

Sur ces entrefaites, l'intendant de ses propriétés, habituellement chargé de l'achat des esclaves nécessaires à la culture et au service de l'habitation, fit l'acquisition d'une vieille mulâtresse et de sa fille. La mère, vieillie par le travail, conservait encore quelques traces d'une opulente beauté ; mais ce qui rendait plus vraisemblable cette beauté passée, c'était sa jeune fille. Celle-ci, âgée de seize ans à peine, mais complétement formée, était maintenant ce qu'avait dû être autrefois sa mère, à cette exception près qu'elle était fort blanche.

Quel était son père? C'est ce que tout le monde ignorait, par la raison que ces femmes, achetées ici, revendues là, par les marchands de chair humaine, étaient arrivées à Saint-Denis pour subir un nouveau changement de condition, sans qu'aucun des acheteurs successifs se fût enquis de leur origine. On est plus curieux de la filiation d'un cheval ou d'un chien, que de celle d'un esclave.

Quoi qu'il en soit, la petite quarteronne était fort jolie, et toutes ses compagnes ne tardèrent pas à en devenir jalouses.

La mère et la fille vécurent ignorées au milieu des autres esclaves de l'habitation, tant que dura une courte absence de master John, c'était le nom de l'intendant, retenu à l'extrémité opposée des plantations. Le coquin avait remarqué la beauté de la fille de la mulâtresse, et s'était promis de ne pas dédaigner cet alléchant morceau.

Master John était depuis longtemps déjà employé dans l'habitation du comte de Cerny, qui, tout en estimant peu son caractère, avait cependant une certaine confiance en lui, parce qu'il savait se faire craindre et obéir des esclaves soumis à ses ordres : tout, grâce à lui, marchait d'une façon très régulière. Fort de son importance et de la terreur qu'il inspirait, John résolut de posséder la fille de la mulâtresse. Séduit par la beauté de Magarthy, tel était son nom, il ne vit là qu'un désir, un caprice à satisfaire et il ne prit aucun détour pour arriver à ses fins. N'était-il pas habitué à réussir dans ces sortes de circonstances? Il commença par ordonner qu'on imposât aux nouvelles venues les travaux les plus durs et les plus fatigants; puis le surlendemain, il alla trouver la vieille et eut avec elle le colloque suivant :

— Veux-tu pour toi et pour ta fille un travail plus doux?

— Oh oui, maître! Que faut-il faire? vous dire à moi.

— C'est facile, je te le répète, cela dépend de toi, et surtout de ta fille.

— Vous dire vite : Magarthy faire ce que maman veut.

— Ta fille est jolie... tu me comprends?

— Non, moi comprends pas.

— Tant pis, alors; vous resterez toutes deux comme vous êtes!

— Oh! si alors! moi comprends!

Ainsi fut conclu l'infâme marché. Master John serait parmi nous un cynique coquin; mais à Saint-Denis, vers le temps où se passe cette triste histoire, il n'en était pas ainsi. D'ailleurs, obtenir les faveurs d'une femme, de cette façon brutale, n'est pas une méthode exclusive à ce pays et à cette époque. Combien de jeunes filles, aujourd'hui, n'arrivent à la prostitution qu'en passant par la faim ! Et le mariage lui-même, qu'est-il trop souvent, sinon un honteux marché?—L'intendant ne croyait pas avoir fait le plus difficile, il croyait être obligé de se servir de nouveau des mêmes moyens avec Magarthy. Son étonnement fut au comble quand, dès les premiers mots, il se vit devancé. Il ne pouvait croire à tant d'impudeur. Mais la passion, la passion charnelle, résultat de son éducation, l'emporta : il ne suivit et n'écouta que son entraînement et se lança, avec rage, dans une liaison qui devait détruire son avenir.

Ce qu'il croyait d'abord ne devoir être chez lui qu'un caprice, devint bientôt un amour violent; non pas cet amour dévoué et tendre, propre aux âmes élevées, mais cet amour brutal, énervant, colérique, qui gronde et rugit sans cesse et ne s'allume qu'au feu des sens. Cette jeune fille, dont il croyait rire et se jouer, se moqua de lui : elle sut à propos attiser le feu qui s'éteignait et fit de cet homme naturellement bourru, mais d'une nature médiocrement mauvaise, un instrument docile à ses volontés.

Aux horribles fureurs de master John succédait souvent un calme trompeur. Le malheureux intendant se disait alors qu'il avait fait une folie sans nom en s'attachant ainsi à une créature dépourvue de cœur, qui n'avait pour lui que railleries et dédains : il regrettait le funeste marché qui, en lui livrant Magarthy, avait fait naître ce trouble inouï des sens et du jugement. Mais bientôt, le souvenir des ivresses passées, l'espoir des ivresses à venir, le ramenaient près d'elle; il criait, tempêtait, jurait et finissait toujours par se calmer et par accorder à sa maîtresse le bijou, le ruban qu'elle désirait.

Mais un jour, elle osa lui demander une faveur si grande, si inattendue, si terrible pour lui, qu'il recula stupéfait : elle voulait faire partie des femmes qui entouraient et servaient la comtesse de Cerny ! L'étonnement de master John se changea bientôt en fureur. Aller près de la comtesse, c'était l'abandonner, lui ! Lui, dont l'amour, à part ses moments de colère, avait été celui d'un chien fidèle, léchant les pieds de sa maîtresse, à chaque coup qu'elle lui donnait. Il lutta longtemps, cherchant à reculer le moment terrible de la séparation; mais il était dominé, terrifié : il obéit, se réservant le moyen, malgré ses occupations, de se rapprocher de la partie de l'habitation réservée au comte et à la comtesse de Cerny.

Magarthy entra donc au service de la maîtresse de la maison, poste qu'elle ambitionnait depuis son arrivée à l'habitation.

[illegible]

III

MAGARTHY

Magarthy sentait son cœur déborder de joie.

Vaniteuse à l'excès, elle était ravie d'avoir quitté les cases de ses malheureux compagnons d'esclavage. Dans sa nouvelle position auprès de madame de Cerny, bonne et charmante maîtresse, elle n'avait plus à craindre les propos grossiers des noirs et des mulâtresses. Son cœur était gonflé d'orgueil; aussi, apporta-t-elle tous ses soins à se faire bien venir de la jeune femme. Prévenant ses moindres désirs, tantôt elle préparait la limonade d'ambreuvatte ou l'infusion d'abel-mose, tantôt elle portait une poignée de racine de manioc ou une sébille de maïs hâché, à *Brise-du-soir*, le cheval favori de madame de Cerny.

C'était encore Magarthy qui soutenait la démarche un peu faible de sa maîtresse, quand elle allait à la messe, à la chapelle de l'Étang. Pour revenir, c'était toujours Magarthy qui conduisait par la bride Brise-du-soir chargé de son précieux fardeau. Quant au noble animal, il marchait d'un pas lent et sérieux : nulle secousse n'était à redouter avec ce noble descendant des races arabes ou portugaises, qui ont fourni Bourbon des meilleurs chevaux que l'on connaisse.

Bref, Margathy passait, auprès des autres esclaves, pour la plus heureuse des filles de l'habitation.

Magarthy à seize ans était admirablement belle, ainsi que nous l'avons dit : issue d'une mulâtresse, elle était tout à fait blanche. Peut-être un de ces terribles connaisseurs si communs en Amérique, habitués à reconnaître une quarteronne aux ongles et au blanc de l'œil, aurait-il pu découvrir en elle l'esclave, ou plutôt la fille d'esclave. Mais, à l'œil non prévenu, une pareille distinction était difficile à faire.

Sa figure régulière avait, quoique légèrement brunie par le soleil, cette pâleur mate que le temps donne au marbre : des cheveux châtains encadraient admirablement un ovale gracieux, et adoucissaient l'expression ardente du visage : des yeux de jais brillaient sous ses sourcils noirs, et, quand on la regardait sous un certain jour, ils semblaient parsemés de fines pointes de diamants : ils éblouissaient. Les narines avaient des frémissements incroyables, à la moindre émotion : la bouche était petite, mais les lèvres épaisses appelaient le baiser ; ce n'étaient pas de ces lèvres immenses et retroussées, comme on en trouve dans la race nègre ; mais plutôt des lèvres dont le carmin montait plus haut que les autres : le menton fin et rond, les oreilles délicates et d'un rose transparent, complétaient une des figures les plus attrayantes qu'on pût voir.

Magarthy n'était pas bien prise dans sa taille exiguë ; ses mains et ses pieds sentaient l'esclave d'une lieue ; mais elle avait un sourire si voluptueux, que ces défauts n'étaient pas, alors, trop sensibles. C'était vraiment une délicieuse créature. Seulement, lorqu'on la contemplait attentivement pendant quelques moments, on se trouvait saisi d'un sentiment de malaise inexplicable : si son regard avait l'éclat de l'acier, il en avait aussi le froid glacial : sa bouche souriait admirablement en montrant des dents éblouissantes ; mais ses coins se contractaient, en cachant avec peine un certain rictus sarcastique, en désaccord avec ce que promettaient les lèvres. Sa tournure était agaçante, mais ses mouvements onduleux sentaient l'étude. Cet ensemble splendide à la surface, désagréable au fond, aurait dû éloigner l'observateur, et, au contraire, on était attiré, fasciné. Il y avait quelque chose, dans cette bizarre créature, qui saisissait malgré tout. L'originalité sauvage de la fille des tropiques ressortait plus encore, grâce au voisinage de la blonde fille de la civilisation. La comtesse de Cerny était d'une nature si différente : il y avait si peu de points communs entre ces deux femmes, ou plutôt entre cette femme et cette esclave, que la beauté de l'une ne nuisait pas à celle de l'autre et que, dans leur idéale personnification, elles représentaient parfaitement chacune, le type propre à chaque hémisphère.

Arrivée au but de ses désirs, Magarthy mit en œuvre toutes ses séductions pour plaire à madame de Cerny : elle se fit douce, prévenante, chatte et parvint à ses fins. Bientôt la comtesse Lucy ne put se séparer de sa nouvelle servante. — Bientôt, quoique de formes et de tempéraments si divers, les deux femmes semblèrent unies par une affection profonde. La fille de la pauvre esclave soutenait les pas de plus en plus chancelants de la fille du riche négociant : elle ne quittait pas sa maîtresse une seule minute, cherchant à lire dans ses yeux ce qui pouvait lui être agréable, prévenant ses moindres caprices, et se rendant, en un mot, nécessaire à cette enfant, tendre, aimante, crédule et maladive, habituée à croire au dévoûment absolu qu'on lui montrait et qu'elle inspirait généralement. En échange de ses bons offices, de ces petits services rendus, Magarthy, voyait croître son influence de jour en jour : chaque demande qu'elle faisait à sa maîtresse était immédiatement accordée : c'était à elle que la comtesse confiait ses petits ennuis, ses frayeurs pendant les absences quelquefois longues de son mari, les terreurs que lui inspirait son accouchement prochain, le trouble invincible qui s'emparait d'elle, en songeant aux passions violentes et à l'ardent caractère de celui qu'elle s'était choisi pour époux. Magarthy, fière de cette confiance, après avoir éprouvé, par quelques légères sollicitations, le pouvoir dont elle disposait, se garda bien d'en user ; elle chercha au contraire à augmenter encore l'affection de la comtesse et se fit la plus petite qu'elle put.

Elle continuait cependant à voir souvent Master John et lui témoignait sinon de l'amour, du moins une certaine affection ; ses manières avec lui devenaient plus égales. L'intendant, charmé de ce changement, ne se doutait pas du piége qu'elle lui tendait : cette douceur inaccoutumée le plongeait dans le ravissement et l'aveuglait entièrement.

Ce qu'en faisait Magarthy n'était que pour mieux tromper celui dont elle voulait se débarrasser. En effet, le premier usage qu'elle fit de l'influence qu'elle avait conquise, fut de perdre master John dans l'esprit de la comtesse de Cerny. Cette dernière avait une répulsion instinctive pour l'intendant ; elle accueillit trop facilement les insinuations de sa servante, et promit à la jeune fille d'éloigner un serviteur qui leur déplaisait à toutes deux.

Ce n'était pas chose facile. Le comte tenait beaucoup à master John. Il avait, comme nous l'avons dit, peu d'estime pour son caractère ; mais il reconnaissait en lui un serviteur fidèle et dévoué ; et puis l'intendant rendait des services réels : nul mieux que lui ne connaissait les ressources et les besoins de la plantation.

Lorsque la comtesse parla, pour la première fois, à son mari de son désir de ne plus voir dorénavant cette figure désagréable, elle fut accueillie par un refus net et catégorique. Cette bonne et aimable femme s'en tint là ; elle n'avait agi que d'après les instigations de la fille de la mulâtresse et se repentait déjà de sa démarche intempestive. Elle revint donc annoncer à Magarthy qu'il ne fallait plus songer dorénavant au renvoi d'un homme dont les services étaient nécessaires à son mari.

La jeune esclave ne se tint pas pour battue; mais comprenant bien que, de son côté, elle n'obtiendrait rien, elle se tourna d'un autre et se crut plus forte auprès de son amant.

Elle persuada facilement à master John que la comtesse l'avait voulu desservir auprès du maître, et que celui-ci avait témoigné pour son intendant un attachement sincère et durable : malgré toutes ses prières, madame de Cerny n'avait rien pu obtenir, et lui, le premier des serviteurs, pouvait tout oser! Elle s'appliqua à peindre sa maîtresse sous les couleurs les plus noires, et la présenta comme la plus hypocrite et la plus perverse des femmes. Elle joignit à ses perfides insinuations des caresses passionnées qui achevèrent d'égarer la raison de master John. Ces scènes, souvent répétées, amenèrent chez l'intendant une surexcitation impossible à décrire. Aussi, un jour, sortant des bras de la mulâtresse et se trouvant presque aussitôt en face de madame de Cerny, sur une observation toute anodine de la jeune femme, emporté par le ressentiment, il lui manqua gravement.

Il était impossible que le comte pardonnât une telle offense. Malgré les supplications et les prières de Lucy, le coupable fut honteusement chassé. Il partit, la rage dans le cœur, maudissant le comte et la comtesse de Cerny, et surtout l'amour éperdu qui l'avait égaré. Ce qu'il devint, on l'ignora toujours. Magarthy avait atteint son but : l'homme qu'elle jugeait, et avec raison, devoir nuire à ses projets, était éloigné; le reste n'était plus qu'un jeu.

Jusque-là le comte avait fait peu d'attention à cette petite esclave blanche; elle résolut de se faire remarquer et y parvint facilement. Le propriétaire de l'habitation la rencontra constamment sur ses pas, et s'aperçut un jour que non seulement elle était fort jolie, mais encore qu'elle réalisait le rêve qu'il caressait depuis si longtemps. La petite avait, en le voyant, des mines charmantes; elle baissait les yeux en rougissant, détournait la tête avec embarras et semblait s'éloigner à regret. Le comte, alors, résolut de posséder une esclave qui paraissait folle de lui, et, entraîné par son ardente nature, il chercha tous les moyens d'atteindre ce résultat. Magarthy se défendit un peu; ce n'était plus le modeste intendant d'une grande propriété, c'était le seigneur et maître de vastes plantations. Il ne fallait pas songer à séduire un homme aussi distingué, par la seule influence des sens. Elle sut se faire désirer, se rejeta sur la profonde affection qu'elle avait vouée à sa maîtresse, et amena ainsi à une violence extrême, le caprice de l'homme qui voulait l'avoir à tout prix.

Elle céda enfin, et sut encore, même en cédant, se rendre intéressante et presque excusable aux yeux du comte. Il arriva, pour celui-ci, ce qui était arrivé pour master John. Quoique d'une organisation plus délicate, M. de Cerny sentit sa passion pour cette fille s'accroître après la possession. Il se repentit d'abord de cette trahison comme d'un crime inexcusable, et devint encore plus tendre, plus affectueux pour la pure et noble enfant qu'il avait trompée. Mais les yeux de l'esclave lui distillèrent de nouveau leur philtre voluptueux. Le regret qu'elle montra d'avoir trop écouté son amour, les pleurs qu'elle versa à propos, son dévoûment redoublé pour sa maîtresse, tout cela ensorcela littéralement le comte. D'amoureux il devint insensé, et sans la prudence et l'esprit froidement calculateur de Magarthy, qui pût seule calmer son effervescence, il aurait certainement fait un éclat terrible, affiché son amour effréné pour une esclave et placé celle-ci dans l'habitation comme favorite et rivale de la maîtresse légitime.

Les deux amants goûtèrent donc tranquillement leurs joies adultères pendant le dernier mois de la grossesse de Lucy. Enfin vint l'heure de l'accouchement, et, réveillé de son ivresse, le comte se rappela qu'il avait des devoirs à remplir et que le moment des voluptés impures était passé.

Après de longues et horribles souffrances, tortures que seules celles qui ont été mères peuvent comprendre, madame de Cerny donna le jour à un fils.

Il est impossible de rendre la joie qui inonda le cœur du comte. Cet enfant débile qui venait de naître le fortifia dans sa résolution, léger compromis qu'il faisait avec sa conscience, de rester dorénavant fidèle à ses devoirs et d'effacer la tache qui, à ses propres yeux, souillait son honneur. Quant à Magarthy, la comtesse l'avait, dès le premier moment, choisie pour veiller à son chevet. C'était de toutes ses femmes la plus aimée, et elle voulait avoir près d'elle, sans cesse, cette figure enchanteresse et qu'elle aimait à contempler. Par un sentiment de pudeur instinctive, le comte voulut s'opposer à ce choix; mais l'étonnement de Lucy le fit se souvenir que, dans l'âme même de la meilleure et de la plus pure des femmes, le soupçon n'est pas long à se former, et qu'il devait, à tout prix, lui éviter l'émotion violente qui pouvait en être la conséquence.

IV

LA MAITRESSE ET L'ESCLAVE

Ici nous reprenons notre récit où nous l'avons laissé à la fin du premier chapitre, et nous n'interromprons plus désormais le cours de cette histoire, dont les détails, tout horribles qu'ils soient, sont malheureusement de la plus stricte vérité.

Le premier jour, le comte tint sa promesse; il quitta peu sa femme de la journée, et, malgré les agaceries de Magarthy, au moindre assoupissement de la comtesse, il lui parla à peine et se tint sur la plus grande réserve. Magarthy s'en inquiéta peu; elle était sûre de la toute-puissance de ses yeux noirs; elle avait raison.

En effet, le lendemain, ces trois personnes se trouvèrent encore en présence. La chambre de la malade était située sur le devant de l'habitation, et les fenêtres en regardaient la mer. Tout était bien clos et pourtant cette pièce n'était pas chaude. C'est que, depuis la veille, une tempête effroyable régnait sur ces parages dangereux. Le vent qui soufflait de la pleine mer, jetait les vagues houleuses sur les récifs de la côte et venait lui-même se briser contre l'habitation. La comtesse sommeillait doucement. Sa tête pâle et blonde, languissamment posée sur l'oreiller, avait une expression poétique et touchante. Elle était tournée du côté de son mari, car elle s'était endormie, les yeux fixés sur celui qu'elle aimait. Au pied du lit, le comte la regardait dormir ; il s'absorbait dans cette douce contemplation. A la vue de cette figure fatiguée, son esprit remontait le cours du temps ; il se rappelait le bonheur passé, les rêves, les projets pour le moment où celui qu'il attendait serait venu. Et celui-là était venu ! Il était dans une chambre tout près de lui, confié aux soins d'une robuste négresse qui lui servait de nourrice. Tandis qu'il évoquait ainsi ses souvenirs, Henri de Cerny restait absorbé devant le visage candide de Lucy ; il éprouvait une joie calme et douce. Tout à coup l'expression de sa figure changea ; il se souvenait ! Instinctivement, malgré lui, il jeta un rapide regard sur la jeune esclave. Ce regard le perdit et lui fit oublier, en un moment, toutes ses résolutions. Magarthy, assise sur un tabouret de paille tressée, en face de lui, tournait le dos à la fenêtre et semblait aussi plongée dans de profondes réflexions ou de charmants souvenirs, car son sein vivement agité faisait remonter l'étoffe blanche qui le recouvrait. La pose était provocante. La lumière jouait dans ses cheveux et faisait miroiter un cou d'une blancheur d'albâtre.

Le comte frémit à cette vue. L'esclave rêvait toujours; il s'assura que sa femme était endormie, et murmura à voix basse :

— Magarthy !

La quarteronne n'entendit pas ou feignit de ne pas entendre. Le comte répéta son appel avec une inflexion de voix plus tendre encore. Cette fois Magarthy entendit; elle sembla s'arracher aux enivrements d'un doux songe et répondit :

— Que me voulez-vous, maître?

— Regarde-moi.

Elle fixa sur M. de Cerny son œil diamanté et le regarda avec une telle expression de tendresse contenue que le comte n'y pouvant plus tenir n'essaya pas de soutenir ce regard et se prit à se promener lentement dans la chambre. L'esclave immobile le suivait des yeux et le poursuivait de ce même œil caressant et profond.

Henri se rapprocha tout à coup du lit de Lucy et la contempla longuement, comme pour ressaisir la force qu'il sentait lui échapper. Il se retourna enfin et vit toujours le même regard de Magarthy rivé à lui. Tout éperdu d'amour, il s'avança vers elle et lui dit brièvement :

— Viens !

— Où maître veut-il que j'aille? Je lui ferai remarquer cependant que je ne puis pas laisser maîtresse seule. Si elle se réveillait? Si elle avait besoin de moi?

— C'est vrai ! dit le comte en reprenant sa promenade silencieuse.

Quelques minutes s'écoulèrent. Il revint de nouveau se placer devant Magarthy. Dans cette position, il tournait le dos au lit de la comtesse.

— Sais-tu, Magarthy, que tu es bien belle !

— Non, maître... mais je sais que je suis bienheureuse d'entendre maître me le dire.

Et les yeux de l'esclave brillèrent d'une volupté si aiguë, si pénétrante, que le comte en sentit remuer les fibres les plus secrètes de son cœur. Il tressaillit, se pencha sur Magarthy, et déposa sur ses lèvres un long baiser.

En ce moment, le regard de la quarteronne rencontra, fixé sur elle, celui de la comtesse réveillée. Elle ne poussa pas un cri ; mais serrant à son tour le comte dans ses bras, avec une rage passionnée, elle fit tomber sur la malade un regard froid et provocateur.

M. de Cerny n'avait rien vu de cette scène muette : il tournait le dos au lit de sa femme, comme nous l'avons dit. Mais son sang bouillant avait circulé avec plus de rapidité dans ses veines. Saisissant tout à coup dans ses bras Magarthy, qui se laissait faire avec une voluptueuse nonchalance, il allait l'emporter, dans un moment de délire, quand un bruit de voix, parti de la chambre voisine, le rappela à lui-même. Il déposa sa maîtresse sur un siége, en disant d'une voix tremblante d'émotion :

— Tiens, nous sommes fous tous les deux !

Ramené rapidement à la situation présente, le comte se dirigea vers la porte et l'ouvrit au médecin qui se présentait, accompagné d'une négresse.

— Quel temps horrible, dit l'homme de l'art en entrant. Ah ! monsieur le comte, j'ai bien cru que je n'arriverais jamais. Eh bien ! comment va notre malade ?

Tout en parlant ainsi, il se dirigeait vers le lit de madame de Cerny.

— Elle dort, je crois, murmura le comte.

— Comment? elle dort! dit le médecin; mais voyez donc, elle est évanouie.

— Évanouie, ce n'est pas possible! Je l'ai vue s'endormir, il n'y a qu'un moment! Mais vous m'effrayez, docteur! Y a-t-il quelque chose à craindre! Parlez, ne me cachez rien!

Le médecin avait pris le pouls de la malade qui, plongée dans un calme effrayant, ne s'en apercevait pas.

— Ceci est un accident anormal, murmura-t-il: Il a dû se passer ici quelque chose d'insolite. Qui se tient habituellement dans cette chambre?

— Une jeune esclave. La voici.

Et le comte désignait Magarthy, dont les yeux trahissaient une anxiété profonde. Le médecin l'interrogea, mais elle se garda bien de parler du réveil momentané de la comtesse et il n'obtint d'elle, comme renseignement, que la répétition de ce que M. de Cerny venait de lui dire.

La fille de la mulâtresse se dirigeait du côté de la fenêtre pour l'ouvrir. Le docteur qui vit ce mouvement l'arrêta.

— Gardez-vous-en bien, mon enfant, s'écria-t-il! L'air froid de la tempête la tuerait! Il faut au contraire faire attention, par dessus tout, à ne pas ouvrir cette croisée.

Il fit une ordonnance et se retira, après l'avoir

remise au comte. Le premier mouvement de celui-ci fut de rester près de sa femme et d'envoyer Magarthy donner des ordres pour avoir sur-le-champ les médicaments ordonnés; mais la figure inquiète du médecin le fit changer d'avis; il ordonna au contraire à la jeune esclave de rester, et rejoignit le docteur pour l'interroger.

Magarthy les écouta s'éloigner, et quand elle n'entendit plus aucun bruit, elle s'approcha lentement du lit de la comtesse et la regarda avec une figure froide, sans expression. Tous les instincts d'une perversité épouvantable se réveillaient en elle; elle tenait à son maître, aux avantages que pouvait lui procurer le rang de favorite dans l'habitation, et celle qui seule lui faisait obstacle était là, devant elle, abandonnée, sans défense. Elle se souvenait des paroles du médecin et les répétait presque machinalement :

— L'air froid de la tempête la tuerait!

Une horrible pensée éclata comme un coup de foudre dans son cerveau : elle écouta de nouveau avec attention si personne ne venait et enfin, prise par un délire subit, le délire du crime, elle courut à la fenêtre et l'ouvrit toute grande. L'air frais de la mer s'engouffra dans la pièce et vint caresser le visage pâli et le sein découvert de la malade. Celle-ci revint peu à peu de son évanouissement;

elle porta la main à son front, en cherchant à rassembler ses idées et ses souvenirs, et aperçut alors, à l'extrémité de la chambre, la même figure cruelle et sarcastique, qu'elle avait vue quelques instants auparavant, appuyée contre celle de son mari. Une expression d'horreur se répandit sur son pur et doux visage et elle agita la main, comme pour maudire l'apparition funeste.

Magarthy s'avança : elle n'avait point affaire à un homme vigoureux, mais à une femme débile, que la mort allait bientôt saisir dans son éternel embrassement. Après avoir fait le mal, elle voulait en jouir lentement, en détail : cette race a la cruauté de certains animaux, dont elle se rapproche un peu, du reste.

— C'est moi, maîtresse, dit-elle en appuyant sur toutes ses paroles, c'est moi, votre esclave, qui viens vous dire que votre mari, celui que vous adorez tant, m'aime plus encore que vous ne l'aimez.

La plume se refuse à peindre la scène qui suivit : ce fut horrible. La comtesse abattue, épuisée, mourante, n'avait pas la force de lutter avec une femme, avec une esclave pleine de fiel et de haine, qui cherchait et trouvait des tortures sans nom.

La pauvre créature se tordait dans un épouvantable désespoir; mais la mort que le bourreau croyait immédiate ne venait point. Des pas se firent enfin entendre au dehors : l'esclave courut à la fenêtre et la ferma. Il était temps! le comte de Cerny entrait; il s'avança près du lit de sa femme et la vit, les yeux ouverts, en proie à une fièvre violente qui lui empourprait le visage.

— Lucy, ma chère Lucy, comment vous sentez-vous?

La comtesse ne lui répondit que par un regard de mépris. Le comte, étonné, voulut se pencher vers elle et l'embrasser; mais d'un geste violent elle le repoussa et murmura, d'une voix qui devenait de plus en plus saccadée :

— La fenêtre... de grâce, ouvrez, ouvrez la fenêtre!

— Non, ma chère Lucy, dit doucement le comte... le médecin, au contraire, l'a bien défendu... ce serait vous tuer!

Une expression d'épouvante se peignit sur le visage de la jeune femme : sa respiration sifflait dans sa poitrine, et pourtant le comte put entendre parfaitement ces horribles paroles :

— Ah! c'est donc pour cela que cette fille, *votre maîtresse*, l'a ouverte tout à l'heure!

Un coup de tonnerre n'aurait pas produit sur M. de Cerny un effet plus terrible. La vérité lui apparut, il resta un moment anéanti : puis, emporté par la violence naturelle de son caractère, il saisit une chaise de sa main puissante, et, la levant sur la tête de l'esclave, qui était tombée à genoux et demandait grâce, avec des cris déchirants, il ne put prononcer que ces deux mots :

— Meurs ! misérable !

C'en était fait de Magarthy, si la comtesse, heureuse de ce mouvement qui lui prouvait que son mari n'était pas complice du crime de l'esclave, n'eût senti se réveiller en elle tous les bons instincts de son angélique nature. Elle se souleva sur son lit et cria : Grâce ! grâce ! d'une voix si perçante, que l'habitation tout entière en retentit et que le comte, entendant cette voix adorée, lâcha le meuble qu'il tenait et se précipita vers elle.

La jeune femme était retombée sur son oreiller, brisée par tant de secousses. M. de Cerny la prenait dans ses bras, l'embrassait avec transport, avec passion, tandis que Magarthy, anéantie, gisait sur le plancher, incapable, dans sa frayeur, de faire un mouvement et croyant toujours voir la mort menaçante sur sa tête.

Madame de Cerny se sentait renaître sous les ardentes caresses de son mari ; elle se souleva un peu et le regardant avec une tendre expression, elle murmura :

— Merci, Henri ! Oh ! tu es bon ! Ainsi, tu

m'aimes, tu m'aimes! tu n'aimes que moi! il m'était si horrible de mourir en croyant que tu me haïssais; mais tu m'aimes! je puis m'en aller maintenant, je partirai heureuse! mais tu ne la tueras pas? tu me le promets... merci!

Elle retomba sur le lit. Elle était morte!

Peindre le désespoir du comte de Cerny est impossible : chez cette nature passionnée, où les sensations, comme les sentiments, étaient d'une violence inouïe, ce devait être et ce fut terrible. C'est à peine si son emportement lui permit de se rappeler qu'il avait tacitement promis à la douce martyre de respecter la vie de Magarthy. Il fut obligé de se contenir et n'y parvint que par des efforts surhumains. Magarthy était terrifiée, abasourdie : peut-être n'avait-elle agi que dans un désordre d'idées qui tenait du vertige et de la folie? Peut-être était-elle moins coupable, moins criminelle que ne le prouvait l'acte qu'elle avait accompli? C'est ce que personne, pas même elle, ne pouvait comprendre. Mais elle avait vu la mort de près, elle l'avait vue immédiate, terrible, levée et suspendue sur sa tête, et elle connaissait trop bien le comte pour ne pas s'attendre à tout de sa colère.

Au cri poussé par la comtesse avant de mourir, les domestiques et les esclaves épars dans l'habitation avaient tressailli; quittant immédiatement leur ouvrage, ils s'étaient précipités, sans ordre, ma pleins d'anxiété, dans la direction où le cri fat avait retenti. Il y eut bientôt foule dans la pièc qui précédait celle où se trouvait le cadavre de l comtesse. Les plus hardis ouvrirent la porte, et l'aspect de Lucy, immobile et morte, du visag bouleversé du comte, et de la prostration de Ma garthy, l'horrible vérité éclata à leurs yeux.

Nous l'avons dit, madame de Cerny était adoré de toute la plantation, et un murmure de déses poir et d'indignation contenue se fit entendre e rappela le comte à la réalité.

— Entrez, entrez tous, s'écria-t-il! vous voyez cette malheureuse, cette misérable, recueillie sous mon toit et traitée par votre maîtresse presque à l'égal d'une amie? Eh bien, en récompense des bontés, des tendresses qu'on a eues pour elle, elle a assassiné sans pitié sa bienfaitrice, la vôtre à tous!

Des cris d'horreur se firent entendre, tous les regards se tournèrent vers Magarthy frémissante, éperdue. Le comte continua :

— Je la tuerais comme un chien, car c'est là tout ce qu'elle mérite, si je n'avais promis à cette sainte, au ciel maintenant, de ne pas la toucher. Mais qu'elle parte, qu'elle parte vite, à l'instant! Qu'elle appartienne au premier qui pourra l'approcher sans répugnance et sans horreur. Je la chasse!

Et, d'un geste, il montra à la quarteronne la porte restée ouverte. Celle-ci, livide de peur, le sein agité par un sentiment indéfinissable de honte, ou peut-être de remords, sortit, entre une double haie de serviteurs et d'esclaves, qui poussaient des cris d'exécration et qui l'auraient mise en pièces, s'ils n'eussent été retenus par la présence du maître.

V

QUE DEVIENDRA-T-ELLE?

La situation de Magarthy était affreuse. Elle courait tout droit devant elle, comme une bête fauve qui serait poursuivie par une meute nombreuse. Elle ne pensait à rien. Ses cheveux dénoués flottaient au vent. Sa gorge râlait et ses yeux injectés de sang regardaient sans voir.

Un obstacle qui se présenta mit fin à cette course désordonnée. La rivière La Vigne se rencontra sous les pas de cette créature que la peur avait affolée. Alors seulement Magarthy, passant la main sur son front, fut rappelée à la réalité de sa situation. Son premier mouvement fut de regarder en arrière pour voir si elle n'était pas poursuivie : elle n'aperçut personne.

Elle s'assit ou plutôt tomba sur l'herbe qui borde La Vigne, et prise d'un accès nerveux, elle se roula sur le gazon, en éclatant en sanglots et en poussant des cris déchirants.

— C'est impossible! c'est impossible! hurlait l'infortunée. C'est un horrible rêve! Mais dites-moi que cela n'est pas vrai! Parlez donc, master John! Cerny! Personne! ils m'ont tous abandonnée! oh! les lâches! je me vengerai!

Et elle continua ses divagations en se tordant les bras. Mais depuis une heure, le crépuscule avait déjà envahi l'horizon et, à Bourbon, la durée du crépuscule est rarement plus longue. La nuit vint peu à peu et l'ordre des idées de Magarthy changea avec la venue de l'obscurité. Aux désirs de vengeance, aux cris de malédiction et aux blasphèmes, firent place des réflexions plus sombres. Aux figures de master John et du comte de Cerny, succédèrent celles du docteur et de Lucy... Elle revit tout, la fenêtre ouverte... Lucy expirante... et elle tomba évanouie.

La fraîcheur de l'aube la réveilla.

Elle fit ses ablutions dans l'eau pure de La Vigne... Elle sourit au visage que lui retraçait l'onde complaisante et elle se releva, sinon consolée, du moins forte et préparée à lutter corps à corps avec l'avenir.

— Je suis belle et j'arriverai !

Singulière nature que celle de cette femme qui, chassée pour un crime horrible, de l'habitation, où elle aurait pu trouver le bonheur, ne pensait plus au passé, commencé seulement de la veille, et escomptait l'avenir, avec une sorte de tranquillité.

Elle était incertaine de la route à suivre. Il lui fallait quitter l'île, sous peine de devenir la proie des nègres marrons, auxquels elle était maintenant assimilée. Toutes les villes lui étaient également fermées, car à Saint-Denis, comme à Sainte-Suzanne, comme à Saint-André, elle pouvait être reconnue. Trop de gens des villes voisines fréquentaient l'habitation élégante où elle avait vécu longtemps... Elle pouvait être soupçonnée de fuite, ramenée devant M. de Cerny qui, cette fois, oublierait peut-être la prière de l'ange envolée.

En admettant encore qu'elle évitât la triste expectative de servir de jouet à une bande d'esclaves fugitifs ou de voleurs, elle était exposée à rencontrer quelqu'un appartenant à M. de Cerny, qui cette fois, loin du comte et n'étant plus retenu par la crainte, pourrait exercer sur elle une vengeance terrible.

Elle resta quelques heures indécise, cachée dans

une des innombrables criques formées par les récifs de la côte, contemplant la haute mer et la fin de la tempête qui avait coûté la vie à madame de Cerny. Un vent frais, qui caressait en le rafraîchissant son front brûlant, succéda bientôt à cette chaleur accablante. La mer redevint calme et tranquille, le tourbillon cessa; alors une nouvelle souffrance, plus terrible que tout ce qu'elle avait éprouvé jusque-là, s'empara d'elle : la faim, l'horrible faim, se fit sentir et lui déchira les entrailles. Sur ce rivage morne et désert, impossible de rien trouver pour l'assouvir! Et Magarthy n'osait pas, pour les raisons données plus haut, s'enfoncer dans l'intérieur de l'île, où elle eût pu découvrir quelques arbres dont les fruits bienfaisants l'auraient aidée à continuer sa route. Il fallait pourtant prendre un parti.

Rappelant ses forces chancelantes, l'esclave se leva, et, se décidant enfin, elle se dirigea vers la ville avec les plus grandes précautions, se traînant avec peine, s'arrêtant à chaque pas, mourant de soif et d'inanition; elle finit pourtant par atteindre un village, mais elle n'osa pas y entrer pendant le jour, et, malgré des souffrances intolérables, elle eût le courage d'attendre que le soleil fût couché pour s'y glisser dans l'ombre. Une autre difficulté se présenta alors : où aller? où frapper? quelle raison donner de sa présence dans un endroit où aucune barque n'était arrivée depuis quelques jours? Pourtant il fallait ne pas succomber sur la route; aussi, résolue à tout, elle erra par les rues, cherchant un gîte et un souper. Heureusement ou malheureusement pour elle, elle était très jolie; sa beauté lui assurait du pain, elle le savait et n'hésita pas à se servir de ce moyen.

D'ailleurs, nous l'avons vue à l'œuvre et nous savons que chez elle la pudeur n'était qu'un mythe. Elle avait cela de commun avec presque toutes les esclaves, habituées à plier sous un joug de fer et à se considérer plutôt comme une chose que comme une personne.

Une bande de matelots ivres arrivait en chantant; elle marcha droit vers eux et en heurta un en passant.

— Que me veut cette moricaude! s'écria le matelot furieux.

— Moricaude! dit un autre; elle est aussi blanche que toi et moi.

Cela était parfaitement vrai, car les matelots nés sous nos climats sont blancs de peau, mais, vite brunis par le soleil, leur teint devient pareil à celui des créoles qui vivent au grand air sous ce ciel de feu.

— Tiens! tu as raison! dit le premier marin.

Mais c'est qu'elle est très gentille, sais-tu bien? Allons, que me veux-tu, ma belle enfant?

— J'ai faim! répondit-elle avec égarement.

Un éclat de rire accueillit cette phrase. Les matelots ivres et repus ne comprenaient pas qu'on pût avoir faim!

— Je n'ai rien mangé depuis hier, continua Magarthy; par pitié, donnez-moi un peu de pain!

— C'est une mendiante! dirent les matelots en se disposant à s'éloigner. Laissons-la chercher ce qu'il lui faut et allons boire!

Magarthy ne se découragea pas : elle saisit le plus jeune par la manche de sa veste, et profitant d'un rayon de lumière qui filtrait à travers la fente d'une porte, elle montra en plein sa beauté luxuriante et lança au matelot un de ces regards dont elle connaissait la puissance. Les marins sont en général peu disposés aux sobriétés. Celui auquel elle s'était adressée, et qu'elle avait bien choisi, se laissa toucher et l'emmena. Elle avait ainsi du moins un gîte et du pain.

Le milieu où elle se trouvait jetée pour l'instant était assez triste, la différence était grande pour une femme, même pour une esclave, entre appartenir à un de ces hommes et appartenir à l'élégant comte de Cerny.

Aussi, le lendemain, peut-être Magarthy eut-elle

des regrets, mais il était trop tard, et, du reste, ces regrets ne furent pas de longue durée.

Le matelot qu'elle avait suivi fut bientôt obligé de se rembarquer; il faisait ordinairement le trajet de l'île Bourbon à Maurice, et restait quelquefois longtemps en voyage. Il lui proposa de l'emmener avec lui et, comme elle n'avait pas le choix des moyens, elle accepta.

VI

MAURICE ET MADAGASCAR

Ce fut à Port-Louis que Magarthy et son amant débarquèrent. Le matelot n'était pas riche, et l'eût-il été, il n'était pas de nature à s'embarrasser d'une femme. Aussi, un beau matin, Magarthy se réveilla-t-elle seule, dans l'espèce de bouge qu'elle partageait avec lui. Elle ne pleura point, ne se désola pas. Et cependant elle était enceinte et sans aucune ressource. Elle n'avait point aimé ce grossier personnage; elle éprouva même une espèce de soulagement après le départ de cet homme. En effet, il l'eût probablement gênée dans les entreprises qu'elle méditait.

Ici commença pour notre héroïne une vie de luttes et de misères qu'elle supporta sans se plaindre... Tour à tour bouquetière et servante d'auberge, elle cherchait vainement le sauveur qu'elle attendait. Et, punition du ciel peut-être! cette Magarthy était d'une prodigieuse fécondité; mais si elle trouvait de temps en temps quelque âme compatissante dont la bourse s'entr'ouvrait pour fournir du pain à la triste couvée, l'inégalité trop constatée de sa vie ne pouvait lui laisser espérer de rencontrer de sitôt un éditeur responsable des œuvres de son inconduite.

Dans ses commencements à Port-Louis, elle s'était complétement dégradée; et si quelque colon un peu convenable lui venait en aide, c'était en cachette. Cependant Magarthy ne se décourageait pas. Elle se disait qu'il fallait pourvoir aux besoins de sa petite famille. Rien ne la rebutait, si ce n'est le travail. Quelquefois, dans ses heures de solitude, elle se rappelait le comte de Cerny et regrettait les jours passés. Quant au crime qu'elle avait commis, elle s'en souvenait à peine. Cette femme était égoïste dans toute la force du terme. Ses enfants occupaient seules un coin dans son cœur, car, chose étrange, cette créature sans foi ni loi adorait ses filles. Pour leur assurer un sort, elle eût mis le feu à la moitié de l'île.

Blanche, ou presque blanche, elle avait toute l'apparence d'une créole, mais elle n'en avait ni le caractère ni le tempérament. La créole est aimante, passionnée; elle est affolée de plaisir. Magarthy était froide et réfléchie. La créole aime la toilette pour la toilette.... c'est un ruban, une fleur dont elle recherche la couleur ou le parfum. Et parce qu'elle aime à les voir et à les respirer, elle aime à s'en parer; mais cette toilette n'est pas calculée. Magarthy voulait de la toilette, parce que c'est un appât d'une force irrésistible pour certains hommes; c'était pour elle une arme de combat, une arme de luxe, si l'on veut, mais une arme d'une grande précision et d'une grande portée.

En attendant, Magarthy vendait des fleurs; mais le commerce allait mal. Elle se mit alors à suivre les marchands colporteurs, vendant des bijoux faux ou des bibles de pacotille. Aujourd'hui à Port-Louis, demain à Beau-Séjour, elle parcourut tour à tour la Savane, le grand port Moka, la rivière Noire, Pamplemousse, etc., revenant de temps en temps à Port-Louis pour renouveler ses marchandises.

Certes, à voir cette femme traîner son ballot et marcher sous l'ardeur du soleil, on n'aurait pu deviner qu'un jour elle serait, sinon célèbre, du moins riche et presque redoutée.

De l'île Maurice, elle trouva une occasion de passer à Madagascar. Elle avait entendu vanter la richesse de cette île et elle résolut d'y tenter la fortune.

La fatalité sembla la poursuivre à Madagascar comme à Maurice. A bout de moyens, une idée folle s'empara d'elle. Elle voulut retourner à l'île Bourbon. Sans doute c'était dangereux, car si l'esclavage n'existait plus à Maurice, il régnait toujours dans la colonie française. Il y avait toutes sortes de dangers pour elle à affronter son ancien séjour. Elle pouvait rencontrer M. de Cerny, qui, dans un moment de fureur pouvait la tuer sans pitié! Mais cette idée d'un retour à Saint-Denis la poursuivait nuit et jour. Une voix lui criait que c'était là que son existence misérable finirait, que la fortune l'attendait. Aussi, résolue à tout braver plutôt qu'à continuer une carrière sans issue possible, Magarthy s'embarqua, avec ses filles, pour Saint-Denis, où nous allons la suivre.

VII

RETOUR A SAINT-DENIS

Quoique Bourbon et Maurice soient deux îles voisines, comme on est voisin dans ces contrées, c'est à dire séparées par de véritables océans, les mœurs et la société n'y sont plus les mêmes.

La Magarthy avait pu vivre inconnue dans la possession anglaise, parce que la pruderie proverbiale de la métropole tendait à s'y acclimater, malgré l'ardeur du climat et l'origine française de la colonie. Il lui avait été difficile, impossible même de s'élever; mais elle y avait du moins trouvé des amants dans les classes infimes. A Madagascar il en avait été de même.

A Bourbon il n'en était plus ainsi. Sitôt arrivée, elle se trouva en face d'une concurrence sérieuse dans son horrible métier. A Saint-Denis, les mœurs sont beaucoup plus relâchées qu'à Port-Louis; on s'y abandonne à toutes les exigences d'un climat incendiaire. Là, plus d'hypocrisie; on jette le masque, et, du haut en bas de la société, la ville tout entière est adonnée au plaisir, on y respire la débauche avec l'air. Les noirs eux-mêmes, esclaves abrutis, obtiennent de leurs maîtres la permission de se réunir, de temps en temps, dans des locaux affectés expressément à cet usage. Ils se rassemblent hommes et femmes, ou plutôt mâles et femelles, et leur plus grand plaisir, leur seul bonheur, le bonheur, après lequel ils soupirent pendant leurs longues journées de fatigue et de travail, c'est de se livrer avec excès, avec rage, c'est le mot, à leur danse nationale.

Cette danse, célèbre dans ces parages, n'est autre que la fameuse *cachucha* espagnole appropriée à la nature des danseurs et du climat. La grâce provoquante des Andalouses se transforme en dévergondage; la volupté se métamorphose en libertinage.

En présence de cette débauche effrénée, Magarthy se trouva tout d'abord mal à l'aise. Nous l'avons dit, notre héroïne n'était pas une fille hors ligne, elle n'avait pas un de ces caractères de fer qui vont droit à leur but en renversant tout sur leur passage; c'était une femme vulgaire dans toute l'acception du mot, mais douée d'une grande audace et surtout d'une grande persévérance. Elle était lasse, bien lasse de la vie qu'elle avait menée à Maurice ou à Madagascar, car elle comprenait que ce n'était pas de cette façon qu'elle pouvait s'élever au dessus de sa position, et cette vie, il fallait qu'elle la reprît; il le fallait, parce quelle avait faim!

Il est impossible de suivre Magarthy dans sa nouvelle carrière; les détails de cette existence aventureuse et dévoyée sont trop connus et trop authentiques pour mériter la peine d'être racontés. Ils exigeraient, du reste, des circonlocutions qui pourraient à peine atténuer le réalisme brutal des faits. En résumé, toutes les exigences imposées par la nécessité, par ses instincts, par le milieu infâme dans lequel elle vivait, Magarthy les accepta sans hésiter; elle but toutes les hontes et se soumit à toutes les épreuves. Nous passerons donc sous silence ses nouvelles aventures, et nous arriverons sur-le-champ à une époque qui ne peut qu'être indiquée par nous, mais qui fut des plus importantes dans sa vie.

Il semblerait que Magarthy ait parcouru tous les

degrés de l'abjection, de l'opprobre et de la honte. Il lui restait encore un dernier degré à franchir, et elle le franchit.

Et cependant, que lui restait-il de bas et de misérable à pratiquer? Cette fille, restée fort belle malgré sa nombreuse progéniture, s'était vue tour à tour marchandée par des matelots ivres, vendue à des colporteurs ignobles, honteux trafiquants de ces livres et de ces lithographies que la police saisit sur le continent, et dont elle met les auteurs et les éditeurs sous les verrous. Servante dans le port de Madagascar, elle avait obéi à tous les caprices d'une clientèle d'ivrognes, de voleurs et de soldats déserteurs, payant une caresse avec une injure, lui faisant acheter le pain de ses enfants au prix le plus ignominieux.

Eh bien, tout cela n'était rien auprès de la nouvelle existence que le sort lui réservait. Jusque-là sa honte n'était connue que d'elle seule, et il allait venir un moment où cette honte serait publique et pour ainsi dire affichée. Elle allait entrer dans l'enfer du Dante, ce lieu terrible sur la porte duquel est écrit :

« Laissez dehors toute espérance, ô vous qui entrez !

Mais la destinée de Magarthy était si étrange, que là où toute autre aurait trouvé la dernière étape de sa vie, elle était capable de poser le premier jalon de sa fortune à venir... Nous glisserons sur les détails choquants et nous irons le plus vite possible au but qui nous attend après cette nouvelle campagne de notre héroïne.

De toutes ses camarades de Saint-Denis, celle que préférait Magarthy était une mulâtresse déjà âgée.

C'était une femme d'une grande expérience, connaissant mieux que qui que ce fût toutes les ressources de l'île, et sachant se tirer de tous les mauvais pas. Elle avait dû être fort jolie, mais sa beauté ne présentait plus maintenant que des ruines. Ce fut à elle que Magarthy se plaignit de position et fit part de sa résolution de retourner à son ancienne vie, puisque cette vie donnait au moins du pain à elle et à ses enfants. La mulâtresse l'en détourna.

— Vois-tu, tout vaut mieux que cela, lui dit-elle. Es-tu bien résolue à ne pas retourner d'où tu viens?

— Certes, oui ; je préfère tout à la misère.

— Eh bien, alors, pourquoi n'entrerais-tu pas chez la Marton ?

— Chez la Marton ?... Qu'est-ce que c'est que la Marton ?

La mulâtresse expliqua à Magarthy ce qu'était la Marton.

Française et Parisienne d'origine, la Marton était venue de la métropole fonder à Saint-Denis une maison de modes; mais elle n'avait pas tardé à s'apercevoir que le commerce de ses chapeaux allait beaucoup moins bien que le commerce que faisaient ses ouvrières. C'était une femme tout à fait sans préjugés. Elle étudia le terrain, et, comme elle était très intelligente et très adroite, elle entreprit de monter, dans un quartier retiré, une maison très recommandable à l'extérieur, où elle sut attirer tous les gens riches de l'île et tous les étrangers de passage.

Ce fut là que la mulâtresse conseilla à Magarthy de se réfugier. Celle-ci n'hésita pas, et suivit son amie chez la Marton, où elle concourut bientôt, pour sa part, sous le nom d'Octavie, à la fortune de la maîtresse de la maison. Son pain quotidien et celui de ses enfants étaient donc enfin assurés. Sûre d'aujourd'hui, elle put attendre avec patience un lendemain meilleur.

VIII

LA RENCONTRE

Nous ne ferons pas pénétrer le lecteur dans le refuge que Magarthy s'était choisi. Disons seulement que quatre années s'écoulèrent sans qu'aucun événement important ou possible à rapporter vînt accidenter cette vie de calme infamie.

« Esclave de l'amour, condamnée au plaisir, » Magarthy voyait disparaître le temps sans trop le compter, quand un jour, elle vit arriver chez la Marton l'homme qu'elle s'attendait le moins à y voir, celui avec lequel elle redoutait le plus de se trouver, M. de Cerny. Leur émotion fut violente; rien ne les préparait l'un et l'autre à cette rencontre. Magarthy crut qu'elle allait se trouver mal de frayeur : M. de Cerny, lui, se sentit tressaillir à cette image vivante d'un passé qu'il croyait enseveli depuis longtemps.

Plusieurs années s'étaient écoulées depuis la catastrophe qui les avait séparés. Souvent le comte de Cerny, qui avait aimé véritablement, d'un amour plastique si l'on veut, mais enfin réel, Magarthy, s'était demandé si celle-ci était bien la cause de la mort de la comtesse ; il se rappelait que sa femme était d'une santé plus que délicate, très affaiblie, et que l'accouchement seul eût pu suffire pour l'abattre. Leur enfant était mort peu de temps après les événements que nous avons retracés au début de cette histoire ; M. de Cerny s'était alors trouvé complétement isolé, et il avait regretté le départ de la fille de la mulâtresse. Celle-ci n'était peut-être pas si coupable qu'il l'avait cru d'abord ; et puis, malgré tout, il avait pour elle un certain sentiment ou, pour mieux nous exprimer, une certaine sensation ; il y pensait enfin. Peu à peu cependant cette pensée s'effaça, et, à mesure que le chagrin de la mort de sa femme s'affaiblissait, l'image de Magarthy s'éloignait aussi ; et un beau matin il se trouva complétement consolé, sans amour et sans regret.

Il reprit sa vie accoutumée, insouciante et insoucieuse. Plusieurs familles des environs voulurent le remarier; mais il ne voulut jamais que Lucy fût remplacée ni dans son esprit ni dans son cœur. Il n'en fut pas de même pour le souvenir de Magarthy : celle-ci fut souvent remplacée. Dans un court voyage à Saint-Denis, où il était appelé par des affaires, il entendit parler d'une fille célèbre qui faisait la fortune d'un repaire de l'île. Poussé par la curiosité, il voulut voir ce que pouvait être cette créature, et, surmontant une répugnance inévitable chez un homme bien élevé, il se rendit chez la Marton.

Nous ne chercherons point à peindre son étonnement, lorsqu'il s'aperçut que la fameuse Octavie n'était autre que l'esclave dont il avait été, du moins le croyait-il, le premier amant.

Quant à Magarthy, ce qu'elle ressentit fut surtout de la crainte. Elle n'avait jamais pu oublier le geste menaçant du comte, levant sa chaise pour l'écraser. Elle se disait que, si jamais le maître la retrouvait, il la tuerait certainement, et alors elle frémissait à la pensée d'une rencontre; or, le jour de cette rencontre était venu : c'était peut-être pour elle la dernière heure.

Elle se rassura cependant peu à peu, en fixant les yeux sur M. de Cerny; la figure de celui-ci n'exprimait ni colère ni haine; son œil, toujours franc et loyal, ne montrait que de la commisération.

— Toi ici, dit-il enfin, lorsqu'ils se trouvèrent seuls ; toi !

— Hélas ! monsieur le comte, il fallait vivre ; je ne pouvais pas mourir de faim.

Et Magarthy entama l'histoire de sa vie depuis qu'elle avait quitté Bourbon. Trompée par un amant qui lui avait emporté l'argent qu'elle avait gagné dans le commerce des fleurs, seule avec deux enfants, elle avait dû se résigner à faire un métier infâme ; mais elle mourait lentement de cette vie dégradante.

Et ses beaux yeux roulaient des perles liquides. M. de Cerny l'écoutait, et tous ses anciens souvenirs lui revenaient au cœur plus ardents que jamais.

En définitive, cette pauvre fille avait tant souffert, et puis ses enfants ! Oh ! leurs enfants, voilà le grand mot de ces malheureuses ! Et l'homme, même le plus sceptique, se laisse souvent prendre à ces semblants d'amour maternel.

On a raison de tout, grâce à ce bienheureux thème, avec certains philanthropes naïfs.

— Oui, disait Magarthy, oui, je suis une misérable ; mais quand je voyais ces pauvres petits êtres me tendre les bras et murmurer : j'ai faim ! rien ne m'eût coûté pour leur donner du pain. Je suis vouée à la honte et à l'infamie, mais *mes enfants* ne manquent de rien. Peu m'importe le reste !

Ils me maudiront peut-être un jour, mais je leur pardonne d'avance. Il y a longtemps que j'ai fait le sacrifice de ma vie. Qu'ils ne souffrent pas, voilà mon seul vœu sur cette terre.

M. de Cerny semblait absorbé dans la contemplation du visage baigné de larmes de Magarthy. Celle-ci sentait que le comte se laissait toucher, et, redoublant de triste mélancolie, elle garda un silence de quelques minutes.

— Pourquoi avoir quitté l'habitation? Là, ton pain, du moins, était assuré pour toujours.

Magarthy, étonnée, regarda le comte avec inquiétude; mais elle se rassura bientôt, en ne voyant, sur la figure de son ancien maître, aucune arrière-pensée; elle se décida à lui dire ou plutôt à murmurer à demi-voix :

— Ne m'aviez-vous donc pas chassée?

La physionomie de M. de Cerny se rembrunit, mais ce ne fut qu'un éclair; une triste lueur lui avait passé sous les yeux, puis elle avait disparu. Il était arrivé à croire, ainsi que nous l'avons déjà dit plus haut, que Magarthy était innocente de la mort de sa femme.

— Il ne fallait pas t'éloigner. Le premier moment passé, j'aurais oublié cette parole, et tu serais restée avec moi.

Elle était de plus en plus ébahie; elle ne se

serait jamais attendue à une rencontre faite dans de pareilles conditions. Ayant la conscience de sa faute, de son crime, voulons-nous dire, elle en croyait le comte aussi persuadé qu'elle-même. Elle n'avait pu deviner le travail qui s'était fait dans l'esprit de M. de Cerny. Une telle répulsion à croire au mal était inexplicable pour elle, qui ne connaissait que les côtés boueux de l'esprit humain. Elle réfléchit un moment, puis releva la tête pour dire :

— Mais ne vous souvenez-vous donc plus de ce qui s'est passé? Ne vous rappelez-vous pas que vous vouliez me tuer, car vous me soupçonniez d'une chose infâme...

— C'était un moment de colère. La fureur et le désespoir me montaient au cerveau. Savais-je ce que je disais?... Mais là n'est point la question. Tu m'appartenais ; n'étais-tu pas mon esclave, ne l'es-tu pas encore? Car enfin je ne t'ai pas vendue, je ne t'ai pas rendue libre.

Magarthy frissonna. Avec les années, elle avait oublié l'existence de ce contrat qui faisait que, elle, créature animée, elle était *la chose* d'un maître. Le comte venait donc la réclamer! Une nouvelle frayeur s'empara d'elle : l'esclavage ne lui faisait pas peur; elle l'avait assez longtemps subi pour ne pas s'effrayer de cette perspective ; d'ailleurs, elle était encore très jolie, et jugeait, peut-être à tort, qu'il ne lui serait pas difficile de reconquérir toute la puissance qu'elle exerçait autrefois sur son maître. Mais ses enfants, ses filles, qu'elle aimait, qu'elle adorait! les voir esclaves comme elle! jamais elle n'y consentirait. Cependant, ces enfants appartenaient aussi à son ancien maître, qui avait des droits, non seulement sur elle, mais sur sa descendance. Comment éviter ce malheur? Un seul moyen lui restait, mais il était terrible : la mort! En effet, elle morte, comment le comte pourrait-il réclamer comme esclaves, des filles blanches, filles d'une quarteronne, et chez lesquelles, par cela même, il était impossible de retrouver une trace de sang noir.

D'un autre côté, leur mère disparue, que deviendraient ces pauvres enfants? Épouvantable perplexité qui frappait de terreur cette femme, remplie cependant des instincts les plus mauvais. Nous l'avons dit, le seul bon sentiment qu'il y eût dans cette triste créature, c'était l'amour maternel; mais ce sentiment était incommensurable; quand elle perdait quelques-uns de ses enfants, c'était des désespoirs réels.

Le comte la regardait en souriant; il voyait les tortures qu'elle endurait; mais comme il était doué d'une bonté excessive, il y mit promptement un terme.

— Ne te tourmente pas, Magarthy; si tu n'étais pas libre lorsque tu m'as quitté, je te fais libre maintenant... tu n'es plus esclave.

Un élan de reconnaissance la fit se précipiter aux pieds de son ancien maître : ses enfants étaient sauvés! Son émotion fut si violente que les sanglots faillirent l'étouffer. Tout en larmes, à moitié folle, elle répéta cent fois, en embrassant les mains du comte, sans pouvoir trouver d'autres paroles :

— Merci!... merci! merci!

— Ne me remercie pas encore, je ne t'accorde la liberté qu'à une condition.

Toutes les terreurs de Magarthy la reprirent. Quelles conditions allait-il exiger d'elle? Mais elle se résolut bientôt à les accepter toutes pour reconquérir la liberté promise.

— Je te fais libre à condition que tu quitteras à l'instant même cette horrible maison, et que tu me promettras de ne jamais y rentrer. La femme, libre ou esclave, qui a obtenu, ne fût-ce qu'un jour, l'amour du comte de Cerny, ne devrait pas même connaître l'existence d'un pareil bouge.

— Hélas! monsieur le comte, suis-je donc destinée à rester toujours esclave? Un contrat me lie à cette maison : je ne puis la quitter qu'en payant une somme importante... Où trouver cette somme?

— N'est-ce que cela? Je te la donnerai immédiatement; mais il faut me suivre.

Deux heures après Magarthy, quittait la Marton, qui lui faisait les offres les plus brillantes pour la retenir.

Le comte loua et meubla pour elle une jolie habitation dans Saint-Denis même. Ce fut ainsi que Magarthy passa au rang d'hétaire, but de toute son ambition actuelle.

Les affaires de M. de Cerny le retinrent assez longtemps à Bourbon. Lorsqu'il vit son ancienne esclave dans un milieu plus convenable, un goût très vif, qu'il croyait éteint, se ranima en lui. Du reste, cela servit à Magarthy pour la poser, car le comte la mena dans tous les endroits publics avec lui, et on s'occupa beaucoup de la *belle blanche*, comme on l'appelait.

Mais toute chose a son terme. Les affaires de M. de Cerny terminées, il lui fallut retourner sur sa plantation, car une plus longue absence pouvait compromettre ses intérêts. Il partit, laissant sa maîtresse mener la vie des riches créoles, grâce à une somme importante qu'il lui donna en la quittant.

Sur ces entrefaites, éclata comme un coup de foudre la révolution de 1848. Cet essai mal réussi de république ébranla cependant les vieilles traditions sur leurs bases. Le monde entier ressentit le contre-coup de cette commotion : la liberté eut son jour de triomphe, jour bien vite passé, il est vrai, mais qui cependant marquera dans l'histoire de notre temps.

L'abolition de l'esclavage fut la conséquence naturelle de cette démonstration du peuple français; et Magarthy se trouva naturellement délivrée de toute crainte au sujet de son esclavage passé.

Avec la *liberté de droit* et la somme d'argent que lui avait laissée M. de Cerny, Magarthy, se voyant l'égale des autres femmes non mariées de la colonie, était arrivée, sinon à son but, du moins au chemin qui, d'après elle, devait l'y conduire. Sûre de sa vie journalière, elle attendit, patiente et calme, une occasion propice qui ne tarda pas à naître.

IX

NOUVELLES AMOURS

Cette occasion se présenta sous la forme élégante et aristocratique d'un jeune gentilhomme de vingt-cinq ans.

M. de Mingen était Français. Il était resté, à l'âge de dix-huit ans, seul, sans parents, avec une sœur tout enfant et un modeste patrimoine. Après avoir longuement réfléchi au moyen le plus sûr et le plus prompt d'augmenter ce patrimoine, il s'était décidé à chercher dans le commerce lointain une fortune qu'il n'eût pas osé demander au commerce parisien. Il eût pu s'en passer, lui, mais il fallait une dot brillante à son orpheline idolâtrée.

Le succès couronna ses tentatives. Les marchandises qu'il amena d'Europe dans les mers indiennes et africaines, lui rapportèrent un bénéfice énorme, et, à l'époque où nous le trouvons à Bourbon, il avait en toute propriété plusieurs navires qui transportaient ses marchandises dans tous les archipels de l'océan Pacifique.

Depuis quelques mois, il avait fait venir sa jeune sœur, maintenant âgée de sept ans; elle avait jusqu'alors été confiée, en France, à des étrangers. Il préféra l'avoir avec lui pour surveiller de plus près son éducation. Il avait à Bourbon quelques propriétés et un nombreux personnel; il ne restait pourtant pas constamment dans l'île. Il faisait de fréquents voyages, se rendant de comptoir en comptoir, car il avait des relations suivies avec les négociants de divers pays. Ce fut au retour d'un de ces voyages, qui cette fois avait été plus long que d'habitude, qu'il entendit parler de la créole dont toute la ville de Saint-Denis s'occupait.

Il prêta d'abord peu d'attention à ce qu'on en disait. Sa vie avait été jusqu'ici toute de travail et de lutte; il n'avait eu ni le temps ni le désir de connaître ce que la société policée appelle l'*amour*. Il continua donc l'existence qu'il avait toujours menée, sans s'inquiéter de la nouvelle beauté que toutes les bouches célébraient. Mais ce nom de Magarthy, sans cesse répété, finit par l'occuper et il voulut connaître celle qui le portait. D'ailleurs, tout ce qu'on disait de la belle créole était bien fait pour exciter ce désir. On prétendait qu'après avoir mené une vie plus que licencieuse, elle s'était tout à coup repentie et transformée.

Il y avait certes de quoi éveiller la curiosité la plus discrète.

M. de Mingen n'y tint plus. Il trouva facilement, ce qu'on trouve toujours dans ces cas-là, un ami commun qui voulut bien le présenter à la nouvelle Madeleine.

A la vue de Magarthy, M. de Mingen fut ébloui; jamais il n'avait rêvé quelque chose de plus provoquant.

Lui, dont l'humeur avait été jusque-là si égale et si joyeuse, il devint rêveur, taciturne, morose. On le voyait chercher la solitude dans les endroits les plus déserts, et traîner après lui une mélancolie incurable. Ce fut en vain qu'il chercha à secouer la passion qui l'envahissait, partout et toujours l'image de cette femme le poursuivait et remplissait sa pensée. Il lutta tant qu'il put contre le démon qui lui étreignait le cœur. L'amour fut le plus fort, et de Mingen, vaincu, terrassé, vint, aux pieds de l'enchanteresse, se mettre à sa merci.

Dans un superbe élan d'enthousiasme, que les

âmes passionnées pourront seules comprendre et excuser, il alla jusqu'à lui offrir sa fortune et son nom. A cette offre, aussi bizarre qu'inattendue, Magarthy resta d'abord comme atterrée; mais, se remettant bien vite, elle répondit par un éclat de rire qui fut adorablement joué. Elle craignait un piége ou une raillerie, et ne voulait pas risquer une fortune pareille sur un simple coup de dés. D'ailleurs, répondre à une telle proposition par des avances trop marquées, n'était-ce pas faire naître une défiance dangereuse dans l'esprit d'un homme, dont elle prévoyait déjà pouvoir user et abuser?

Lorsqu'à l'aide de son éclat de rire, elle eut pu faire toutes les réflexions qui précèdent, elle se décida à répondre, d'une voix où l'hilarité faisait entendre encore ses notes railleuses :

— C'est une aimable plaisanterie, monsieur, mais peut-être manque-t-elle de générosité? Se présenter comme époux à une femme qu'on ne connaît pas, qu'on voit pour la seconde fois, c'est au moins de la bizarrerie; vous n'hésiterez pas à en convenir.

Ce rire et ces paroles calmèrent un peu M. de Mingen. Il réfléchit à l'entraînement inexplicable auquel il avait cédé, et il eut peur de ce qu'il avait dit, lui, le gentilhomme chevaleresque. Mais Magarthy sourit, et ce sourire était si plein de candeur, que le jeune Français fut bien près de se laisser aller de nouveau à toute la fougue de sa nature. Il se contint cependant :

— J'ai beaucoup voyagé, dit-il ; j'ai vu bien des femmes ; mais je déclare que je n'ai jamais rencontré une beauté aussi séduisante que la vôtre.

— Vous êtes Français, monsieur, et j'ai toujours entendu vanter la galanterie de vos compatriotes. Je vois bien maintenant qu'on m'a dit vrai.

— Si je suis Français, je le suis seulement de naissance, et non pas d'habitudes. La plus grande partie de ma jeunesse s'est écoulée sur l'Océan. Les mœurs policées me sont presque inconnues. Je suis à moitié sauvage, et j'ai coutume de penser ce que je dis. Quand je vous exprime mon admiration pour votre beauté, je suis sincère, Magarthy. Si je prononce le mot : je vous aime, c'est que ma passion est profonde, aussi profonde que le firmament qui s'étend au dessus de nous.

— Savez-vous bien à qui vous vous adressez, monsieur?

— Je sais que je parle à la plus adorable des femmes.

— N'avez-vous donc jamais entendu raconter mon histoire. On m'a pourtant assuré que l'île entière s'occupe fort de mon passé, plus que je ne m'en soucie moi-même, sans aucun doute.

— Quoi d'étonnant à cela? La beauté fait toujours naître l'envie. Je ne sais qu'une chose, c'est que vous êtes belle et que je vous aime.

— Eh bien, cette histoire que vous avez peut-être entendu raconter de vingt manières différentes, je veux vous la dire, moi, telle qu'elle est. Vous me jugerez ensuite, et vous verrez si je suis digne de l'amour d'un honnête homme.

Elle lui raconta alors l'histoire d'une jeune fille trompée par le maître qu'elle servait, d'un enfant (*elle n'en avait plus qu'un!*), fruit d'un lâche attentat. C'était naïf, innocent, incroyable. L'homme qui avait été deux fois son bienfaiteur, M. de Cerny, était transformé par elle en un vil misérable. Elle cacha l'état d'esclavage dans lequel elle était née, mais fit comprendre que, vaincue par la misère, elle avait dû chercher des ressources dans une vie peut-être désordonnée, quoique excusable. N'avait-elle pas un enfant à nourrir? Cet enfant, qu'elle n'avait pas demandé, mais que Dieu lui avait envoyé dans un jour de colère, n'était pas coupable de sa naissance. Il avait droit à la vie que le Seigneur accorde à toutes ses créatures, et elle, la mère d'un pauvre être chétif, avait dû demander du pain pour son enfant, là où elle avait pu en trouver. (Tout cela était raconté avec un mélange de soupirs, de mines attristées, de larmes qui auraient amolli un cœur de pierre.) Un membre de sa famille lui avait heureusement laissé en mourant de quoi vivre indépendante. Elle s'était depuis renfermée dans la retraite pour pleurer sur son avenir brisé, sur sa jeunesse perdue!

M. de Mingen écouta ce roman avec recueillement ; sa nature crédule et loyale accepta tout. Quel intérêt cette femme pouvait-elle avoir à le tromper? Il la plaignit sincèrement et maudit l'homme, cause de tant de malheurs.

— Heureux celui, dit-il, qui pourra vous faire oublier toutes vos douleurs, et vous donner ce que vous méritez si bien, les douces joies du cœur!

— Personne ne le pourra, répondit Magarthy avec mélancolie. Ma vie entière est vouée au désespoir. Merci cependant de l'intérêt que vous avez bien voulu me montrer. Promettez d'être pour moi un ami, rien de plus, et alors... Non, plutôt ne me promettez rien ; vous n'auriez qu'à manquer à votre promesse, je serais plus malheureuse encore. Venez quelquefois me voir, nous causerons ; vous me consolerez.

Et elle se leva, prit congé de lui avec une nuance de tristesse dans le geste, et laissa le jeune homme s'éloigner plus épris que jamais.

— Madame de Mingen! dit-elle quand elle se trouva seule; c'est un beau titre et une belle fortune! Allons! mon étoile luit plus brillante que jamais.

La première personne que M. de Mingen rencontra, quand il fut dehors, fut l'ami qui l'avait présenté.

— Déjà! dit l'ami en riant; vous allez faire des jaloux.

— Magarthy, répondit froidement de Mingen, est malgré tout une femme honorable et bien à plaindre.

— Ah bah! répondit l'autre, stupéfait, je vois, mon cher, que vous me récitez la leçon d'une infernale coquine, qui vous a choisi pour dupe; mais patience! nous ne le permettrons pas.

Et il raconta l'histoire *authentique* de Magarthy, son séjour chez M. de Cerny, la façon dont elle avait été chassée de chez lui, ses désordres tant à Maurice qu'à Madagascar et à Bourbon, son séjour chez la Marton, l'existence de sa progéniture, etc... Il appuya tous ces faits de preuves tellement irrécusables, que M. de Mingen resta abasourdi, et se sentit mépriser et haïr la malheureuse, autant qu'il l'avait aimée. Il ignorait, le pauvre et naïf garçon, que l'amour peut malheureusement exister sans l'estime. L'ami raconta partout la façon dont il avait désillusionné M. de Mingen, si bien que, dès le lendemain, cette bonne histoire courait la ville, et Magarthy l'apprenait. Elle en éprouva le dépit le plus amer; mais elle s'y attendait un peu, car il eût fallu un miracle pour que de Mingen n'apprît pas tôt ou tard la vérité, et elle murmura avec une étonnante confiance en elle-même :

— Je perds le nom, soit; mais la fortune me restera.

X

UNE ROUÉE DE L'ILE BOURBON

Voici le moyen qu'employa Magarthy pour ramener près d'elle M. de Mingen.

Ce moyen était d'une grande simplicité et aussi vieux que le monde, mais par cela même il devait réussir. Après avoir mené assez longtemps une vie tranquille et retirée, la belle créole se livra à l'existence la plus agitée, la plus excentrique. Rappelant auprès d'elle les plus distinguées, c'est à dire les plus convenables de ses amies d'autrefois, elle se livra à tous les plaisirs, fut de toutes les orgies, et éblouit l'île par l'étalage d'un faste qui lui fit, malgré sa prévoyance, risquer dans un suprême effort la somme entière que M. de Cerny lui avait laissée en partant. Elle rencontrait souvent M. de Mingen ; mais elle semblait toujours le fuir. A son approche, elle s'éloignait ; mais non sans laisser voir sur sa figure l'expression d'une profonde douleur.

M. de Mingen, lui, à force de réfléchir, de souffrir même, avait enfin compris qu'il pouvait bien mépriser Magarthy, mais qu'il ne pouvait s'empêcher de l'aimer. Les regards tristes et mélancoliques de la créole le troublaient. Il commençait déjà à ne plus la maudire, et plus d'une fois, entraîné par la violence d'une passion qu'il ne pouvait maîtriser, il s'élança sur ses traces ; mais il ne put jamais l'atteindre. Cela prouvait, du moins chez elle, une certaine délicatesse que, plus que tout autre, ce galant homme était capable d'apprécier et de comprendre. Il se sentait alors tout disposé à lui pardonner son insigne supercherie ; mais, la réflexion revenant, l'image aimée n'étant plus là, le mépris revenait aussi ; et il voulait, non seulement ne plus l'aimer, mais encore n'y plus penser.

Pendant ce temps, Magarthy dépensait jusqu'à son dernier sou ; mais les deux millions de fortune qu'on attribuait à M. de Mingen la rassuraient. Sans argent, elle fit des dettes, et bientôt se trouva réduite à la dernière extrémité. Les créanciers commençaient à la harceler; il fallait qu'elle prît un parti, ou qu'elle retournât rapidement à son existence passée, si M. de Mingen lui échappait. Un jour, dans une promenade publique elle l'aperçut au loin se promenant avec sa sœur. Elle prit aussitôt une démarche attristée et un air mélancolique, elle passa près de lui, sans paraître s'apercevoir de sa présence. Sa tournure gracieuse s'harmonisait à merveille avec cette mélancolie d'emprunt. Elle continua sa promenade, suivie d'un murmure flatteur, à peine dissimulé par la présence en ce lieu des dames de la haute société de l'île. M. de Mingen, à cette vue, se sentit bouleversé; toute sa passion se réveilla plus intense que jamais, et, n'y pouvant plus résister, il confia sa sœur à sa gouvernante, prétexta des affaires importantes, et s'élança à la poursuite de la quarteronne. Magarthy avait vu ce mouvement. Sûre d'être suivie, elle s'éloigna sans affectation. Tout en ayant bien soin de ne pas se laisser perdre de vue, elle prit un chemin détourné et arriva rapidement chez elle. Elle allait en franchir le seuil, lorsqu'une main se posa sur son épaule, et une voix murmura doucement :

— Magarthy!

Elle tressaillit, comme si cette voix avait produit

sur elle un choc violent, et se retourna. A la vue de M. de Mingen, elle pâlit affreusement ; un tremblement convulsif la saisit, et, s'il ne s'était élancé pour la recevoir, elle serait tombée à terre.

Tout cela était admirablement joué : l'idée d'une fortune à conquérir lui donnait, en un seul moment, un talent de comédienne hors ligne. Elle sembla enfin vaincre son émotion et dit d'une voix tremblante :

— Que voulez-vous, monsieur?

— Vous parler, Magarthy, vous parler à l'instant même.

— Entrez donc! Ne vous ai-je pas dit que, chez moi, vous seriez toujours le bienvenu?

Ces paroles furent prononcées avec une certaine dignité triste et attendrie qui remua profondément celui à qui elles étaient adressées. M. de Mingen suivit Magarthy dans un élégant boudoir d'où s'exhalait un parfum pénétrant et voluptueux. Sur un geste, il s'assit à ses côtés.

— Je vous écoute, monsieur, parlez, que me voulez-vous?

— Qu'avez-vous pensé de moi en ne me voyant pas revenir après notre dernière entrevue?

— J'ai appris l'histoire que vous avait racontée M. de ***, votre ami. J'ai pensé que vous méprisiez profondément la malheureuse fille capable d'avoir cherché à vous tromper, et que votre amour, tout immense que vous me l'aviez peint, n'avait pu résister au mépris.

— Pourquoi alors, Magarthy, n'avoir pas cherché à lutter, à discuter, à vous défendre?

— Pourquoi l'aurais-je fait? Que suis-je pour vous? Moins que rien : une fille servant d'amusement au premier qui veut bien la prendre. N'est-ce pas là votre pensée? De quoi m'auraient servi toutes mes protestations? Et puis, quand et où pouvais-je chercher à me disculper? Vous n'êtes point revenu à moi, et après ce qu'on vous a appris, je ne pouvais, moi, aller à vous.

M. de Mingen prit dans ses deux mains celles de Magarthy; celle-ci fit un mouvement léger pour se dégager, mais elle resta dans la même position.

— Eh bien, je suis revenu; me voici. Oh! je vous en prie, défendez-vous; affirmez-moi que tout ce qu'on m'a dit n'est que calomnie.

— Pourquoi affirmerais-je cela, puisque ce qu'on vous a dit n'est que la vérité!

— La vérité!

M. de Mingen abandonna les mains qu'il tenait serrées, et, se levant, se mit à marcher avec agitation.

Magarthy ouvrit la bouche pour parler ; mais des sanglots arrêtèrent sa voix dans sa gorge, et, se cachant la figure avec ses mains, elle pleura abondamment.

Le pauvre Français s'arrêta et la couvrit d'un regard passionné. La créole avait atteint son but.

Le jeune homme ne put pas discuter plus longtemps avec sa passion. Il tomba énivré aux genoux de Magarthy, et, lui écartant doucement les mains de la figure, il but avidement les larmes qui inondaient ses joues.

— Oh! je t'aime, je t'aime! murmura-t-il.

— Merci, merci! répondit-elle en laissant tomber son visage, où rayonnait le bonheur, sur l'épaule de son adorateur éperdu.

Mais elle se releva aussitôt, et, se renversant en arrière, donna de nouveau cours à son chagrin.

— Oh! s'écriait-elle, au milieu de ses sanglots déchirants, vous me méprisez, vous me méprisez!

— Non, non, Magarthy, je t'aime! Mais pourquoi m'avoir trompé? Pourquoi ne pas m'avoir tout dit?

— Pourquoi? vous me demandez pourquoi? N'avez-vous donc pas vu que je vous aimais? Si je vous avais avoué ma vie passée, vous auriez fait ce que vous avez fait, vous vous seriez éloigné. En vous la cachant, il pouvait arriver que vous ne la connussiez jamais : vous seriez venu me voir, nous aurions été amis et rien de plus, et du moins j'aurais joui de l'immense bonheur de votre présence, de votre amitié. Suis-je donc bien criminelle d'avoir voulu saisir le bonheur que je voyais se pencher vers moi! Je ne pouvais être votre femme, vous le comprenez bien; je n'aurais non plus jamais été votre maîtresse, car mon passé me rend indigne de votre amour. Oh! si ce passé n'existait pas, j'aurais voulu être non seulement votre maîtresse, mais encore votre esclave! Hélas! tout cela n'était qu'un rêve. Il ne me reste maintenant que le désespoir!

Il est de toute impossibilité de chercher à peindre le ton dont furent dits ces mots; c'était émouvant et splendide, digne d'une grande comédienne, et empreint d'un accent de vérité qui aurait convaincu un juge.

Nous l'avons dit, M. de Mingen était jeune, et sa jeunesse pouvait faire excuser cette trop complète naïveté; Magarthy était si belle en pleurant à chaudes larmes! Cette entrevue ne servit qu'à redoubler l'amour ou plutôt la passion du jeune Français. Sûre alors de l'avenir, la créole sut se faire désirer assez longtemps, pour que cette passion ne s'éteignît pas immédiatement par la possession. Elle eut cependant l'art de n'attribuer ses refus qu'à la dignité de son amour pour M. de Mingen. Cela devait nécessairement séduire un homme dont toute la vie avait été dictée par un excès de délicatesse. Il ne vit qu'une malheureuse, là où il y avait une misérable, et il se jeta tête baissée dans les filets qu'une esclave madrée tendait à sa fortune.

Elle céda enfin.

M. de Mingen était littéralement fou de sa conquête. Il l'emmena partout avec lui, non seulement dans les promenades publiques de l'île, mais quelquefois encore dans ses voyages. Il brava les étonnements de la société de Saint-Denis, et on se murmurait tout bas à l'oreille qu'il finirait peut-être par l'épouser un jour.

Magarthy, en présence de l'amour effréné qu'elle inspirait, sentit ses premières idées se réveiller ; elle eut de nouveau l'espoir de porter un jour le nom de son amant. Elle mit tout en œuvre pour cela ; mais le jeune homme eut soin d'éviter toute allusion à ce sujet. Sa fortune, du reste, prospérait ; les quelques millions qu'il possédait déjà lorsqu'il avait connu Magarthy, s'étaient multipliés, et on le citait comme le plus riche négociant de l'île. La créole espérait attirer à elle la plus grande partie de cette fortune. Mais M. de Mingen, quelque amoureux qu'il fût, n'oubliait pas le but auquel il s'était voué, et tout en entretenant splendidement sa maîtresse, il savait gérer ses affaires de façon que sa sœur ne fût pas lésée et que lui-même pût un jour ou l'autre, regagner l'Europe et y mener la vie indépendante qui convenait au nom de ses aïeux.

Malgré tout ce qu'il donnait à Magarthy, celle-ci n'avait pas assez de ses dons, tant sa soif de l'or était immense, inassouvible. Voulant augmenter ses *revenus*, elle se vendit de nouveau à ceux qui étaient assez riches pour la posséder.

Elle profitait pour cela des longues absences de M. de Mingen, qu'elle n'accompagnait pas toujours, car son amant craignait de la voir s'aventurer dans ces entreprises dangereuses.

Tous ces débordements n'avaient que l'argent pour mobile. Mais Magarthy pouvait mener impunément une vie de désordres, car, quoiqu'on s'entretînt d'elle avec une curiosité mêlée de dégoût, elle savait que M. de Mingen était trop noble et trop confiant pour jamais faire attention à des délations, de quelque part qu'elles vinssent.

XI

ARRANGEMENT A L'AMIABLE

Pendant une absence de M. de Mingen, absence qui dura près d'un an, Magarthy se livra à tous les débordements.

Outre ses enfants, elle avait à sa charge sa mère, la mulâtresse. Celle-ci l'avait rejointe à Bourbon, quelque temps après le départ de M. de Cerny, et s'était imposée à elle par la crainte. Cette vieille femme maîtresse de la maison, quoiqu'elle parût n'y être qu'une esclave, avait tout ce qu'elle voulait de sa fille, en la menaçant de crier à tout venant qu'elle était sa mère.

Magarthy, gonflée de vanité, craignait cette

révélation plus que tout au monde. La vieille mulâtresse s'effraya des nouveaux désordres de sa fille, non pas qu'elle possédât une morale bien pure, nous avons vu l'exemple du contraire, mais parce qu'elle craignait de perdre le bien-être dont elle jouissait, si M. de Mingen apprenait ce qui se passait.

Elle fit des remontrances à Magarthy. Celle-ci ne les écouta pas ; alors elle passa aux menaces. La quarteronne se tut encore; mais un effroyable projet germa dans son cerveau. Elle résolut de se débarrasser de sa mère. La chose n'était pas difficile, et un jour que la vieille femme s'était montrée plus menaçante qu'à l'ordinaire, elle l'empoisonna. Elle ne fut pas inquiétée pour ce fait; tout le monde considérait la mort d'une esclave, surtout quand elle était vieille, comme un léger malheur. Mais l'opinion publique ne s'en émut pas moins. Il se trouva des personnes qui prétendirent qu'elle s'était défaite de la mulâtresse, parce que celle-ci connaissait des secrets dont la révélation l'eût gêné. Lorsque M. de Mingen revint, ces bruits arrivèrent à ses oreilles; mais il haussa les épaules. Que lui importaient ces calomnies? Du reste, il était plus épris que jamais de sa maîtresse. Magarthy, se croyant sûre de l'impunité, ne mit plus de frein à sa vie désordonnée; elle poussa sa criminelle audace jusqu'à faire mettre le feu aux propriétés de deux de ses rivales qui partageaient avec elle les faveurs du public.

Cette fois, on murmura avec violence; mais il n'y avait pas de preuves. Ni les magistrats, ni M. de Mingen ne purent croire que tant d'infamie se cachât derrière tant de beauté; seule, la voix vengeresse de la multitude flétrit Magarthy en lui infligeant un sobriquet terrible : on ne l'appela plus que la baronne de Saint-Assassin.

L'amour de M. de Mingen sortit de là aussi crédule que le premier jour. Malgré ce qui se disait tout bas, peut-être à cause de cela même, le bizarre attachement du Français se resserra encore. La créole en profita. Tout semblait lui sourire. Mais ce que n'avaient pu faire la réprobation d'une ville entière et les révoltes de l'opinion publique, la candeur et l'innocence d'une enfant de seize ans l'accomplirent.

Pendant que M. de Mingen partageait sa vie entre ses affaires lointaines et sa maîtresse, sa sœur grandissait en beauté, en grâce et en distinction. C'était bien la jeune fille de noble race, dans toute son expression. Mademoiselle de Mingen était universellement admirée et aimée. Quiconque la voyait était prêt à lui sacrifier sa vie; quiconque l'entendait se serait volontiers agenouillé devant elle comme devant une sainte, tant sa voix suave et douce était douée d'un charme indéfinissable. Intelligente, studieuse, elle avait vite appris ce que ses maîtres pouvaient lui apprendre; elle était instruite sans etre pédante. Au contact des femmes riches et bien élevées de l'île, elle avait gagné la distinction des manières et du langage qui ne s'acquiert qu'en se frottant à une société polie. Belle comme la Magarthy, quoique d'une beauté diamétralement opposée, elle ne faisait certes pas naître le désir, mais l'amour, dans ce qu'il a de plus pur et de plus poétique. M. de Mingen aimait passionnément sa sœur ; nous avons vu que c'était pour elle qu'il s'était expatrié, mais il l'avait toujours considérée comme une pensionnaire et n'avait prêté qu'une attention distraite à ses développements.

Au retour d'un de ses longs voyages, il fut frappé et saisi du changement qui s'était fait en elle. Il avait laissé une enfant insouciante et joyeuse, il retrouvait une jeune fille sérieuse et pensive, qui l'accueillit avec une affection pudique et une tendresse presque filiale. En effet, par ses études, par son frottement au monde, elle avait compris quel sacrifice immense son frère lui avait fait en s'exilant si loin de sa patrie pour lui assurer un avenir brillant. Aussi, elle avait voué à ce frère, qu'elle voyait trop peu, un sentiment profond d'admiration et de reconnaissance. Elle le lui témoigna avec une vivacité ingénue, et M. de Mingen fut tout étonné en s'apercevant qu'il avait passé près de sa sœur les deux plus belles heures de sa vie. En la quittant, il se rendit chez Magarthy. Il était rêveur et préoccupé, et se demandait avec angoisse si sa sœur, si jeune et si pure, se doutait de ses désordres. La créole l'attendait; elle avait appris son arrivée et l'accueillit avec des transports de passion admirablement joués; mais, cette fois, ces transports manquèrent leur but. M. de Mingen compara cet accueil à celui qui l'avait précédé, et il constata avec effroi qu'il ne rencontrait que le vide sous ces caresses passionnées, tandis qu'il avait reconnu l'ingénieuse tendresse et le dévoûment profond dans les caresses discrètes de tout à l'heure.

Il se fit en lui une révolution : le néant de l'amour de la courtisane apparut alors à ses yeux, et les délices intimes de la chose sainte qu'on appelle *la famille* lui semblèrent ce qu'il y avait de plus beau et de plus désirable au monde. Il fut près de Magarthy distrait et préoccupé, et rejeta son peu de galanterie sur la fatigue, suite naturelle du voyage. Cette fatigue lui servit même de prétexte pour ne pas revenir de quelques jours. Il goûta, pendant ce temps, les joies intimes d'un intérieur paisible et distingué, où l'art et la bienfaisance ne laissaient pas de place à la passion, où le calme et l'élégance remplaçaient le tumulte et le mauvais goût qu'il trouvait ailleurs.

Il réfléchit longuement sur sa position, aussi heureuse et fortunée maintenant, qu'elle avait été triste et précaire autrefois. Il s'appesantit surtout sur le fol amour qu'il avait éprouvé pour Magarthy, et sonda son cœur pour y découvrir les racines de cette passion. Il s'ausculta, pour ainsi dire, et en arriva à se convaincre que cet amour, qu'il avait cru éternel, était semblable à toute chose humaine, et qu'il n'existait plus. Il s'interrogea longtemps; puis, son parti pris et arrêté, il se rendit chez sa maîtresse.

Pendant les quelques jours consacrés par M. de Mingen à la réflexion, Magarthy s'était tout d'abord étonnée de ne pas voir son amant, comme elle en avait l'habitude; mais, jugeant les autres d'après elle-même qui faisait tout par calcul :

— Il boude, se dit-elle. Quelque bavard de l'île lui aura fait un rapport, et, croyant que je l'oublie, il veut par son absence me punir et me rappeler à lui. Pauvre garcon!

Cette réflexion la tranquillisa deux jours; mais le troisième n'ayant amené aucun changement, elle fit surveiller M. de Mingen. Celui-ci ne sortit que fort peu; il était seulement allé rendre quelques visites, accompagné de sa sœur. Il n'y avait donc pas de rivalité à craindre. Qu'est-ce qui retenait son amant loin d'elle? Elle se creusait la tête, sans pouvoir arriver à une solution raisonnable, tant elle était sûre du tout-puissant pouvoir de ses charmes.

Elle avait pourtant légèrement changé depuis le moment où nous l'avons présentée au lecteur. Ses formes, suaves et voluptueuses jadis, s'étaient transformées peu à peu; l'obésité naissante avait déjà gonflé les chairs et fait disparaître le cachet matériellement poétique qui la distinguait des autres femmes. Elle commençait à se faner, et se voyait souvent forcée d'avoir recours à l'art pour garder l'empire qu'elle exerçait jadis naturellement sur les cœurs. Du reste, sous ce climat brûlant une courtisane de vingt-neuf ou trente ans ne peut plus avoir les mêmes apparences de jeunesse qu'une femme du même âge dans un climat tempéré.

Elle vit enfin arriver M. de Mingen; mais la figure de celui-ci était triste et sévère. Il repoussa doucement les caresses qu'elle voulait lui prodiguer, et lui désigna du geste un siége, puis il s'assit en face d'elle.

Ce début ne promettait rien de bon. Une vague terreur s'empara de la créole. Elle prévit quelque coup redoutable, et appela à son aide toute la force dont elle était douée pour le supporter, et, au besoin, pour cacher l'impression qu'elle en pourrait ressentir.

— Magarthy, dit M. de Mingen avec mélancolie, il faut nous séparer.

Il s'arrêta et la regarda. Elle ne répondit pas; mais, cachant sa tête dans ses mains, elle dissimula, à l'aide d'un abattement douloureux, les réflexions auxquelles elle se livrait.

— Oui, l'heure de la séparation est venue, continua M. de Mingen. Des devoirs sérieux à remplir m'appellent en France : seul, je pourrais peut-être supporter l'exil; mais j'ai une sœur, une enfant, dont la place est en Europe, au milieu des siens. Je ne puis oublier que je *vous ai aimée*, et je veux qu'une femme qui a possédé mon amour soit pour toujours au dessus du besoin. Cette propriété que vous habitez et que je me suis plu à orner et à embellir pour vous, je vous la donne. Voici, en outre, une somme qui vous empêchera d'avoir recours dorénavant à qui que ce soit.

Il posa un portefeuille sur une petite table placée près de lui. Magarthy l'avait laissé parler sans chercher à l'interrompre, fût-ce par un geste. M. de Mingen se leva et voulut lui prendre les mains. Elle refusa de les lui donner. Le Français se pencha alors, et déposa sur son front glacé un baiser tout aussi froid.

— Adieu, Magarthy! murmura-t-il.

Et il sortit, heureux du peu de durée de ces adieux, heureux surtout d'avoir été assez fort pour ne pas montrer la lassitude et le dégoût dont il était saisi.

La créole l'écouta s'éloigner.

Quand le bruit de ses pas eut cessé, elle se releva. Pas une larme ne coulait sur sa figure; mais, dans ses yeux courroucés, se lisait une fauve expression de colère et de vengeance.

Elle s'élança sur le portefeuille et en examina avidement le contenu.

— Cinquante mille francs! c'est peu! s'écria-t-elle. Je ne te dis pas adieu, moi! Au revoir et à bientôt, monsieur de Mingen!

XII

LE COUP DE PISTOLET

M. de Mingen était en effet déterminé à partir. Il se hâta de mettre ses affaires en ordre. Mais l'importance et le grand nombre de ses relations ne lui permirent pas d'en finir bien vite, et il fut obligé de rester encore plus d'un mois à Saint-Denis. Enfin un paquebot qui partait pour la France le reçut à son bord avec sa sœur et les quelques domestiques qu'il emmenait. Depuis sa dernière entrevue avec Magarthy, il n'avait plus entendu parler d'elle, et il partait avec un poids de moins sur le cœur.

Le paquebot contenait une cinquantaine de passagers. M. de Mingen et sa suite se trouvaient aux premières avec quelques autres personnes. Une heure devait encore s'écouler avant le départ. M. de Mingen, retiré dans sa cabine, était assis et songeait. Tout le monde était sur le pont, attentif à la manœuvre de l'ancre. La porte du Français s'ouvrit, et une femme entra : c'était Magarthy. L'étonnement et la stupeur de M. de Mingen furent au comble; un grand mécontentement se peignit sur sa figure.

— Me voici! dit simplement la créole.

— Toi! ici!

— Oui, moi. Croyez-vous donc, monsieur, qu'on paie l'amour d'une femme comme moi avec quelques billets de mille francs, et qu'on la laisse-là, seule, le cœur brisé? Non, monsieur, non, vous vous êtes trompé!

— Que veut dire ceci? Est-ce une menace?

— Non, ce n'est point une menace, c'est une réclamation sérieuse, parce qu'elle est juste. Vous m'avez, pendant de longues années, attachée à vous. Tout avenir a été brisé pour moi, et j'en ai fait largement et sincèrement le sacrifice, croyant avoir affaire à un honnête homme. Je me suis contentée d'une position honteuse, parce que je vous aimais et que j'espérais du moins que cette position serait définitive. J'ai négligé les moyens que je pouvais trouver de viser à un but honorable...

La stupéfaction de M. de Mingen était à son comble. Était-ce bien Magarthy qu'il entendait en ce moment? Tant d'audace le surprenait; il se remit pourtant et répondit :

— J'ai fait pour toi ce que tout homme d'honneur aurait fait à ma place. Les quelques billets de mille francs que je t'ai laissés sont peu, certainement; mais ils pourront servir à t'assurer une vie indépendante dans le milieu où tu as été élevée, dans le pays que tu as toujours habité, et sans que tu aies à perdre les habitudes auxquelles tu dois tenir.

— Une vie indépendante à moi! Soit. Je vous l'accorde! La somme que vous m'avez laissée, ce prix de mes faveurs, suffit à mon existence. Mais était-ce bien là ce que je devais attendre d'un homme auquel je me suis si complétement donnée et qui a toujours régné sans partage dans mon cœur? Oh! je t'aime tant, s'écria-t-elle en tombant à ses genoux, ne me repousse pas! ton amour, c'est ma vie, c'est mon existence. Que m'importe l'argent! J'aime mieux rester près de toi, être ton esclave, ta servante, que de jouir du luxe et de l'indépendance loin de celui dont le nom seul suffit pour faire tressaillir toutes les fibres de mon être!

Elle était vraiment belle en parlant ainsi ; prosternée aux pieds de M. de Mingen, elle les embrassait dans des transports d'une violence incroyable. Dans cette posture, ses formes un peu grasses disparaissaient. Elle ne montrait que sa figure inondée de larmes, qu'elle relevait vers son amant. Si M. de Cerny avait été à la place de M. de Mingen, nul doute qu'elle n'eût pas pleuré si longtemps. M. de Cerny, le colon né sous un climat torréfiant, l'adorateur des formes splendides, le partisan de l'amour sensuel quand même aurait de nouveau rivé les anneaux d'une chaîne pesante, quitte à les briser violemment dans un moment de colère soudaine. Mais M. Mingen n'était pas fait ainsi.

Chevaleresque comme tout ce qui sort de notre belle France, il avait besoin pour croire aux protestations de ce puissant auxiliaire que donnent le dévoûment et la délicatesse du cœur, de ce à quoi surtout nous avons donné le nom d'amour. Tout lien de sympathie était rompu entre lui et Magarthy. Il lui avait donné une grande place dans son cœur ; mais, durant cette longue liaison, le cœur de M. de Mingen avait seul résonné : le duo n'avait été qu'un solo. En vain il avait cherché à faire vibrer quelques notes tendres et poétiques chez cette créature, il n'avait pu obtenir d'elle que ce qu'elle pouvait donner : des caresses de courtisane, des protestations d'amour entremêlées de baisers, des serments sans fin sur sa constance, sur la pureté de son âme, à défaut de la pureté de son corps : une abominable comédie enfin! Mais dans tout cela le cœur ne paraissait pas. Toute rouée qu'elle était, elle n'avait pas compris M. de Mingen : elle l'avait mesuré à sa taille; n'ayant que de petits sentiments, elle ne s'en expliquait pas de plus grands. Aussi ce qui aurait réussi avec M. de Cerny ne pouvait réussir avec M. de Mingen. C'est du reste le défaut général des filles de cette espèce, de croire tous les hommes sortis du même moule, doués des mêmes passions, et suivant la même voie en matière de sensations ou de sentiments; et voilà ce qui est souvent la cause de leur ruine. Là où la femme honnête, donnant son cœur plus que son corps, se livrera franchement, sans arrière-pensée, elles veulent calculer et entrer en lutte avec des hommes qui souvent sont plus forts qu'elles et les brisent.

M. de Mingen, rassasié, dégoûté, ne voulait pas renouer des liens dont il s'était une fois affranchi. Ce fut donc avec calme, presque avec mépris, qu'il écouta la réponse de Magarthy. Il ne fut surpris que de la perfection de la comédie jouée devant lui.

— Relève-toi, dit-il; cette posture n'est convenable ni pour toi ni pour moi. Je t'ai dit les raisons qui me forcent à m'éloigner. Ne revenons plus sur ce sujet; si la somme que je t'ai laissée ne te semble pas suffisante, fixes-en toi-même une plus forte et mettons fin à une entrevue pénible pour l'un et pour l'autre.

— Je ne vous ai pas tout dit, mon ami : ce qui m'a surtout décidée à venir vous trouver, c'est une nouvelle heureuse pour moi, mais, je le crains et je le vois, bien douloureuse pour vous.

— Quelle nouvelle?

— Le bon Dieu a exaucé mes vœux, mon ami : je suis mère.

Et elle regarda M. de Mingen avec une expression de triomphe.

— Mère, toi! Eh bien, que veux-tu que cela me fasse?

Pour expliquer cette réponse brutale de M. de Mingen, il faut se rappeler son voyage assez long, son retour à Saint-Denis et son éloignement presque immédiat de sa maîtresse. Magarthy pouvait dire tout ce qu'il lui plaisait, quant à lui, il était certain de ne pas être père. Elle le savait bien aussi; mais, soit manque de présence d'esprit dans un moment où elle jouait toute sa destinée, soit calcul mal combiné, elle croyait frapper un coup terrible. Elle avait dépassé son but, et cependant son aveu fit sur M. de Mingen un effet qu'elle était loin de prévoir.

C'est que ce digne et honnête homme songeait au scandale qui allait survenir, à la honte d'avoir cette femme le poursuivant partout et réclamant du pain pour son enfant. Cette pensée assombrissait son front et donnait à sa physionomie loyale une expression de morne désespoir.

— Misérable! s'écria-t-il, à la suite de ses sombres réflexions, tu n'es qu'une... fille perdue, qu'une vile esclave!

A cette apostrophe, la fille de la mulâtresse se leva. Sûre de la conduite fière et digne de son amant dans toutes les circonstances possibles, ne craignant pas d'attirer le scandale puisqu'il ne voulait pas plier, elle s'élança sur les pistolets que M. de Mingen ne quittait jamais et qu'il avait laissés sur la planchette de la cabine, elle le visa et fit feu. Heureusement M. de Mingen avait vu le mouvement. Il se détourna assez à temps pour éviter un coup mortel et recula atterré. A ce bruit peu naturel dans un navire, la porte s'ouvrit violemment, et mademoiselle de Mingen, des domestiques, des passagers et des matelots pénétrèrent dans la cabine. M. de Mingen avait eu le temps d'arracher des mains de Maganthy l'arme homicide. Aux cris multipliés de ceux qui se présentaient, il répondit en souriant :

— Vous avez été effrayés, mais ce n'était rien. En causant avec madame, j'avais pris dans mes mains ce pistolet, et un faux mouvement a fait partir le coup. Il est heureux que madame n'ait pas été blessée.

Et il congédia tout le monde et embrassa tendrement sur le front sa sœur, qu'il reconduisit jusqu'à la porte. Les passagers s'éloignèrent en souriant et en causant à voix basse. La plupart connaissaient Magarthy et sa liaison avec M. de Mingen.

Lorsque celui-ci se retrouva avec la créole, il lui dit d'un ton brusque où perçait le plus profond mépris :

— Finissons toute cette comédie. Je ne crois pas à cette histoire d'enfant. C'est de l'argent qu'il vous faut. Voici une autre traite de cinquante mille francs sur un banquier de Marseille ; vous trouverez facilement à la négocier à Saint-Denis. Et maintenant, adieu. Si jamais je vous retrouve sur mon chemin, la prière ou la menace à la bouche, ce ne sera pas à mon portefeuille que j'aurai recours, ce sera aux tribunaux.

La Magarthy saisit la traite et la serra dans sa poitrine ; elle voulut se précipiter à ses genoux, comme pour demander pardon de son acte de violence, se baissant pour la relever, il lui montra la porte d'un geste d'autorité, et lui dit avec un mouvement d'impatience :

— Adieu!

Magarthy sortit à reculons, la rage au cœur, et, comme dernier affront, elle eut la douleur d'entendre M. de Mingen fermer sur elle sa cabine à double tour.

— Cent mille francs!... murmura-t-elle en s'éloignant, c'est beaucoup, monsieur de Mingen, surtout pour une fille comme moi. C'est beaucoup, oui, mais ce n'est pas assez!

XIII

SUR LE PAQUEBOT

M. de Mingen resta une heure immobile et songeur. La scène qui venait de se passer l'avait accablé : à quelque degré d'abjection qu'il crût Magarthy descendue, il n'aurait jamais pu penser qu'elle fût capable d'un pareil trafic. Car il était évident pour lui que l'argent avait été le seul mobile de toute sa conduite, et qu'elle s'était livrée avec connaissance de cause à un honteux chantage.

Ce qui l'affligeait le plus profondément dans tout ceci, c'était d'avoir pu se tromper à ce point.

Il regrettait non pas la femme, mais son amour si mal placé. Il repassait dans son esprit les commencements de cette liaison ; il se rappelait sa première rencontre avec la créole et la façon dont elle avait cherché à le tromper. N'aurait-il pas dû comprendre dès lors que rien ne battait dans la poitrine de cette fille? Que d'ennuis il se serait évités en ne retournant pas chez elle; car cet entraînement devait amener une série de chagrins incalculables. Il sentait, pour ainsi dire instinctivement, qu'il n'en avait pas fini avec son ancienne maîtresse; ce commencement de chantage devait avoir une suite; le début avait été trop brillant pour que le succès n'allécһât pas cette sangsue des colonies.

Il se disait aussi que si Magarthy venait le poursuivre jusqu'à Paris, sa position serait scabreuse. L'avenir de sa sœur se trouverait compromis par le scandale naissant des déclarations de la créole. Dans la métropole, on ne comprendrait pas des passions inspirées par le climat d'un pays où la civilisation est en enfance. Le monde envieux ou hypocrite n'hésiterait pas à donner raison à une femme se plaignant haut et demandant justice. Montré au doigt, acculé, calomnié, que deviendrait M. de Mingen? Que deviendrait surtout sa sœur, qui n'était pour rien dans cette liaison, cause première de tous ces ennuis?

Voilà ce qui rendait M. de Mingen sombre et

pensif. Il en arrivait, à force de réflexions, à craindre la femme qu'il bravait d'abord. Si Magarthy avait pu lire dans son âme, elle eût certes tressailli de joie en voyant combien elle pouvait lui rendre la vie amère. Mais heureusement pour M. de Mingen, elle ne savait rien de tous ces combats.

Pour rafraîchir un peu son front brûlant et fuir la chaleur qui l'accablait dans sa cabine fermée de toutes parts, il monta sur le pont et alla s'appuyer à l'arrière sur le bastingage. La tête nue, à l'ombre de la toile qui servait à abriter les passagers du soleil violent, il aspira la fraîche senteur de l'eau salée.

Le navire sortait du port lentement et majestueusement; sur le quai, une foule pressée le regardait s'éloigner; sur le pont, une foule presque compacte regardait aussi. M. de Mingen seul ne faisait attention à rien; il restait enseveli dans ses pensées, et s'occupait peu du mouvement du quai et de celui du bateau. Enfin, secouant le découragement qui le saisissait, il releva la tête avec fermeté et jeta à la ville où il laissait Magarthy un regard de défi.

Le paquebot se dirigeait à toute vapeur vers le sud.

Comme M. de Mingen se relevait, une main se posa sur son bras et le serra doucement. Il se retourna et vit sa jeune sœur le regarder en souriant.

— Comme tu es triste, mon frère! lui dit-elle! Pourquoi ce front sombre? Regretterais-tu de retourner en France!

— Enfant, ce regret n'est pas possible; la France n'est-elle pas ma patrie? Moi, je l'ai connue, et toutes mes pensées ont toujours été tournées vers elle. Si quelqu'un devait regretter de s'éloigner, ne serait-ce pas plutôt toi? Tu ne peux te souvenir de notre pays; tu étais si jeune quand tu l'as quitté.

— Oh! je m'en souviens bien, frère, et c'est avec bonheur que j'y retourne. D'ailleurs, n'est-ce pas là-bas que repose notre mère?

— Oui, ma sœur, notre mère repose là-bas; c'est donc là-bas qu'est notre place.

— Pauvre mère! Comme elle nous aurait aimés, murmura la jeune fille avec tristesse, surtout toi, si noble, si généreux, si bon!

— Et toi, pauvre orpheline! Quand elle mourut, j'étais un homme capable de supporter la lutte; toi, tu n'étais qu'une enfant au berceau. Aussi ses dernières paroles furent-elles pour me recommander de toujours veiller sur ta tête chérie. J'acceptai ce devoir avec courage, et je le remplis avec bonheur.

— Oh! ami, tu es bon, bien bon! dit la jeune fille, en baisant la main de son frère.

Mais voyant le front de M. de Mingen s'assombrir encore davantage, et une larme poindre entre ses cils, elle lui dit tendrement :

— Ne parlons plus de cela, frère; ces souvenirs te chagrinent et te pèsent, et je ne veux pas que tu sois triste par ma faute. Embrasse-moi et causons d'autre chose.

Et l'aimable jeune fille tendit son front à M. de Mingen qui y déposa un baiser.

— Oui, parlons d'autre chose, continua-t-elle, parlons, si tu veux, de l'horrible frayeur que tu nous as causée tantôt.

Le front de M. de Mingen se plissa de nouveau : il voyait poindre un sujet de conversation qui lui était plus que désagréable. Il chercha, mais vainement, à en détourner la jeune fille; elle y revint avec ténacité.

— Cette pauvre femme a dû avoir bien peur, n'est-ce pas? Comment se fait-il aussi que tu laisses tes pistolets traîner, surtout les sachant chargés. Tu joues trop légèrement avec eux. Heureusement, qu'elle n'a pas été blessée!

— Oui, heureusement! répéta M. de Mingen, qui était sur des charbons ardents.

— Oh! d'ailleurs, elle ne t'en veut pas, j'en suis bien sûre.

Le jeune Français regarda sa sœur avec étonnement : il ne comprenait pas.

— Oui, continua la jeune fille, elle te connaît depuis longtemps, paraît-il ; elle parle de toi avec beaucoup d'affection, et tout à l'heure, elle a causé près d'une heure avec moi ; elle m'a expliqué comment tout cela était arrivé. Elle n'a mis dans son récit, je te l'assure, aucun sentiment d'aigreur contre toi, ce qui serait bien excusable après tout... Mais qu'as-tu donc, frère? Es-tu malade !

Et la jeune fille effrayée avança son bras. Il fut d'un grand secours pour M. de Mingen, car, sans ce frêle appui, il serait tombé.

Quoi ! Magarthy était à bord du même paquebot que lui et sa sœur ! Cette ange de pureté allait côtoyer et frôler cette souillure vivante. La foudre tombant sur lui ne l'aurait pas plus abattu. Et quelle audace ! Oser adresser la parole à sa sœur ! La prendre par le côté le plus sensible de son cœur, en témoignant de l'affection pour lui. Causer avec elle devant tout l'équipage, ô affront ! Chercher à gagner son amitié, et cela aux yeux étonnés des passagers qui connaissaient parfaitement, pour la plupart, Magarthy, son passé et sa longue liaison avec M. de Mingen. Quelle honte !

Toutes ces pensées se pressaient tumultueuses dans l'esprit de Mingen, pâle, abattu ; sa main crispée saisissait le bord dans un étreinte convulsive. Il réfléchissait anxieusement, et cherchait, mais en vain, un moyen de sortir de cet ennui nouveau.

Sa sœur le regardait, inquiète. Elle répéta sa question avec angoisse :

— Qu'as-tu donc? Es-tu malade? Serait-ce moi qui, sans le vouloir, sans le savoir, t'aurais fait de la peine?

— Non, ma bonne petite sœur, ce n'est rien, un étourdissement causé par la chaleur sans doute...

— Appuie-toi sur moi et rentrons. Peut-être un peu de repos te fera-t-il du bien ! et dans ta cabine, tu sentiras moins la chaleur.

M. de Mingen approuva cette idée. Il descendit en refusant l'aide de sa sœur, non pour chercher un refuge contre l'embrasement d'un soleil tropical, mais pour se livrer en paix à ses tristes méditations.

A la chute du jour, les passagers de première classe se réunirent sur l'arrière du navire pour jouir de la fraîcheur d'une soirée en pleine mer. M. de Mingen était au milieu d'eux, cherchant à apercevoir Magarthy, non pour lui parler, il ne pouvait devant tant de personnes avoir une explication avec elle; mais pour tâcher de découvrir sur sa physionomie quel pouvait être son but, et pourquoi, au lieu de descendre à terre, comme il le croyait, elle était restée à bord.

Plusieurs jours se passèrent et il ne vit point Magarthy. Il n'osait ni interroger sa sœur, ni consulter le registre des passagers, tant il craignait de laisser voir à qui que ce fût sa secrète préoccupation. Il est certain que la créole se cachait, car comment admettre que sa sœur se fût trompée?

Il la vit enfin, mais elle causait avec mademoiselle de Mingen. Il ne put, aux yeux de tous, aller se mêler à cette conversation. Il souffrait pourtant cruellement d'être forcé de laisser ensemble ce démon et cet ange!... Comment s'y prendre pour les séparer? Avant qu'il en eût trouvé le moyen, la Magarthy avait aperçu son ancien amant et lui adressait un signe de tête amical.

Malgré toute la générosité et toute la noblesse de son caractère, si en ce moment M. de Mingen avait tenu entre ses mains la fille de la mulâtresse, il l'eût très certainement broyée. Toutes les personnes présentes avaient aperçu ce salut et attendaient avec curiosité comment il y répondrait. Mais la curiosité générale fut déçue. M. de Mingen ne parut pas s'apercevoir de la présence de Magarthy, et, tournant sur ses talons, il redescendit à sa cabine; de là, il envoya chercher sa sœur par sa femme de chambre, et lui dit, quand elle fut descendue :

— Ma chère enfant, tu sais combien je t'aime, tu peux te fier à moi et suivre mes conseils sans les discuter. Évite, je t'en supplie, toute occasion de te trouver seule ou de causer avec la personne à laquelle tu parlais tout à l'heure.

— Bien, frère, répondit simplement la jeune fille.

Il ne lui vint même pas à l'esprit de discuter ce que lui demandait son frère. Il avait toujours été si complétement bon pour elle que, puisqu'il la priait de faire une chose, il fallait que cette chose à faire fût impérieuse et nécessaire.

Rassuré de ce côté, M. de Mingen attendit et saisit enfin l'occasion propice. Il accosta Magarthy avec une politesse froide, destinée à cacher aux curieux du bord le but réel de son entretien. Là, dans un langage digne et précis, il lui signifia sa volonté, et lui déclara que, s'il avait le moins du monde à se plaindre d'elle, si le plus petit scandale éclatait, si elle le poussait à bout en quoi que ce soit, il n'hésiterait pas, sitôt le paquebot entré à Marseille, à la faire arrêter et à dévoiler la vérité sur le coup de pistolet tiré dans la cabine.

Magarthy, se sentant forte et soutenue en public, voyant le trouble d'esprit de M. de Mingen, rendit menace pour menace, déclara qu'elle était libre de faire ce qui lui plaisait et qu'elle conserverait cette liberté, qu'elle n'hésiterait pas à apprendre à mademoiselle de Mingen les droits qu'elle, ancienne esclave, ancienne fille perdue, avait sur son frère, et qu'en France, au moindre geste de son ancien amant, elle se mettrait immédiatement sous la protection des lois qui, là, défendent aussi bien le pauvre que le riche.

M. de Mingen s'éloigna furieux. Magarthy le suivit du regard, en murmurant, pendant qu'un sourire railleur se dessinait sur ses lèvres :

— Va, va ! Tu n'échapperas pas au sort que je t'ai réservé !

XIV

MARSEILLE

Ces altercations menaçantes se renouvelèrent plusieurs fois pendant le voyage. Magarthy semblait vouloir pousser à bout M. de Mingen, qui, lui, au contraire, faisait tout son possible pour se contenir et pour garder un sang-froid dont il sentait qu'il aurait bientôt besoin.

Lorsque la créole avait appris le départ de son amant, elle avait, loin de chercher à s'y opposer, *fait la morte*, suivant l'expression populaire.

Laissant M. de Mingen faire ses préparatifs, elle avait aussi fait les siens. Elle avait placé tous ses enfants chez une de ses anciennes amies, en qui elle avait une certaine confiance; puis, après avoir vendu la propriété que lui avait laissée son amant, elle avait tout réalisé, en y ajoutant les premiers cinquante mille francs, et n'avait laissé dans l'île qu'une somme nécessaire pour subvenir aux besoins de ses enfants et payer leur voyage en France, car elle comptait en rappeler une partie au moins près d'elle aussitôt après son installation.

Elle s'était embarquée quelques moments après M. de Mingen, et nous avons vu dans les chapitres précédents la scène par laquelle elle avait ouvert la série de persécutions qu'elle voulait faire subir au Français, pour le décider à acheter son silence au poids de l'or.

Rouée vulgaire, elle était incapable de saisir les fils d'une vaste intrigue et de les réunir dans sa main, mais elle savait harceler méchamment sa victime, tout en gardant, aux yeux des étrangers, les apparences du plus grand calme.

Quelques passagers, qui la connaissaient de vue et de réputation, l'entourèrent de galanteries, ne regardant point du tout comme un déshonneur de succéder momentanément à un gentilhomme aussi accompli que M. de Mingen. Mais elle poursuivait un but trop sérieux pour ne pas dédaigner, en ce moment, des adorateurs, quelque riches qu'ils fussent.

Jamais M. de Mingen n'avait été aussi malheureux. Cette femme empoisonnait son existence. Il aurait donné immédiatement une forte somme pour en être débarrassé à tout jamais. Mais la Magarthy l'ignorait. En attendant le moment d'agir, elle jouait avec sa victime, comme le chat joue avec la souris qu'il finira par étrangler.

En vue de Marseille, une dernière explication, la plus terrible de toutes, eut lieu. Des menaces violentes furent faites de part et d'autre : M. de Mingen menaçait de la justice, Magarthy menaçait du scandale, et tous deux, après s'être mesurés du regard, descendirent à terre.

M. de Mingen avait résolu de ne point perdre la créole de vue; mais à peine tous les passagers débarqués, elle disparut, suivant probablement quelqu'un de ces portefaix qui conduisent les voyageurs dans des hôtels borgnes, ou bien se rendant directement à Paris par la voie la plus rapide.

M. de Mingen fit prendre des informations par la police, mais il n'apprit rien. Il était très difficile de retrouver Magarthy dans une cité aussi populeuse, d'autant plus qu'il ignorait le nom qu'elle s'était donné, en débarquant en France.

Il n'était pas tranquille et craignait encore quelque nouvelle aventure désagréable; aussi se hâta-t-il de mettre ordre aux affaires qui le retenaient à Marseille, pour se rendre à Paris, où il trouverait les moyens de soutenir la lutte.

Il réalisa tout ce qu'il put en billets de banque, valeur la plus commode à emporter, et serra dans son portefeuille, qu'il ne quittait jamais, une somme de deux cent cinquante mille francs destinée à payer, aussitôt son arrivée dans la capitale, un petit hôtel dont un de ses correspondants lui avait parlé, et qu'il voulait occuper immédiatement.

Avant de s'éloigner définitivement, il se rendit chez le banquier sur lequel était tirée la seconde traite de cinquante mille francs qu'il avait donnée à Magarthy.

Il apprit là que cette somme avait été touchée le matin même par une femme paraissant une créole, qui avait donné pour adresse un des plus pauvres hôtels d'un quartier éloigné, et pour nom celui de baronne de Saint-Denis.

Voulant tâcher d'en finir et savoir au juste ce que prétendait Magarthy, il se rendit à l'adresse indiquée et demanda la créole sous son nom d'emprunt. Elle avait quitté la veille la maison, après avoir payé sa note, et n'avait pas reparu.

Désolé de cette tentative manquée, M. de Mingen revint à son hôtel, où il annonça son départ pour le lendemain matin. Sa sœur n'était restée qu'un jour à Marseille, il l'avait envoyée de suite avec ses domestiques chez une parente qu'ils avaient dans les environs de Paris. Il était resté seul dans un des plus beaux hôtels de la ville.

Rentré chez lui, brisé de fatigue par toutes ces allées et venues, il ne tarda pas à se coucher et à s'endormir profondément.

Il dormait depuis un temps qu'il lui eût été impossible de préciser, quand un coup assez violent frappé à sa porte le réveilla en sursaut. Croyant que c'était le garçon qui venait lui apporter quelque dépêche importante et pressée, il alla ouvrir, et vit avec étonnement entrer Magarthy.

Il recula atterré, tant cet excès d'audace le terrifiait :

— Encore vous! s'écria-t-il, que venez-vous faire ici?

— M'expliquer tranquillement... Voulez-vous qu'à la fin je vous laisse en paix jouir de votre fortune? que j'oublie votre indigne conduite à mon égard?

— Je n'accepte pas ce reproche, vous le savez. Ma conduite, que vous trouvez indigne, je la trouve, moi, fort loyale. Mais là n'est pas la question. Que me voulez-vous?

— Oh! je le vois, vous allez encore m'offrir de l'argent, dit-elle avec tristesse.

M. de Mingen pouvait répondre qu'il lui avait déjà donné cent mille francs, qu'à ce prix, bien des filles vendraient leurs faveurs pendant de longues années et se croiraient suffisamment payées. Il aurait pu ajouter qu'elle ne semblait pas trop dédaigner l'argent, puisqu'elle avait accepté, sans même ébaucher un refus, ce qu'il lui avait offert; mais il se contenta de lui dire :

— Si ce n'est pas de l'argent que vous venez chercher, que voulez-vous donc?

— Ce que je veux, vous me le demandez, s'écria Magarthy, en éclatant en sanglots. Ce que je veux, vous ne le devinez pas? Mais vous avez donc un cœur de pierre! Ce que je veux, c'est votre amour! C'est cet amour qui ferait ma joie et mon bonheur, cet amour sans lequel je ne puis vivre plus longtemps!

M. de Mingen la regarda : il cherchait à lire dans sa pensée; mais, nous l'avons dit, le pauvre négociant blasonné avait vécu plutôt au milieu des marchandises qu'au milieu des hommes; s'il connaissait les affaires, il ne connaissait pas le cœur humain, surtout le cœur féminin. Il se laissa prendre à ces démonstrations, et se dit que peut-être il s'était trompé sur le compte de cette femme, que là où il n'avait cru voir que du calcul, il y avait peut-être de l'affection, et que, dans ce cas, il avait mal agi. Souvent les nobles cœurs ont de ces sublimes stupidités.

Pendant qu'il se livrait à ces réflexions et à bien d'autres qui en découlaient naturellement, Magarthy, après s'être assurée que M. de Mingen ne la surveillait pas, laissait errer ses regards dans tout l'appartement et semblait chercher quelque chose qu'elle avait de la peine à trouver. Enfin, son œil s'éclaira d'une fauve expression de joie : elle venait d'apercevoir, sortant de dessous l'un des oreillers, un portefeuille gonflé qu'elle connaissait bien.

En ce moment, M. de Mingen relevait la tête et retrouvait Magarthy telle qu'elle était un moment auparavant, c'est à dire abattue et en larmes.

— Je voudrais vous croire, Magarthy, mais peut-être votre passé ne répond-il pas parfaitement aux paroles que vous prononcez en ce moment.

— Oh! vous doutez de moi, de mon amour! s'écria la créole, en levant les bras au ciel avec un geste de désespoir et en faisant un mouvement fort adroit qui la plaçait entre le lit et son amant, de façon à masquer à celui-ci la vue de l'oreiller.

— Voyons, n'ai-je pas raison d'en douter? Et puis d'ailleurs, tout n'est-il pas fini maintenant? Ne vous ai-je pas longuement expliqué quels nouveaux devoirs m'appelaient en France? Il me faut changer de vie. Seul soutien d'une jeune fille qui a droit aux hommages du monde, il faut que ma conduite soit celle d'un père de famille. On ne doit pas pouvoir dire que mademoiselle de Mingen a été élevée à une triste école, et que les dérèglements du frère pourront un jour servir d'excuse aux dérèglements de la sœur. Hélas ! je n'ai que trop tardé à prendre cette résolution !

Magarthy continuait à sangloter, et à chaque mouvement, elle faisait en arrière un pas imperceptible qui la rapprochait du lit.

— Il ne me reste donc maintenant que le désespoir! Eh bien, soit! Je devais m'attendre à ce qui m'arrive. J'expie aujourd'hui mon passé. Mais le châtiment est dur !

— Ne croyez pas que je veuille vous reprocher un passé auquel j'ai promis de ne jamais faire allusion...

— Non, je le sais. Vous êtes trop généreux pour cela. Mais je n'en suis pas moins punie. Eh bien, j'accepte ce châtiment. Venant de vous, il est moins pénible que venant de tout autre. Mais cet enfant que je porte dans mon sein, qui lui, n'a pas demandé à naître, pourquoi le punir de crimes dont il est innocent? Ce que je vous demande, c'est que cet enfant sans nom en ait un, reconnaissez-le..

— Misérable! s'écria M. de Mingen. Encore cette infâme calomnie!

Il ne continua pas, tant il fut effrayé du prompt effet que sa violente apostrophe avait produit.

Magarthy était là, épouvantée, le désespoir peint sur la figure. Elle leva les bras au ciel, les agita dans un excès de désolation impossible à rendre, recula de quelques pas, et, faisant un demi tour sur elle-même, vint tomber la face sur l'oreiller qu'elle inonda de larmes.

M. de Mingen se demanda si ce n'était pas lui qui avait tort. Ce ne fut qu'un éclair dans sa pensée, il était trop sûr que l'assertion de la créole n'était qu'un atroce mensonge.

— Peut-être, pensait-il, la malheureuse doute-t-elle? Peut-être croit-elle que je suis vraiment le père de cet enfant?

Il revint près d'elle, décidé, sinon à la consoler, du moins à lui faire entendre quelques paroles plus douces. Il voulut la relever, et ce simple mouvement suffit pour faire tressaillir Magarthy. Elle se releva, et, s'éloignant rapidement du lit, s'écria:

— Non, non, laissez-moi! Il ne me reste maintenant qu'à mourir! Laissez-moi! laissez-moi!...

Et, se précipitant vers la porte, elle l'ouvrit et s'élança dans l'ombre du corridor.

M. de Mingen resta un moment abasourdi de

cette brusque sortie. Puis il courut sur les traces de la fugitive, décidé à l'empêcher de commettre un acte de désespoir qu'il croyait imminent.

Comme il atteignait l'escalier, il se heurta contre un garçon, qui pénétrait à son tour dans le corridor aboutissant à l'appartement de M. de Mingen.

— Ah! monsieur, dit le garçon, je suis en retard. Je venais vous éveiller, mais je vois que c'est inutile maintenant.

— N'avez-vous pas vu, dit M. de Mingen, sans faire attention à ce qu'on lui disait, une femme sortir tout à l'heure de ce corridor?

— Oui, monsieur, c'est une nouvelle arrivée d'hier, madame Bourbon.

— Bourbon...

— Oui, monsieur, elle vient de partir à l'instant. Elle a payé sa dépense, il y a une heure, et a envoyé chercher une voiture qui l'a attendue longtemps, et dans laquelle elle vient de monter.

M. de Mingen ne pouvait plus rejoindre Magarthy. Il hésita sur ce qu'il avait à faire et se décida enfin à rentrer et à s'habiller. Le garçon de son côté retourna à ses occupations habituelles.

Dix minutes ne s'étaient pas écoulées, qu'il vit de nouveau la porte de M. de Mingen se rouvrir, et celui-ci paraître sur le seuil, la figure bouleversée et prononçant ce seul mot :

— Volé, volé!

— Monsieur a été volé! s'écria le garçon. Je cours prévenir le commissaire de police.

— Non, non, répondit M. de Mingen, qui se remit promptement et voulut à tout prix éviter un scandale. C'est peut-être une erreur. J'ai été étonné de ne pas retrouver mon portefeuille à l'endroit où je le mets d'habitude. Mais je me souviens maintenant de l'avoir enfermé hier soir, avant de me coucher.

— Voilà un gentilhomme qui me semble parfaitement fou! murmura le garçon, en se remettant à son ouvrage.

M. de Mingen avait encore une fois été la dupe de l'effrontée comédienne. Cette leçon devait lui profiter et l'empêcher de croire dorénavant à la désolation des femmes des plaisir.

— Heureux! murmura-t-il en s'éloignant, si j'en suis quitte maintenant!

XV

PARIS

Nous franchirons d'un coup l'espace de quelques mois, si vous le voulez bien, et nous arriverons de suite à l'époque où la première installation de Magarthy était un fait accompli. Disons seulement qu'elle avait fait venir de l'île toute sa progéniture, consistant en trois filles : Mézélie, Miany et Léonie, toutes trois bonnes et gentilles à croquer. Mézélie, l'aînée, fut placée dans un des premiers établissements religieux de Paris, un couvent en renom du faubourg Saint-Germain. C'était un peu cher, mais la quarteronne n'y regardait pas de si près quand elle avait une idée fixe. Les deux autres furent confiées à une bonne gouvernante, et Magarthy attendit un moment favorable pour mettre à exécution l'idée qui la poursuivait depuis longtemps. Le vol fait à Marseille lui avait profité, contrairement au proverbe. Un peintre, qui fut quelque temps et gratuitement son amant, la lança dans une société mixte, comme une jeune veuve millionnaire des colonies.

Magarthy, ou plutôt la baronne de Saint-Denis, après avoir tâté Paris en tous les sens, avait bien vite compris qu'elle pouvait y faire autre chose que le métier aléatoire et souvent ennuyeux d'hétaïre en permanence. Elle devina, d'après les conversations qu'elle entendait autour d'elle dans les *tables d'hôte* fort convenables qu'elle avait adoptées en arrivant à Paris, qu'une certaine société parisienne est généralement peu difficile à abuser. Bien des portes, qui tiennent un milieu honorable entre les portes à deux battants, gardées par des suisses en poudre, et les portes bâtardes du prolétariat, s'ouvrent sans trop de difficulté aux étrangers. Une fois admise dans une seule de ces maisons tierces, elle n'était pas en peine de se faire inviter dans d'autres du même ordre. Le tout était donc de trouver un introducteur. Tout le monde connaît les tables d'hôte de Paris, depuis la modeste pension bourgeoise de la rue Copeau, depuis les dîners à deux francs des Batignolles jusqu'à la table du Grand Hôtel : elles se ressemblent presque toutes. Ce fut à Montmartre que notre créole donna la préférence la plus marquée. Dans la *Cité Véron* se réunissait alors une petite société composée de journalistes, d'employés célibataires, de peintres et de sculpteurs. Le prix de la pension était modéré, mais l'on y mangeait bien et l'on y observait les lois de la plus grande décence ; ces réunions n'en étaient pas moins fort gaies. Il y avait un piano dans la salle où l'on dînait, et souvent on faisait de la musique après le repas ; puis l'on causait de choses et d'autres, d'art, de littérature ou d'amour jusqu'à une heure assez avancée. Magarthy avait adopté une tenue de circonstance... Ne sachant rien des usages du monde, elle avait le génie ou l'instinct des singes, comme vous voudrez. Ainsi elle avait étudié les allures d'une jeune femme, nouvellement veuve, qui demeurait dans sa rue et dont la réputation était excellente. — Voilà mon affaire, se dit Magarthy, et elle se mit à copier ce modèle. Démarche, toilettes, parler nonchalant, elle imita fidèlement et fut en état de *servir* au public, dans sa propre personne, une jeune veuve parfaitement conditionnée. Sans être *bégueule*, elle avait l'art de paraître vertueuse, et bientôt elle eut conquis tous les cœurs d'homme à la table d'hôte de la cité

Véron. Un peintre surtout la remarqua et lui fit une cour en règle. Elle prit adroitement des informations, sut qu'il avait quelque talent, peu de fortune, mais qu'il était fort bien vu au ministère et qu'il attendait une commande du gouvernement, laquelle commande le forcerait à s'éloigner de la France dans un mois ou deux peut-être. Tout était au mieux pour Magarthy, et elle consentit à lui donner des espérances, à la condition qu'il l'introduirait dans quelques maisons faciles fréquentées par les artistes... ce qu'il s'empressa de faire avec beaucoup de grâce et d'adresse. Magarthy ne fut point ingrate et consentit à *se donner*, pour la première fois de sa vie. Elle était certaine du départ du peintre, et son sacrifice ne dura en effet qu'une quinzaine de jours. Mais elle avait toujours gagné quelque chose, car en peu de temps elle fit un certain nombre de connaissances et ne fut plus isolée dans ce grand *désert peuplé* nommé Paris.

Une fois installée, elle commença à donner carrière à son imagination. Il lui fallait un entourage et pour cela elle donna quelques soirées; il lui fallait de l'argent *frais*, car elle ne voulait pas trop écorner son capital, et elle *écouta* un agent de change qui, en outre de superbes cadeaux, lui fit gagner de petites sommes assez rondes à la bourse. Bref, elle mena pendant sept ou huit mois une vie tranquille à la surface; aucun scandale, aucune indiscrétion ne vinrent la troubler dans son commerce d'amour. Car elle continuait à se livrer, moyennant finance, à tous ceux qui lui paraissaient mériter sa confiance. Elle gagna assez d'argent, sans rien perdre de son prestige aux yeux d'un monde, fort indulgent du reste, et qui ne crie jamais lorsqu'on ne lui crève pas les yeux, un monde facile qui les ferme même assez facilement sur certains détails de la vie, qu'il apprécie très philosophiquement. Elle était fort attrayante, nous le savons, et le rôle de jeune veuve, qu'elle continuait à jouer et dans lequel elle faisait chaque jour des progrès sensibles, ajoutait encore du prix à sa possession. Ses enfants lui servaient de porte-respect, et aucun de ses amants ne dénonçait trop haut sa facilité à accepter les billets de banque : *c'était pour sa famille!*

Combien eut-elle d'aventures galantes? Nous l'ignorons. Toujours est-il que la maison marchait sur un assez bon pied. Ses petites soirées attiraient bon nombre d'artistes de cinquième ou sixième ordre. Elle avait l'art de cacher sa suprême ignorance sous une feinte couche d'enthousiasme. Elle qui n'entendait absolument rien à tout ce qui n'était pas argent ou corruption, se prit à *poser* pour le genre amateur. Elle emmenait ses filles au musée du Louvre; elle assistait aux premières représentations et ne manquait pas un des concerts du Conservatoire. Elle se leva même un jour à six heures du matin pour aller au grand concours, écouter le même morceau joué dix fois de suite sur le même piano, le même air varié joué, une fois seulement, mais sur quatorze violons à tour de rôle, et, dans la cour du Conservatoire, elle couvrit de baisers l'heureux deuxième prix de piano et le premier accessit de violon, qui étaient le fils des deux bonnes bourgeoises entrevues je ne sais où. D'une prudence excessive, elle ne prenait jamais le haut du pavé dans la conversation et ne se risquait qu'à bon escient. Toutes ses paroles étaient, comme son caractère et sa toilette, de circonstance, copiées, imitées, mais ni revues ni corrigées. Elle répétait sans les comprendre des phrases choisies par elle dans les conversations précédentes et qu'elle avait cousues tant bien que mal dans son cerveau. *Réalistes, idéalistes, romantiques* et *classiques* étaient ses grands chevaux de bataille... sa réserve qu'elle ne lançait que dans les cas désespérés. Mais, comme elle était jolie, que ses yeux pétillaient d'une malice bienveillante (elle avait copié le regard de mademoiselle Lemercier dans les *Rendez-vous bourgeois*) et qu'enfin on était bien traité chez elle de toutes façons, la veuve des colonies eut quelque succès, restreint, il est vrai, mais réel cependant. Elle pensait à l'avenir! Trois filles à élever, ce n'est pas une petite affaire; elle aurait voulu trouver un mari. Oui! un mari *légitime*, riche et bien posé. Tel était le vœu de Magarthy. Seulement il lui manquait pour cela bien des choses encore. D'un côté, elle ne se trouvait pas assez riche, de l'autre elle avait conscience de sa profonde ignorance. Ne savoir ni lire ni écrire est quelquefois une terrible chose, et Magarthy n'était pas plus avancée sous ce rapport qu'à Bourbon. Sous le prétexte d'une myopie complaisante, elle se faisait lire ses lettres par la petite Miany et n'y répondait jamais que verbalement.

— C'est si ennuyeux d'écrire, disait-elle, et si amusant de causer! J'aime mieux le Moët qui mousse que le Moët frappé. Or qu'est-ce que c'est que l'écriture? Ce sont des paroles gelées.

Elle avait dû voler la phrase à un vaudevilliste de *Ba-ta-clan*.

Enfin, aurait-elle su écrire, qu'elle eût encore été d'une extrême circonspection dans ses correspondances. Elle avait tellement entendu répéter, dans son extrême jeunesse, par les habitués de M. de Cerny, par ses premiers amants de Maurice, les vieux proverbes suivants, usés maintenant en Europe, mais qui ont toujours le plus grand succès dans les colonies : *Les paroles volent, les écrits restent; — les écrits sont des mâles, les paroles sont des femelles; — donnez-moi trois lignes de l'écriture d'un homme, et je le fais pendre; — parle, parle, on ne te coupera pas la langue; écris, on te coupera la tête!* Magarthy les avait tellement écoutés, disons-nous, qu'elle s'était promis de ne jamais toucher une plume. Mais, par une inspiration d'astuce innée, depuis qu'elle avait l'âge de raison, elle n'avait jamais laissé passer l'occasion de mettre la main sur tous les papiers qu'elle pouvait saisir : lettres, notes, factures, manuscrits, pétitions, invitations, tout en un mot, sans choix et sans discernement, tout lui paraissait bon. Elle était poussée par un secret et fatal instinct qui ne pouvait la tromper, et elle en était arrivée à remplir presque entièrement une malle de ces papiers dérobés partout depuis vingt ans et plus. Quelquefois elle soulevait le couvercle de sa *boîte à la malice*, comme elle appelait ce coffre, et frappait du pied en contemplant cet amas de paperasses.

— Si je savais lire au moins ! Il y a peut-être de quoi faire fortune là-dedans.

Savoir lire ! Mais comment faire ? Comment prendre des leçons d'une façon assez secrète pour ne point être découverte en flagrant délit d'ignorance ? Là était toute la question, et Magarthy, qui avait une peur atroce de se trahir, continuait à feindre la myopie et, n'osant confier à personne l'existence de sa *boîte à la malice*, allait comme devant, accumulant les papiers et résolue à n'apprendre décidément à lire que lorsque le coffre serait plein. Un soir, une dernière lettre ayant forcé Magarthy à mettre le genou dessus pour le fermer, il fut décidé par elle qu'elle commencerait ses études classiques dès le lendemain.

Si elle n'avait ni foi ni loi pour les autres, en retour Magarthy ne se manquait jamais de parole à elle-même. Aussi, dès le lendemain, à midi et demi, dans sa toilette la moins voyante, elle prit un fiacre et se fit conduire à la place du parvis Notre-Dame. Puis, après avoir renvoyé la voiture, baissé son voile et regardé attentivement autour d'elle si aucune de ses connaissances ne se trouvait là, elle se dirigea vivement vers le pont de l'Archevêché et s'arrêta devant l'échoppe d'un *Écrivain public*. La porte s'ouvrit, après que la créole eut frappé au carreau; elle pénétra dans l'étroite case, s'assit sur un mauvais fauteuil, et, s'adressant au plumitif, lui dit :

— Monsieur, j'ai à causer avec vous confidentiellement.

XVI

L'ÉCRIVAIN DU PONT DE L'ARCHEVÊCHÉ

Pourquoi était-elle descendue précisément à cet endroit?

Il y avait six mois de cela, Magarthy, passant sur le pont de l'Archevêché, avait vu un rassemblement assez considérable devant la boutique d'un écrivain public. Deux agents de police et cinq soldats entouraient un homme et l'emmenaient du côté de la préfecture.

— Qu'y a-t-il donc? demanda-t-elle à une marchande en plein vent, qui avait étalé ses pommes et ses poires sur le parapet.

— C'est M. Lenoir, l'écrivain public, qu'on emmène.

— Et qu'a-t-il fait cet homme?

— C'est un ancien forçat libéré; il a rompu son ban et ils l'ont *pigé* ce matin, les gueux! Ils trouveraient une aiguille dans un champ de luzerne.

— C'est donc un assassin que ce M. Lenoir?

— Lui, le pauvre cher homme! Jamais! C'était pour des bêtises... des fausses signatures... des misères, quoi! Si ça fait pas suer? Il a fini son temps c't' homme, il ne doit plus rien... Pourquoi qu'y pourrait pas travailler à Paris? Un si brave homme! Et qui n'était pas chien... Il m'a payé plus d'un canon chez Alexandre Dumas.

— Comment! Alexandre Dumas...

— Eh! oui. Le marchand de vins vis-à-vis la Morgue. Il est fichu d'en attraper pour cinq ans! Attends, toi... Eh! pas manchot! j'vas t'aider à tripoter mes pommes... A bas les pattes!

La marchande laissa Magarthy, pour courir sus à un gamin qui s'amusait à vanner ses pommes. La créole continua sa route sans plus penser à l'arrestation de l'écrivain.

Deux jours avant la visite dont nous avons parlé à la fin du chapitre précédent, et six ou sept mois après sa conversation avec la marchande de pommes, Magarthy, passant par hasard sur le même pont, aperçut à la porte de l'échoppe l'homme qu'elle avait vu entre les mains des soldats quelque temps auparavant. Il fumait tranquillement une pipe courte et noire, le dos appuyé au chambranle de la porte et les deux mains dans ses poches. Sa physionomie frappa Magarthy, et, quoiqu'elle n'eût besoin de rien, elle s'adressa à la marchande que nous connaissons, et lui demanda le prix de ses poires et de ses pommes. Puis, après avoir fait un achat insignifiant, subitement croqué par Miany, Léonie et la gouvernante, Magarthy dit à la marchande :

— Tiens, l'écrivain n'en a donc pas eu pour cinq ans?

— Six mois seulement! C'est un malin... il les a roulés et a obtenu de rester à Paris... Il est si savant; pardon, faut que je vous quitte : — c'est minette qui miaule... Elle s'ennuie chez nous toute seule c'tt' bête; je l'amène tous les jours... Pourvu qu'elle ne fasse pas ses petits dans ma capeline neuve!

Magarthy continua sa promenade et se mit à réfléchir : — « Cet homme est savant et ignoré... je peux apprendre à lire avec lui... Personne n'ira me chercher là et je ne lui dirai pas mon nom. Il sort de prison : il doit être sans le sou! Et puis, je pourrai lui dicter des lettres ou lui en faire copier... J'aurai peut-être besoin de plusieurs exemplaires... car, si je trouve... ce que j'espère... Eh bien, il pourra m'être très utile! »

Le résultat de ces réflexions fit que Magarthy s'en vint, ainsi que nous l'avons dit, frapper à la porte de l'écrivain public.

Simon Lenoir, c'est le nom du maître de l'échoppe, était un homme de quarante-cinq à cinquante ans. Sa physionomie, sans être précisément repoussante, avait quelque chose de bas, d'ignoble qui ne prévenait pas en sa faveur. Sa photographie était facile à faire. Des cheveux d'une nuance cendrée, un front fuyant, l'arcade sourcilière proéminente, des yeux couleur de vitre, de ces yeux qui voient, la nuit, et dans lesquels on ne voit pas ! Un nez long et gros, dont les narines larges et élastiques frémissaient soudainement lorsqu'un désir quelconque venait éveiller ses appétits, une bouche aux lèvres minces, dont la lèvre supérieure dépassait un peu celle d'en bas, qui ne se voyait même presque pas, grâce à l'habitude qu'avait Simon de la ronger continuellement avec les dents du haut; des pommettes saillantes et violacées; des maxillaires très développées; des oreilles fines, un menton pointu, un cou court, les épaules voûtées, les bras longs, les mains menues; des pieds énormes supportant deux jambes maigres, piedestaux d'un abdomen *régence*, abdomen d'ivrogne et de débauché. Cet homme était marqué des stygmates du vice. Il avait été jeune; on l'avait aimé, choyé, caressé peut-être! Mais, quand Dieu l'avait mis dans le meilleur chemin, appuyé, d'un côté par l'amour de sa mère, de l'autre, par celui d'une femme, il avait choisi bénévolement la route de l'infamie. Son histoire était celle de bien d'autres, il avait dissipé la dot de l'épouse, dévoré le peu de fortune de la mère et perdu jusqu'au dernier sou de son petit patrimoine : tout cela, pour chercher des plaisirs impurs et des amitiés ignobles! Sa mère était morte, à l'hôpital, des suites des privations qu'elle s'était imposées à un âge où elle aurait eu, au contraire, besoin d'un redoublement de soins et d'attentions. Quant à sa femme!... Eh! mon Dieu, quand une âme est brisée par le désespoir; quand on a vu fouler aux pieds toutes les naïves croyances de son cœur; quand, au lieu d'un peu d'amour que l'on implorait à genoux, on n'a reçu que des injures; quand l'homme dont on avait fait un fétiche s'est abaissé devant vous à toutes les ignominies, est-il surprenant qu'on se fasse une autre existence lorsqu'il en est temps encore? La femme de Simon Lenoir porte un autre nom et il ignorera toujours sa destinée... Quant à lui, la mort de sa mère et le départ de sa femme le trouvèrent insensible. L'ivrognerie et le vice l'avaient hébété. Il ne songeait qu'à satisfaire ses passions. Mais lorsque arriva le moment où, après avoir vendu sa montre pour souper avec une horrible poissarde, après avoir donné à un marchand de vins son dernier gilet, en échange d'un verre d'absinthe, il se trouva vis-à-vis du suicide ou du crime, il n'hésita pas. Il vola aux étalages, tricha au jeu et enfin fit des faux en grande quantité. Malgré son habileté, il fut dénonce et pris. Dix ans de travaux forcés furent le châtiment de sa vie misérable. Mais la force d'inertie, cette force la plus fatale et la plus rétive de toutes, ne l'abandonna jamais. Il n'aimait pas la lutte et, cédant sans cesse au courant, il ne s'alarmait de rien. La perspective du bagne n'avait rien qui l'effrayât, au contraire! — « Je serai employé aux écritures, disait-il, et, en travaillant bien... je gagnerai de quoi boire et fumer... Tout est là! Dans cinq ans, si je fais preuve de bonne conduite, dans cinq ans j'en aurai vu la farce... d'ailleurs, ça me reposera... et après?... dame! alors comme alors! Donnez-moi du feu, gendarme. »

Simon ne s'était pas trompé : au bout de cinq années il fut rendu à la liberté; mais interné à Caen, son pays natal.... où il se fit, en vrai philosophe, *artiste décrotteur*. Enfin, croyant qu'on ne pensait plus à lui à Paris, il y vint à pied, en se pavanant dans des souliers volés, dans une redingote décrochée à la porte d'un teinturier et avec un chapeau échangé contre sa casquette dans un café. Là, il chercha à utiliser ses talents d'écrivain et courut tous les bureaux de copistes, jusqu'à ce qu'il s'entendît avec l'écrivain du pont de l'Archevêché qui lui céda son fonds tout meublé, tout prêt, moyennant une redevance journalière de *un franc cinquante centimes*. On trouvera peut-être, que cela est cher ; mais il faut savoir que tous les écrivains publics ne sont pas malheureux, tant s'en faut : cela dépend des endroits et des individus. N'était-ce pas une fortune pour un forçat libéré de se trouver tout d'un coup *chef d'établissement*, sans avoir ni patente à payer, ni permission à demander, car la profession d'écrivain public peut-être exercée par tout le monde sans aucune formalité. Aussi se passe-t-il des comédies et des drames bizarres derrière ces petits carreaux et cette porte à rideaux rouges sur laquelle on lit : *Célérité et discrétion!* Mais ce n'est pas à nous à dévoiler les turpitudes de ce reste des anciennes mœurs de Paris. Tous ces gens-là disparaîtront où subiront la loi commune. Bref, la barraque de Simon Lenoir était placée dans un endroit très favorable et suffisamment à l'écart pour qu'on pût s'y rendre en secret. Ses pratiques étaient les pauvres du Parvis, les parents des malades et les employés de l'Hôtel-Dieu, toutes les femmes des rues infectes, toutes les revendeuses du marché situé devant la Morgue et enfin un grand nombre de personnes se rendant au palais de justice ou à la préfecture. L'un dans l'autre, Simon se faisait dix francs par jour ; mais ce n'était pas là le quart de ce qu'il aurait voulu pour ses menus plaisirs... Toujours au cabaret, où il donnait ses consultations, tout en jouant au piquet et, en absorbant des liqueurs ; attablé chaque soir dans les bouges, dont il était l'oracle, cet homme n'avait jamais un sou devant lui. Aussi était-il presque en guenilles. Mais *son monde* le respectait parce qu'il était savant... parce qu'il était aimable avec *ces dames*... et enfin et par dessus tout, parce qu'il avait été au bagne ! — Oui, c'est triste à dire, mais dans ces repaires de la paresse, de la honte et du vice, *avoir été au bagne* est un titre au respect et à la considération.

Lorsque Simon Lenoir fut arrêté pour rupture de ban et condamné à six mois de prison, avec menace d'une peine plus sévère en cas de récidive, tout le quartier du Parvis fut en émoi. Il subissait sa détention à Paris et il ne se passait pas de jour qu'on ne lui apportât, qui, du tabac, qui, un peu d'argent, qui, des fruits, etc., etc. Simon eut alors une idée qui réussit au delà de ses désirs. Il rédigea une pétition demandant au préfet de police l'autorisation pour lui, de résider à Paris à la fin de sa condamnation et de reprendre son poste sur le pont de l'Archevêché. Cette pétition courut de main en main préalablement, dans le quartierde Notre-Dame et fut couverte de nombreuses signatures de la part surtout des dames propriétaires de certaines maisons. Dans cette pétition, on parlait de sa *probité* et de sa *courtoisie;* oui, vraiment, il y avait ces deux mots : probité, courtoisie!

La préfecture de police,— et en faisant ainsi, elle a parfaitement raison....—la préfecture de police accorde une certaine protection aux malheureuses qui sont inscrites sur le livre fatal de la prostitution. C'est avec la plus grande douceur, avec paternité, si j'ose employer cette expression, que sont traitées ces pauvres créatures dans leurs rapports avec la préfecture. On tient à ne pas les éloigner de l'administration et à leur faire sentir que toutes dégradées qu'elles soient, elles peuvent encore invoquer la justice spéciale qui règle leur destinées. Sans nous appesantir sur ce sujet, qu'il nous suffise d'apprendre au lecteur que, grâce à la pétition et après informations prises, lorque Simon Lenoir eut fini ses six mois, le chef de la police municipale, qui était alors un petit vieillard spirituel et fort aimable, le fit venir dans son cabinet et lui dit ceci : — « Simon Lenoir, une pétition a été adressée pour obtenir votre maintien à Paris... En sortant de subir une peine, pour rupture de ban, il y a bien de l'audace à demander grâce! Mais, néanmoins, l'administration veut bien vous tolérer à Paris. Vous pouvez donc reprendre votre métier d'écrivain sur le pont de l'Archevêché... Vous avez une conduite déplorable...! Assez! ne parlez que lorsque je vous interrogerai... Je ne vous demande pas de changer en rien vos habitudes... Vos pareils ne changent pas... Il faut du moins que cette inconduite serve à quelque chose, et voici ce que vous aurez à faire pour reconnaître les bontés de l'administration... Tous les samedis, monsieur que voici...—et il désigna de la main un jeune homme qui, traversant la chambre, s'arrêta un instant en face de Simon et sortit sans dire un mot... — monsieur passera à sept heures du soir devant votre boutique; vous le suivrez de loin, car il ne vous fera aucun signe, et là où il s'arrêtera et vous tendra la main, vous lui remettrez un rapport de cinq pages au moins... de cent si vous voulez. Dans ce rapport, vous donnerez les noms des habitués des maisons qui vous seront désignés, vous signalerez la présence plus ou moins assidue des militaires en congé ou réfractaires; une croix rouge à côté du nom indiquera que l'individu dont il est question *parle politique*, vous comprenez!... En outre, si vous découvrez quelque corruption exercée et réussie sur un inspecteur, un agent de police ou même sur quelque *indicateur* ou *contrôleur*, soit par des cadeaux, de la boisson ou d'autres *faveurs* gratuites, ne manquez pas de vous étendre là-dessus. A part cela qui doit toujours être le fonds de votre rapport, vous direz tout ce qui vous paraîtra de nature à intéresser le service. Je vous sais intelligent... et j'espère que nous serons satisfaits de ce petit travail. Chaque rapport sera payé 20 francs et payé d'avance... Voici un napoléon pour celui de samedi prochain... Le second vous sera payé en échange du premier? Puis-je compter sur vous? »

— De tout cœur, monsieur... dit Simon... Je vous donne ma parole d'honneur...

Un sourire plissa légèrement les lèvres du vieillard qui ajouta :

— Bien! bien! Maintenant, un dernier avis... Si vous manquiez à faire votre rapport, si vous veniez une seule fois vous adresser à *qui que ce soit* à la préfecture, si vous laissiez deviner que l'on se sert de vous et si vos rapports n'étaient pas rédigés avec zèle... vous seriez *immédiatement arrêté* et, cette fois, vous ne sortiriez pas de sitôt de la surveillance. Vous êtes libre; vous n'avez pas besoin de vos papiers, je les garde! Soyez tranquille, *on ne vous les demandera pas !*... Adieu... à samedi, le premier rapport.

Et, tirant le bouton d'une porte, le vieillard poussa Lenoir dehors. Celui-ci tout abasourdi, resta un moment absorbé, puis secouant la tête.

— Bath ! je suis libre et j'ai vingt-neuf francs, en comptant ma masse... Pourvu que la Hollandaise ne soit pas au clou !

Tel était maître Simon Lenoir, écrivain public sur le pont de l'Archevêché, quand ayant absorbé son dernier sou et, par conséquent, son dernier petit verre, il se trouva face à face avec madame la baronne de Saint-Denis.

Le loup et la hyène se saluèrent en souriant et voici ce que la hyène dit au loup :

XVII

L'ORATOIRE AUX LETTRES

— Monsieur Lenoir, êtes-vous discret?

— C'est écrit sur ma porte ; je suis discret par devoir et par inclination, ajouta-t-il en saluant gracieusement... Il avait ôté sa pipe de sa bouche.

— Fumez donc, dit Magarthy, ça ne me gêne pas.

— Ah, merci bien! voyez-vous la pipe c'est tout pour moi, pauvre solitaire... triste exilé sur la terre étrangère... C'est dans la *Reine de Chypre*... mais pardon, c'est pour une lettre?

Il disposa son buvard.

— Non, monsieur, voici ce dont il s'agit : une

de mes amies qui a le malheur de ne savoir ni lire ni écrire, désirerait apprendre à lire seulement... Combien de temps croyez-vous qu'il faudrait pour cela?

— Deux mois au plus... mais en quoi...?

— Voilà! Mon amie est entourée de beaucoup de monde et, pour ainsi dire, *mouchardée*... pardon du mot...

— Faites... je le connais, le mot!

— Eh bien, mon amie me charge de vous faire les propositions suivantes : elle viendra chez vous, tous les matins y passer deux heures et elle vous donnera quarante sous chaque fois... Le jour où elle se croira assez savante, elle vous remettra cinquante francs. Acceptez-vous?

— Quarante sous, c'est peu... En deux heures, je gagne quelquefois dix francs!

— Ce sera trois francs, si vous voulez; mais pas un sou de plus... à prendre ou à laisser.

— J'accepte... Et quand commencerons-nous avec cette dame?... madame...? Comment se nomme-t-elle, ma future élève?

— Il entre dans ses conditions que vous ne lui demanderez pas son nom.

— Diable! c'est drôle, moi je m'en f... ah! pardon : je m'en moque! Est-ce qu'elle viendra masquée, comme la reine Marguerite de Bourgogne?

— Acceptez-vous?

— Parbleu, oui... mais je veux des arrhes... un denier à Dieu... et que la leçon soit toujours payée d'avance.

— Vous êtes exigeant... enfin! soit : voici cinq francs d'arrhes et trois francs pour la première leçon... Demain à huit heures, je serai ici.

— Comment, cette dame qui ne sait pas lire?

— Cette dame-là... c'est moi! à demain!

Elle s'éloigna rapidement.

— Elle n'est pas mal, la petite mère... huit francs! ma journée est faite et me voilà rentier!

Il ferma le contrevent vert qui clôturait ses quatre carreaux et se dirigea vers la marchande de tabac.

— Bigre! lui dit la voisine : plus que çà de *chic!* une femme en chapeau, séducteur!

— C'est une amie à cultiver... Elle va venir tous les matins, èt si, dans quelques jours, elle m'a tout à fait *à la bonne*, nous rirons peut-être... Viens-tu, j'paie une absinthe?

— Un canon, si ça vous est égal.

— Un demi-setier alors... poussons-nous du col... j'ai le rond!

Et ils entrèrent chez le liquoriste.

. . . .

Au bout d'un mois, jour pour jour, Magarthy

savait lire non seulement l'imprimé, mais toutes les écritures... Ce fut un grand jour pour elle et, dans l'excès de sa joie, elle augmenta de dix francs la gratification promise à Simon.

— Lire! je sais lire! s'écria-t-elle une fois qu'elle se fut enfermée dans le petit cabinet où se trouvait la fameuse malle. Je sais lire...! Moi, l'esclave, la femme perdue, je vais donc pouvoir enfin fouiller dans cette mine que j'ai creusée depuis vingt années... Ah! ajouta-t-elle en plongeant ses deux bras dans le coffre et en remuant follement les papiers, comme un avare qui se baigne dans son or... Je sais lire! je sais lire!

Elle verrouilla sa porte, frémissante de joie et de curiosité. En effet, elle allait enfin savourer le fruits de ses détournements multipliés... La nuit vint, puis l'aube, puis le jour, et elle lisait encore! Elle accompagnait ses lectures de réflexions faites à haute voix, comme si elle eût causé avec quelque interlocuteur invisible. De fait, il y avait de quoi piquer la curiosité dans cet amas de paperasses, et de singuliers secrets devaient être renfermés dans quelques-unes!

Magarthy a raison : on ne devrait jamais confier sa pensée au papier... Malheur aux belles pécheresses qui ont la manie d'épancher leur cœur dans de longues lettres, que l'amant égare ou se laisse voler et qui peuvent, un jour ou l'autre, perdre les imprudentes! Magarthy était tellement persuadée de cela qu'il ne lui vint pas à l'idée, pendant qu'elle avait Simon sous la main, d'apprendre à écrire.

— Non, non; pas si sotte, se disait-elle! Savoir lire est bien suffisant. A moi, les secrets des autres et *les miens!* Je jure bien que jamais ma main ne trahira ma tête.

C'eût été un spectacle curieux de voir cette femme enfoncée dans un moelleux fauteuil, éclairée par deux lampes, dont elle avait retiré les globes dépolis afin d'y mieux voir, puiser dans le coffre qu'elle avait placé à sa droite, et jeter ensuite, dans une grande corbeille, les papiers qu'elle venait de parcourir. Car ce n'était encore qu'à un travail préparatoire qu'elle se livrait en ce moment.

— Encore de l'amour! c'est très touchant! Ah! ah! c'est avant le mariage!... « Je t'aimerai toujours... nous ne nous quitterons jamais... La vie à deux, c'est le bonheur sur terre! Pouvoir exister l'un près de l'autre, dans une jolie petite maison de campagne... se promener, le soir, au clair de la lune... ou s'embrasser amoureusement derrière les charmilles! » — Viande creuse!... ah! ah! qu'est-ce que cela? Des lignes qui s'arrêtent en route, c'est sans doute ce qu'on appelle des vers!

Voyons si c'est drôle des vers d'amoureux !... Sonnet... qu'est-ce que c'est qu'un sonnet? il est signé Lopez... ah ! c'est ce capitaine qui voulait m'emmener en Espagne, pour manger du chocolat de Bayonne... Voyons... un sonnet de capitaine, ça doit être curieux :

« A MADAME SYLVIE GORDON !

« Oui, j'étais bien heureux et bien brave, Sylvie !
Quand le fer et le feu me poussaient dans Cadix,
Au tapis du hasard, j'allais jouer ma vie,
Sans plus m'en soucier que d'un maravédis,

J'aurais, pour abreuver ma soif inassouvie
Trempé ma lèvre aux flots du Styx... mes yeux hardis
Sur le trône de Dieu se fixaient pleins d'envie...
J'eusse attaqué, Titan nouveau, le Paradis.

Que suis-je devenu d'un seul mot de ta bouche?
Un insensé qui tremble, ainsi que sur sa couche,
L'enfant qui voit, la nuit, des spectres inconnus.

Quand tu n'es pas venue et que lointaine est l'heure
Du rendez-vous promis... je deviens fou... je pleure
Et je voudrais mourir en baisant tes pieds nus. »

Dire qu'il y a des femmes qui se laissent prendre à ce galimatias-là ! Pauvres dindes ! ah ! encore du style de soldat... c'est le conscrit qui part... c'est gentil ce récit qu'il fait à sa fiancée... j'ai vu un tableau comme ça... c'était un petit Breton, le bâton sur l'épaule, le paquet au bout du bâton ; sa mère l'embrasse, son père lui donne une bourse et

Jeanne-Marie ou une autre Bretonne au grand nez, s'essuie les yeux avec son tablier dans un coin... Il n'a rien oublié, le gaillard... pas même le petit chien qui le retient par sa veste... Et comme çà à l'air d'être vrai!... si sa fiancée a gobé celle-là, je la plains... Ils n'ont pas duré longtemps tes trois mille francs, pauvre chéri! mais tu ne pensais sans doute pas à ta fiancée à ce moment-là!... Et toujours la fin finale obligatoire : *Amour pour la vie!* L'amour a la vie courte à ce qu'il paraît! oh! les hommes!... tas de hannetons, va!... Bon! une lettre de femme à ce petit baron qui m'a donné ma châtelaine et mon cachemire brodé or! qu'est-ce qu'elle lui dit? « Mon amour bouffi, — (le fait est qu'il l'est... bouffi... de bêtise!) — mon amour bouffi, envoie-moi tout de suite, par ton domestique, un habillement complet d'homme... choisis ce que tu as de mieux dans ta garderobe... n'oublie rien, bottines, chemise, gilet, paletot, habit, par dessus, canne... enfin, de quoi faire un beau cavalier comme toi! une de mes amies qui est juste de ta taille veut aller intriguer son mari au bal masqué. Je te renverrai tout ça demain... Elle est très soigneuse!

A toi pour la vie (*toujours!*)

CHIFFONA. »

Il n'y a pas de mal à ça!... Tiens, encore la même écriture... oui, c'est encore d'elle... est-ce toujours au petit baron? Non... « à M. M. Joseph Garnier. » Joseph Garnier?... Qu'est-ce qu'il m'a donc donné celui-là? Ah! un châle de crêpe de Chine et un manteau de velours fourré. Il connaissait donc Chiffonna? C'était un beau garçon, mais fat, oh! fat comme un paon qui fait la roue. Lisons :

« Mon amour bouffi (encore! le fait est que celui-là l'était aussi... bouffi de vanité), mon amour bouffi, je t'envoie, par Louis, un habillement complet : bottines, chemise, gilet, paletot, habit, pardessus et canne... enfin de quoi habiller un beau cavalier comme toi. (En voilà une qui ne fait pas de frais d'imagination!) C'est comme du neuf. J'y joins mon châle de Chine et mon manteau de velours garni de fourrure. Mets-les au clou ou vends-les. Je n'ai pas d'argent à t'envoyer... A ce soir au bal. Fais-toi beau!

A toi, *pour la vie* (Parbleu! je l'attendais),

CHIFFONNA. »

La lettre est du 5 janvier 18... Comme ça se trouve! C'est ce soir-là qu'il m'a donné le châle et le manteau. Pauvre Chiffonna! En voilà des ricochets! Il n'y a que moi qui ne donne jamais rien dans tout ça. Oh! voici une vilaine écriture et un affreux papier à chandelle: « A M. Volamayer (mon ancien avoué). C'est pour vous dire que je sais tout. La petite chèvre m'a tout raconté! Il faut cracher de suite cent balles à papa. Je sors de prison et je me f... du scandale... J'en ferai et du tapé, si je n'ai pas l'argent dans dix minutes. Je suis chez le mannezingue au coin... passez devant la boutique, je vous rejoindrai... Pas de danger, si on est gentil. Mais sinon ta femme saura ce soir le vrai nom de la *marquise des Variétés.*

Signé : LA MAZAS. »

Je n'y comprends rien... ou plutôt... Tiens! tiens! C'est bon à savoir... J'aurais dû m'en douter... Et le Volamayer n'a pas brûlé ça! — Une quittance maintenant : *Loyers de Mlles Anastasie et Pulchéria... Deux trimestres d'avance... Reçu mille francs, de M. Granvillain.* — Voyez-vous ce Granvillain... deux loyers en une seule quittance. Gros Lovelace, va! Un congréganiste! Il m'a donné deux mille cierges que Max m'a rachetés trois mille francs comptants : je n'ai jamais tant ri! — Mais voici une lettre bien froissée : « A M. Stodelli, professeur de piano. » C'est celui à qui je *dois* mon orgue Alexandre : « Misérable ! (ça commence bien) misérable ! quand vous lirez cette lettre, je ne serai plus ! Le charbon brûle et ma dernière pensée sera pour vous maudire ! Qu'est-ce que j'ai fait pour mériter un pareil sort ? Vous m'avez prise sans défense à quatorze ans ! Vous m'avez avilie, *vendue* et presque tuée de coups et de mauvais traitements... Je suis vieille, j'ai quarante ans et je ne trouve plus le moyen de gagner un morceau de pain. Soyez maudit ! Votre fille a aujourd'hui quatorze ans. La pauvre enfant est endormie sur mon lit... Je lui ai fait prendre des pavots ; elle mourra sans s'en douter. Car je ne veux pas qu'elle tourne comme sa mère, je ne veux pas l'exposer à tomber entre les mains d'un homme semblable à son père... Soyez maudit ! Le bon Dieu vous punira... Je n'y vois plus... Soyez maudit ! misé... » — Elle sera morte avant d'avoir pu finir le mot... si elle est morte. Ah ! oui... voilà un procès-verbal du commissaire de police joint à la lettre... Morte avec sa fille ! Et pour un Stodelli, un ivrogne, un fou... Les femmes sont stupides ! Oh ! que de photographies ! *A toi mon petit mari adoré, à toi pour la vie ; — à toi, Arthur ; — à toi, Léopold ; — à toi, Maria ; — à toi, Jéronyme ; — à toi, mon père ; — à toi, ma mère, mon frère, ma sœur, mon oncle, ma tante, mon cousin, ma cousine*, etc.

Quel déluge de *à toi pour la vie!* En voilà une manie de portraits-cartes! J'en ai au moins cent cinquante... et je ne sais pas quel nom mettre sur la figure de quatre-vingt-dix! On me demande souvent la mienne. Non, non! Ça compromet, et puis je ne veux pas qu'on puisse m'acheter pour dix sous chez un libraire! Ça m'humilie. — Des faveurs roses! « Vingt-deux lettres rendues, le 7 octobre 18... à madame la comtesse de Chénallet. » Si jamais elle les revoit, elle aura de la chance...! A moins que... mais non! Elle est veuve... il n'y a rien à faire par là. — « Je vous renvoie vos lettres sur votre demande, bien que vous n'eussiez rien à craindre d'un galant homme. Elles prouvent d'ailleurs seulement que vous avez fait tout ce que vous avez pu pour m'aimer et que vous n'avez pas réussi... Elles ne peuvent être compromettantes que pour mon amour-propre. Mais moi, j'ai toute confiance en vous, madame : je vous les rends toutes. Soyez heureuse... Vous n'avez pu m'aimer et je vous aimerai toujours. Je ne vous le dirai plus, voilà tout. Je ne voudrais en rien vous distraire dans votre félicité... Je vais faire un voyage de quelques mois, de crainte que ma présence à Paris ne vous gêne ou ne vous embarrasse... Adieu, madame, adieu! » — C'est ce benêt de vicomte Dunoyer. Il était trop bon... voilà pourquoi on le plantait là ! Et, ce disant, Magarthy jeta dédaigneusement le paquet rose dans la corbeille.

Nous ne pouvons la suivre dans sa lecture acharnée. Il y avait de tout dans cette malle. La société à tous ses degrés : les vices, les vertus, les crimes, les bienfaits, les plus viles turpitudes, comme les plus nobles actions... C'était une véritable encyclopédie où la vie était décrite dans toutes ses phases. On y trouvait depuis la carte du restaurateur, jusqu'au brevet de la Légion d'honneur. La grisette y hantait la grande dame, le forçat y coudoyait le prix Monthyon. Les plus nombreuses étaient les lettres d'amour et les lettres d'emprunts les demandes de places, de secours ou de recommandations... Ces lettres qui ne se lisent presque jamais, qu'on fourre machinalement dans sa poche, en murmurant : « Je sais ce que c'est, je lirai ça ce soir ! » Le soir, on n'y pense généralement plus. Mais, en dehors de ces banalités, il y avait dans cet énorme amas, quelques pièces précieuses pour Magarthy. Aussi passa-t-elle une autre nuit à trier ces chiffons et à les classer par ordre alphabétique dans une armoire à double serrure, qu'elle avait achetée pour cet usage. Sur le premier rayon, elle mit les *affaires importantes* ; sur le second, les *affaires à l'étude*, c'est à dire celles qui avaient besoin d'être approfondies ; sur le troisième, les *affaires, pour renseignements*, et enfin sur le dernier, les *affaires sans valeur*. Puis, après avoir fermé l'armoire, Magarthy se frotta joyeusement les mains :

— Tout est en bon ordre, et je viendrai consulter ma bibliothèque tous les jours. Cette chambre sera *mon oratoire*, et nul n'y entrera que moi.

Elle se décida alors à prendre un repos dont elle avait grand besoin.

— J'ai de quoi *travailler* maintenant, se dit-elle en se couchant ; — par où commencerai-je ?

XVIII

L'UNION FAIT LA FORCE

Magarthy voulait donc essayer *son truc*, comme elle le dit plus tard à Simon. Seulement, elle se trouvait assez embarrassée sur la manière de procéder. Son but était le chantage, ses lettres, des outils ; mais comment se servir de ces outils-là ? Il y a des choses qu'une femme ne peut pas faire, fût-elle au dessus de tous les préjugés. Or Magarthy tenait à ne pas trop se compromettre. La police, en France, ne badine pas avec les intrigantes de la force de Magarthy, quand elle peut les happer en flagrant délit de contravention au code Napoléon. Magarthy savait cela, et, par égard pour ses enfants, il lui importait beaucoup de ne pas attirer les regards sur elle. Il lui fallait donc un complice, et elle pensa naturellement à Simon.

Quant à l'écrivain, cette femme inconnue et ignorante, qui lui semblait à lui, l'homme des endroits ténébreux, une beauté éclatante, l'intriguait au plus haut point. Qui était-elle? que faisait-elle et pourquoi avait-elle appris à lire avec tant de passion? Quel était son but? Un but coupable sans doute... car Simon Lenoir ne croyait pas qu'on pût en avoir d'autre... Du reste, si la créole avait compris Simon, celui-ci avait presque deviné Magarthy. Les natures vicieuses se comprennent plus vite que ne sympathisent les caractères vertueux. Le vice se joint, s'accouple rapidement au vice. Deux honnêtes gens n'arriveront à se connaître intimement qu'après un certain laps de temps... Il y a dans l'homme de cœur une certaine pudeur morale qui lui fait dissimuler ses bonnes qualités. Le vicieux, au contraire, fait parade de ses défauts, exagère ses mauvais penchants et leurs déplorables résultats. Il dit, il annonce comme réalisés les rêves lubriques ou criminels que son imagination corrompue a enfantés. Il entre ainsi bien plus vite en communion avec ses pareils. — Ainsi étaient Magarthy et Simon Lenoir. — Ils ne se connaissaient que depuis un mois et, pendant les leçons,

Magarthy parlait peu; mais cependant, ils en disaient assez pour se juger, l'un l'autre, de force égale en ignominie. A l'air dont Magarthy lui avait demandé : — « Vous avez donc été au bagne, vous? » — Il avait compris que la créole avait une proposition sur les lèvres et il avait répondu assez légèrement :

— Oh! mon Dieu, qui est-ce qui ne va pas un peu au bagne, dans sa vie?

— Qu'est-ce que vous aviez donc fait, contez-moi çà!

— Oh! vous le savez bien : la marchande de pommes vous l'a dit.

— Et comment savez-vous que la marchande me l'a dit?

— Elle a des bontés pour moi, et puis je lui paie à boire.

— C'est donc pour ça qu'elle m'a suivie, l'autre jour, jusqu'à la Halle, comme vous m'avez suivie, l'autre soir, jusqu'à la place Saint-Sulpice?

— Vous voyez donc tout, vous?

— Je suis un peu méfiante et je n'aime pas être suivie. Heureusement qu'il y a plusieurs portes à Saint-Eustache et deux sorties à Saint-Sulpice.... C'est très commode, les églises, pour se débarrasser des *fileurs!*

— Madame parle argot?

— C'est un mot que j'ai retenu d'un ami à moi... — Comme ça, vous avez fait un faux et vous avez attrapé dix ans de pré?

— C'est à dire que s'il fallait mettre tous mes travaux dans ce genre-là, à côté les uns des autres, je pourrais tapisser ma barraque avec moins du tout.

— Et comment cela se fait-il, un faux?

— Ça, ma chère dame, ça n'est pas comme la lecture... Je ne donne pas de leçons de ce genre-là. J'aime mieux le pont de l'Archevêché et le vin à seize du père Charles, que le port de Toulon et le bouillon au suif de lampion du bagne... C'est fini de rire! Je suis un honnête homme, maintenant... un bourgeois rangé des voitures.

— En vérité?

En disant cela, Magarthy le regarda d'un air si comique, que Simon ne put retenir un éclat de rire.

— *Épatée, la dame!* Enfin, ça vous est égal que je sois un honnête homme ou non?

— Parbleu! qu'est-ce que vous voulez que ça me fasse?

— Rien... seulement, si... quelquefois... vous savez? Car enfin... il se pourrait... et alors... vous comprenez?

— Non... je m'en vais... à demain! Dites donc?

ne me faites pas suivre... Vous perdriez votre temps et je vous en voudrais.

Une fois qu'elle fut partie, Simon se mit à ruminer tout seul :

— Diablesse de femme! Elle a quelque chose à me dire, bien sûr! Elle a peur, sans doute. Elle doit être riche! Elle est rudement mieux que la Hollandaise; mais ça n'est pas pour mon *nase!* Voyons, finissons ce rapport... c'est aujourd'hui samedi et il ne faut pas *blaguer* avec la *préfectance*. Parlerai-je de cette femme? C'est assez drôle, ce mystère dont elle s'entoure; mais, si j'en parle, on me chargera peut-être de découvrir son nom, son adresse... faudra courir! Et puis, d'un autre côté, si elle veut me faire *travailler?*... A moins qu'elle ne soit de la *rousse* aussi, elle? — Bath! ne disons rien d'elle! Ça n'est pas de la politique, ça! Or je ne suis pas forcé... — Nous disons donc que nous avons tout plein d'affaires à conter au *singe* de la sûreté. D'abord, Julien, l'amant de *Pauline la Dutoccard*. Il a chanté la *Marianne* et en a donné une copie à Raymond, l'amant d'Adèle... Bon! ça y est... Si on les pince, je ferai la cour à Pauline! L'agent Lartois a emprunté dix francs à la mère Dariminge... et il les a dépensés chez elle. C'est *Henriette la Pomme-Verte* qui me l'a dit, etc.

De son côté, Magarthy réfléchissait à la nécessité de prendre un confident.

— Simon Lenoir ferait bien mon affaire, pensait la quarteronne, mais il est rusé ; il voudra en savoir trop long sur mon compte. Si je pouvais trouver le moyen de le dominer ! Mais comment ? S'il était amoureux de moi. Ah ! non, par exemple, c'est trop cher ! Et puis, il serait peut-être plus dangereux encore ! Attendons ; on n'a pas fait Paris en un jour !

Le lendemain, Magarthy vint, comme d'habitude, causer avec le forçat. Elle ne lui devait rien et ne prenait plus de leçons ; mais ni l'un ni l'autre ne faisait d'observations à ce sujet. Quoiqu'elle eût payé à Simon une prime qu'il avait dévorée en une nuit, elle continuait à laisser trois francs sur la table, comme d'habitude, et Lenoir les empochait sans la moindre difficulté. Ce jour-là, par hasard, Simon était à court de tabac, et par conséquent d'une humeur *massacrante*. Comme tous les gens qui ont la passion de la pipe, il éprouvait une véritable torture de ne pas pouvoir fumer. Magarthy s'aperçut de la mauvaise humeur de l'écrivain :

—Qu'avez-vous donc aujourd'hui?... Est-ce que les amours ne vont pas bien ?

— Je m'en fiche pas mal des amours... Je n'ai

pas de tabac, voilà tout! Et je n'ai pas de crédit dans le quartier.

— Eh bien, voilà vos trois francs. Allez chercher ce qu'il vous faut et fumez tranquillement.

— Merci! Nom d'une pipe, vous êtes une vraie, vous! Je suis à vous dans la minute... Lisez le journal, il y a un vol à l'américaine rudement mené.... Vous verrez ça!

Il s'élança dehors. *Il avait du tabac!* Ce n'était plus un homme, c'était un dieu! Il y a des gens pour qui la satisfaction immédiate de leurs passions est tout un monde: Simon était de ces gens-là. Aussitôt qu'il éprouvait un désir, un appétit, il ne vivait plus. Dans les petites choses, comme dans les grandes, les passions ont la même force chez certaines organisations. Pour un verre d'absinthe ou pour une pipe de tabac, Simon aurait payé cent francs ce qui vaut un sou, s'il avait pu, à ce prix, se procurer de suite ce qu'il voulait. Cette précipitation à saisir au premier bond l'occasion lui fut nuisible en cette circonstance. Magarthy, en effet, restée seule dans la petite boutique, aperçut la clef sur le tiroir de la table qui servait de bureau à l'écrivain. Il s'y trouvait une lettre ouverte et une autre fermée avec l'adresse sur l'enveloppe. Elle regarda par le carreau, et aperçut Simon qui entrait seulement chez le débitant de tabac. L'adresse portait :

« Jacques Morin, Petit-Hôtel de la Pomme de pin, rue des Deux Portes blanches, pour remettre à lui-même. » La lettre ouverte était à l'adresse de Simon. Un coup d'œil jeté sur cette dernière décida Magarthy à s'emparer des deux lettres, dont l'une était certainement la réponse de l'autre. Elle sortit alors de l'échoppe, s'assura que Simon ne pouvait la voir, et, pénétrant dans Notre-Dame par le portail de droite, elle en sortit par une petite porte de derrière et monta dans un fiacre dont elle baissa les stores :

— Aux Champs-Élysées, au pas, dit-elle au cocher.

La *manie* des collections l'avait bien servie cette fois. La lettre de Jacques Morin annonçait à Simon que la traite *fabriquée*, — le mot y était, — par lui, — était passée et touchée ; qu'il lui revenait deux cents francs, et qu'il eût à lui répondre comment il voulait s'y prendre pour les toucher : se voir, c'était dangereux, et lui, Jacques Morin, ne voulait pas confier l'argent à personne sans son avis !

La réponse *signée* de Simon, que Margarthy décacheta sans façon était claire : elle prouvait qu'il était réellement l'auteur de la traite faussé. Il priait Jacques de déposer l'argent chez un marchand de vins qu'il lui indiquait.

« — Brûle ma lettre, comme je brûle la tienne,

et quand tu auras besoin de mes talents, écris-moi un mot... Tu as raison... Il ne faut pas qu'on nous voie ensemble! »

Magarthy n'eut pas plutôt achevé la lecture de ces deux lettres qu'elle se fit conduire chez elle, et, ouvrant son fameux oratoire, elle déposa sur le rayon des *affaires importantes* les deux lettres imprudemment oubliées par Simon.

— Maintenant, se dit-elle, on peut entamer carrément la chose!

Et, prenant une autre voiture, elle se fit mener juste devant la boutique de Simon, et frappa au carreau aussi tranquillement qu'elle avait coutume de le faire auparavant. Simon ouvrit sa porte; il était pâle et son œil avait une expression de haine qui eût effrayé toute autre que Magarthy.

— Attendez-moi là devant la porte, dit-elle au cocher, et ne bougez pas. Vous aurez vingt sous de pourboire. Eh bien, mon cher Simon, ne faites pas vos gros yeux; vous avez été imprudent, mon ami!

— Rendez-moi ces lettres.

— Jamais! Oh! vous n'assassinez pas, vous! Ça n'est pas votre genre... et puis mon cocher est là. J'ai deux mille francs à vous faire gagner.

— Vous n'êtes donc pas de la *rousse?*

— Eh! non, imbécile!

Ici commença une conversation, ou plutôt une explication assez longue où Magarthy fit comprendre son intention du moment à Simon. Celui-ci l'écouta fort attentivement, et lui dit après une minute de réflexion :

— Possible, l'idée est bonne! Mais je n'ai pas grand'chose à faire là-dedans, moi.

— Si, si. Et puis c'est un essai! J'ai d'autres *affaires* en vue, et alors j'aurai réellement besoin de *vos talents*, comme vous dites à votre ami Morin.

L'association de Magarthy et de Simon Lenoir fut cimentée par une avance de fonds, que la créole fit à l'écrivain, en lui recommandant de s'habiller décemment. Puis elle remonta dans sa voiture, légère comme un oiseau. Elle allait entrer dans une nouvelle voie de mensonges et de crimes... Elle avait un forçat pour complice. Elle était radieuse.

Disons maintenant quelle était cette première tentative de chantage et quels en furent les résultats.

XIX

LA PREMIÈRE LETTRE

M. de Larivière avait alors quarante ans. En possession d'une belle fortune venant de sa mère, il vivait à Meudon, dans une superbe propriété voisine de celle de son père, qu'il entourait des soins les plus touchants. M. de Larivière père, ancien garde-du-corps, était un beau vieillard, ferme encore et qui idolâtrait son fils. Il avait épousé en secondes noces, il y avait environ dix ans, une jeune personne d'une rare distinction ; mais la mort était venue la ravir à sa tendresse. Son fils, d'une humeur sombre et mélancolique, était ce que l'on appelle un fin chasseur; mais il chassait seul et ne fréquentait personne du voisinage. Son père le raillait souvent de sa sauvagerie.

— Voyons, lui disait-il quelquefois, voyons, Armand. Tu m'attristes, mon enfant. Pourquoi fuir le monde? Tu as quarante ans, tu t'ennuies! Eh bien, il faut te marier!

— Jamais, mon père, jamais!

— Ah! ça, tu as donc été bien malheureux par les femmes, mon cher fils?

— Je ne dis pas cela, mon père. Je dis seulement que je ne me marierai jamais.

— A ton aise! Cependant, regarde! Moi, je me suis marié deux fois, et deux fois j'ai été très heureux! Ta mère était un ange, et quant à Thérèse, que Dieu a dérobée trop tôt à ma tendresse... Mais qu'as-tu? Comme tu es pâle! Es-tu malade?

— Non, non... un étourdissement. Mais l'air me remettra.

Saisissant son chapeau, M. de Larivière fils sortit précipitamment de la chambre.

— Pauvre espèce humaine! murmura le vieillard. A quarante ans, ça vous a des faiblesses comme une femme de quinze. Ah! dans la garde royale nous étions plus forts que ça!

Et, sans plus songer à cet incident, le vieux militaire se plongea dans la lecture de l'*Union*, son journal favori.

Quant à Armand, il marcha quelque temps au grand air. Puis, ayant pris son fusil et sifflé Guzman, son chien d'arrêt, il se mit en route pour Ville-d'Avray, où il avait affermé une chasse. Mais son front était plissé. Ses lèvres, agitées par un mouvement fébrile, laissaient échapper des mots incohérents. Il passait près des paysans qui le saluaient, sans les voir, et celui qui l'eût suivi pas à pas, aurait pu entendre des phrases entrecoupées dans le genre de celles-ci :

— Quoi ! toujours ce fatal souvenir ! Ne pourrai-je donc oublier? Non... je suis un misérable... Quoi ! toute la vie..? Et je la vois toujours !

Certes, on eût pu croire que M. de Larivière fils était fou, ou du moins, qu'il n'était pas en possession complète de son bon sens. Il n'en était rien pourtant. M. de Larivière jouissait de la plénitude de ses facultés. Mais, dans sa vie, il avait commis une de ces fautes qui laissent une trace indélébile sur tout le reste de l'existence... Il avait été plus que coupable, il avait été criminel... Il avait écouté lâchement les cris de sa jeunesse aux prises avec une passion plus forte que tous les raisonnements. Bref, il avait commis une action qui le vouait pour toujours au remords et au désespoir. Lui, un gentilhomme de vieille race, irréprochable jusque-là... Dans une transe d'ivresse et d'oubli, il était tombé plus bas dans son estime que le dernier de ses valets de chiens. Son crime n'admettait pas de réparation possible en ce monde, et il ne pouvait même pas espérer d'oublier. Il avait tout fait pour s'étourdir : pendant une année entière, il s'était livré à tous les excès, à toutes les débauches. Il avait été roi de la fashion parisienne pendant toute une saison. Les femmes les plus recherchées, il les avait conquises, les unes à la pointe de ses écus, les autres par son intrépidité et son sublime laisser-aller régence. Pendant un an il avait aimé, bu et joué plus qu'aucun roué de Paris. Il s'était battu trois fois : la première, pour une femme perdue, la seconde, pour une porte ouverte et la troisième, pour un ténor qu'il n'avait jamais entendu chanter. Bref, il avait usé tout ce que Paris appelle la vie... c'est à dire qu'inutile à soi et aux autres, il avait jeté partout, aux quatre vents de la fantaisie, un peu de sa santé et toutes ses illusions. C'est à cette époque qu'il avait connu Magarthy... Il l'avait gardée huit jours, terme trop court pour une femme aussi rapace que la quarteronne, terme assez long pour un lion tel qu'était le beau Larivière à cette époque. Il ne lui laissa que quelques plumes; mais nous verrons bientôt que Magarthy avait su se faire un lot qui lui rapporta plus que M. de Larivière ne croyait lui devoir.

Le jeune gentilhomme fut bien vite las de cette vie creuse, de ce tohu-bohu perpétuel, où le temps passe sans jamais apporter de changements, et un matin du mois de mai, son père le vit descendre de voiture à la porte de son château.

— Et par quel hasard, mon ami?

— Mon père, je viens me faire ermite avec vous.

Depuis ce temps, il n'avait plus quitté sa campagne.

M. de Larivière suivait donc le chemin de Ville-d'Avray, quand au détour d'une allée, il se trouva tout à coup, vis-à-vis d'un homme assez bien mis, quoique peu distingué d'allure et qui l'aborda le chapeau à la main.

— Pardon; n'est-ce pas à M. de Larivière que j'ai l'honneur de parler?

— Je suis, en effet, M. de Larivière... que désirez-vous de moi, monsieur?

— Quelques moments d'entretien.

— Mon Dieu, monsieur, ce serait avec plaisir; mais je suis pressé... voici ma carte... il sera peut-être plus convenable de causer chez moi... qu'au coin d'un bois... ajouta M. de Larivière en souriant.

— Ne riez pas, monsieur... le coin d'un bois, comme vous dites, est peut-être l'endroit qui convient le mieux au genre de conversation que nou allons avoir ensemble.

M. de Larivière fit un geste.

— Oh! ne craignez rien... je ne suis pas u malfaiteur... je l'ai été... dans ma jeunesse... ma j'en fus, hélas! cruellement puni.

— En vérité, cet homme est fou, murmur Armand... Au fait, que voulez-vous? parlez.

— Je vais parler... et quoique je sois désol d'être obligé de vous causer un profond cha grin...

— Un chagrin à moi... vous?

— Une irritante douleur... si vous préférez c terme... les intérêts *absolus* de la personne qu m'envoie, exigent que je passe par dessus cett considération.

— Je vous répète que je suis pressé... finisson cette plaisanterie... et dites-moi en quoi nous pou vons nous trouver mêlés en ce monde.

— Monsieur, je viens vous parler de votr belle-mère!

M. de Larivière recula de deux pas et fixa de yeux hagards sur cet homme. Quant à Simon Le noir, car c'était le digne gratte-papier du pont d l'Archevêché, il tira lentement d'un portefeuill crasseux une lettre qu'il tendit à M. de Larivièr bouleversé.

Voici quel en était le contenu :

« Armand,

« C'est de mon lit de mort que je vous écris.
« Depuis notre crime commun, vous ne m'avez
« plus revue, ainsi que vous me l'aviez juré... je
« vous en remercie... Un moment de vertige nous
« a entraînés tous deux. J'ai oublié, une seconde,
« que je n'aurais jamais dû vous regarder qu'avec
« les yeux d'une mère. Nous avons profané la
« maison du plus respectable des époux et du
« meilleur des pères. Dieu m'en punit... je vais
« mourir. Mais, avant de quitter cette terre, sa-
« chez, Armand, que j'ai employé toute mon exis-
« tence, depuis ce jour fatal, à prier Dieu qu'il
« nous pardonne notre forfait... Rendez en ten-
« dresse à votre père la part d'amour que je lui
« avais promise et que vous lui avez volée. Pen-
« sez quelquefois à celle qui meurt en maudis-
« sant sa faute ; mais en pardonnant à son com-
« plice.

« THÉRÈSE DE LARIVIÈRE. »

Armand n'eut pas besoin de lire d'un bout à l'autre cette lettre pour la reconnaître. Il la tenait dans sa main et la contemplait d'un air égaré... puis, lorsqu'en relevant les yeux, il aperçut le sourire moqueur de Simon Lenoir, sa stupéfaction devint de la fureur... Sans réfléchir aux conséquences de ce qu'il faisait, il arma son fusil, coucha le misérable en joue et lâcha la détente. La capsule ne partit pas.

Maître Lenoir qui s'était prudemment jeté de côté au premier mouvement de M. de Larivière, se rapprocha vivement de lui et, doué d'une force musculaire prodigieuse, il arracha l'arme des mains de son propriétaire.

— Halte-là ! s'il vous plaît... on ne tue pas les gens comme les lapins de garenne... Causons ! combien donnez-vous de la lettre?

— Infâme drôle ! je ne sais ce que vous voulez dire?

M. de Larivière commença à déchirer le papier.

— Allez, allez, mon cher monsieur, vous vous croyez sauvé de mes griffes, parce que vous anéantissez ce chiffon... Mais vous ne me connaissez pas, monsieur Larivière... je n'ai pas fait cinq ans de bagne pour avoir seulement enfilé des perles... La lettre que vous hachez est une fausse lettre. La vraie est en lieu de sûreté et si, ce soir... vous m'entendez bien?... ce soir, à dix heures au plus tard, vous ne m'avez pas remis 60,000 francs... cette lettre sera dans les mains de votre père.

— Mon père!

— Oui, votre père qui apprendra quel fils il a engendré... Le vieux Thésée, Phèdre, Hippolyte, coupable bien entendu! Voilà la tragédie que je lui servirai... et je crois que mon récit l'intéressera plus que celui de Théramène.

— Comment avez-vous eu cette lettre?

— Peu vous importe... je l'ai, cela me suffit et je ne donne pas de leçons sur la manière dont j'obtiens les documents qui servent à mon petit commerce... Aurais-je les 60,000 francs ce soir?

— Jamais, vous êtes un misérable!

— Parbleu! je sais cela mieux que vous. Écoutez, moi aussi je suis pressé. Un dernier mot : votre père saura tout ce soir. Il vous maudira d'abord... Dans la nuit une congestion cérébrale... le lendemain on le trouvera mort... et il vous reste le suicide... Je vous donne dix minutes pour réfléchir.

Et le digne écrivain public tira d'un étui de bois une pipe noircie par un fréquent usage, battit le briquet et s'assit tranquillement sur un tronc d'arbre.

Le parti de M. de Larivière fut bientôt pris. Cet homme avait raison. Son père succomberait à cette fatale révélation. Il accepta le marché.

— Cest bien, dit-il, à ce soir neuf heures, au *Bas-Meudon*, vis-à-vis Contessenne; je vous remettrai la somme en échange de la lettre.

— Pardon, fit Simon, le soir je n'aime pas le bord de l'eau... Le chemin de fer est à deux pas de chez vous... Ce soir à dix heures au *Café des Variétés*... Vous me passez le portefeuille, je compte les billets... Soyez tranquille, je compte vite et je vous rends la lettre... Plus il y a de monde, plus je suis tranquille pour le règlement de mes petites affaires.

M. de Larivière consentit à tout. Le soir même, tandis que Magarthy serrait avec joie ses cinquante mille francs si légitimement acquis, Simon Lenoir, rentré dans son bouge, s'enivrait en compagnie d'une marchande de la place Maubert à laquelle il finit par promettre le mariage et un châle Ternaux.

Nous terminons ici cet épisode. Nous ne devons plus revoir messieurs de Larivière. Armand mourut trois ou quatre ans après d'un anévrisme, et M. de Larivière, lui, survécut, toujours droit comme dans la garde. Chaque jour il vient pleurer sur les tombes de sa femme et de son fils, dont, par bonheur pour son repos, il a toujours ignoré le fatal secret.

XX

UN GRAND HOMME

Le monde que fréquentait la Magarthy était trop mélangé pour qu'elle pût espérer y rencontrer ce qu'elle cherchait. Il lui fallait absolument cependant un nom pour elle et pour ses enfants. Or, dans le milieu artistique où elle s'était faufilée, le mariage n'est pas encore passé à l'état de corrélatif indispensable dans les rapports entre les deux sexes. La vie artistique est large et indulgente. Il fallait à Magarthy un mari présentable, riche surtout, car la quarteronne avait toutes les ambitions. Fille perdue, elle voulait devenir respectée; esclave, elle voulait entrer dans la classe des privilégiées de la naissance, et, si elle voulait tout cela, c'étai pour ses enfants. Elle n'avait que des filles, nous l'avons déjà dit, et elle se plaisait à les rêver brillamment dotées et pourvues. Ce cœur de pierre, où toutes les sensations, en dehors de celles que donne l'or, venaient s'émousser comme les flèches des sauvages sur nos navires cuirassés, ce cœur s'attendrissait soudain quand il s'agissait de ses filles. Pour trouver ce qu'elle cherchait, il lui fallait franchir les portes de quelques salons parisiens; mais ces portes sont généralement difficiles à forcer. En ces temps de croisements, la vieille et antique noblesse du faubourg Saint-Germain s'est séparée des parvenus. Dans ce monde-là, chacun se connaît, l'armorial est le livre sacré de tous et M. d'Hozier leur prophète. Il n'est pas plus facile de tromper ces vieux roués du blason sur une origine, que d'abuser un Rothschild, un Fould ou un Péreire sur une valeur douteuse. Ce sont les gardiens du sanctuaire. Ils croient au droit divin et attendent patiemment le retour de la féodalité. Tous les événements qui se sont succédé depuis 1789 leur semblent une épreuve à subir, *un temps à passer!* N'ayant rien appris, rien oublié, ces débris des antiques préjugés ne se mêlent que médiocrement au mouvement social, et n'admettent jamais dans leurs rangs les recrues de la nouvelle noblesse. Aussi n'était-ce point si haut que visa la baronne de Saint-Denis. Elle aspira à entrer dans le grand monde mixte où les nouveaux comtes coudoient les nouveaux barons, où les hommes d'État et les grands orateurs ont leurs entrées. Mais il lui manquait un patronage. A qui s'adresser? Le hasard seul ne pouvait la tirer d'embarras.

Elle connaissait déjà assez bien son Paris pour en saisir la portée générale et pour distinguer à l'œil nu les diverses couches sociales qui, superposées, forment ce qu'on appelle le monde parisien. Au milieu de toutes les immenses vanités qui l'environnaient, une surtout la frappa. C'était un homme dont on s'entretenait beaucoup à cette époque, un de ces grands génies dont le nom n'est pas seulement français, mais européen, universel. Comètes splendides, les grands écrivains n'apparaissent qu'à de lointaines distances. Notre siècle a été privilégié. Il a vu briller plusieurs astres littéraires, nouveaux venus dans notre firmament déjà si richement constellé. Ils ne sont pas nombreux : on les compterait d'une seule main peut-être; mais ils ont eu réellement le génie qui crée, l'inspiration qui fait rayonner l'œuvre et le talent qui met tout le monde à même de réchauffer son cœur et son esprit au foyer lumineux de l'art. Ils sont vieux déjà, mais encore forts. Seuls ils se tiennent immuables sur la brèche. Qui détrônera ces colosses? Il faut Hercule pour remplacer Atlas! Aucun champion n'a encore frappé sur l'écusson du camp, et nous avons beau jeter les yeux à l'horizon, comme sœur Anne, nous ne voyons rien venir. Nos neveux seront peut-être plus heureux que nous. Du reste, chaque fois qu'apparaissent ces merveilleux génies, c'est toujours à la suite de quelque cataclysme social ou pendant les splendeurs d'un gouvernement sublime. Périclès, François Ier, Louis XIV, grands héros, grands artistes! La révolution de 89 nous a donné les esprits hors ligne dont nous vous parlions tout à l'heure. Mais il faudra peut-être bien du temps pour retrouver de pareils maîtres, bien des siècles pour préparer une nouvelle révolution sociale. Attendons et revenons à notre créole qui, pour sa part, s'occupait fort peu des causes de gloire dans ce bas monde et pour laquelle un billet de banque avait toujours eu plus d'attrait que n'importe quel poème épique.

Le grand homme sur qui elle avait jeté son dévolu, avait été aimé et adoré de toutes les femmes. Choyé, fêté, adulé par tous les salons qui s'ouvraient à l'envi devant le double prestige de la naissance et du talent. Beau comme Adonis, élégant comme Brummel, rien ne lui avait manqué, pas même le triomphe populaire. Il y avait eu de tout dans cette vie unique au monde peut-être, du sublime et du ridicule. A côté d'actions d'éclat se plaçaient des actes de prudence trop rigoureuse. Il avait un goût très vif pour la gloire, uni à la passion des frivolités. Noble de nom, doué des instincts élégants de la vieille aristocratie, il s'était pourtant fait démocrate, tant il désirait goûter à tous les triomphes, être traîné sur tous les chars! Mais, tout en blâmant une vanité peut-être excessive, hâtons-nous de rendre pleine justice à l'excellence de son cœur et à la pureté des intentions qui l'entraînèrent dans le mouvement du progrès, dont il régla peut-être maladroitement les ressorts, mais qu'il sut cependant contenir dans une certaine mesure. Il fut trop bon, il compta trop sur la *bonté* du peuple et il se trompa. Le peuple ne comprend pas grand'chose aux raffinements de délicatesse... Le peuple ne demande ni caresses... ni discours, il veut, quand il se croit maître, JUSTICE et ACTION. Malheureusement, notre grand homme était trop rêveur pour savoir à propos être *juste*, et il aimait trop à parler pour *agir* efficacement à un moment donné. Il aurait parfaitement organisé une révolution au pays des anges; mais sur terre, il était au dessous de sa tâche. On ne commande pas une population avec un front couronné de roses, une lyre à la main et des ailes sur le dos, et malheureusement encore notre poète n'a jamais voulu couper ses ailes ni cacher ses fleurs. Il avait perdu une partie de sa fortune à ce jeu dangereux; mais la considération du monde lui était restée et déposant l'épée flamboyante à la porte du paradis perdu de ses espérances républicaines, il reprit la plume du penseur et recommença héroïquement l'échafaudage d'une nouvelle fortune.

La baronne de Saint-Denis, après avoir longuement et mûrement réfléchi à son projet, résolut de s'adresser à cette vanité. Tout homme est facile à enivrer de louanges, surtout lorsque cet homme a été habitué dès sa première jeunesse à être flatté et loué sur tous les tons et dans toutes les langues. Ainsi n'est-il pas un homme mieux disposé à recevoir les tendres aveux d'une jolie femme que ce qu'on appelle un vieux beau. Le cœur, qui ne vieillit pas chez les gens à imagination ardente, est aussi prompt à s'attendrir dans l'âge de la sénilité que dans l'extrême jeunesse. Magarthy savait tout cela par expérience. Sa longue pratique des hommes l'avait initiée à bien des mystères inconnus aux femmes qui ne jugent pas à propos d'étudier l'espèce humaine d'aussi près que notre créole. Elle était rusée et souple, et à défaut d'esprit, elle avait dans sa façon de parler une calinerie latente et une lenteur doucereuse qui imprimait à la flatterie la plus outrée une tournure agréable et pleine de charme... puis elle avait l'air essentiellement *bonne femme* et, par dessus tout, savait paraître profondément convaincue de ce qu'elle avait appris à dire. Enfin, Magarthy était encore jeune,... son obésité naissante n'avait pas acquis, alors, les proportions qu'elle devait atteindre un jour, en passant à l'état d'infirmité. Elle comptait beaucoup aussi sur cette grâce originale des colonies à laquelle les Français sont peu habitués et qui fait paraître attrayantes jusqu'à des figures communes. Or la grande beauté de Magarthy consistait surtout dans ce je ne sais quoi indéfinissable qui fait le charme des créoles. Il fallait trouver un moyen pour parvenir jusqu'au grand homme... Elle savait heureusement que nul n'est plus accessible que M. de X... Il semble aimer à causer avec tout venant : non pour s'imprégner des idées neuves ou spéciales qu'on trouve souvent chez les gens qui n'en font pas métier; mais pour se placer lui-même sur un piédestal, se faire admirer dans tous les sens et sourire aux spectateurs de cette petite mise en scène intime, comme Jupiter daignait sourire aux mortelles qu'il honorait de ses faveurs. Il était néanmoins impossible à Magarthy de se présenter de but en blanc chez le grand homme : elle chercha et trouva le prétexte,... il était simple e dépouillé d'artifices, comme on dit dans les comé-dies de M. Scribe! Le grand homme vendait *en personne* ses livres, elle se résolut à les lui acheter à lui-même.

Plus que jamais baronne de Saint-Denis, riche créole, veuve et millionnaire, vivante image de la mélancolie rêveuse, avec ses cheveux bruns en bandeaux, son costume noir et violet et cette voix sentimentale familière à certaines actrices et aux gens enrhumés du cerveau, elle représentait parfai-tement l'ange du souvenir. Elle se fit précéder chez M. de X... par un cadeau splendide et ca-pable de frapper tout homme ami des arts.. C'étaient deux magnifiques amphores trouvées à Pompéi. Son introduction se fit peu après. La créole sut en cette occasion se faire pateline e doucereuse... Des petits mots voilés, pleins d'une respectueuse admiration, des mines charmantes d'attention au moindre mot de l'homme illustre une grâce touchante et attendrie, elle employa toutes ses armes... Elle voulait plaire et elle plut.

Avec une délicieuse franchise, d'autant plus remarquable qu'elle partait d'une personne riche et jolie, elle avoua son ignorance, en en rejetan toute la faute sur l'éducation des filles dans les îles lointaines, sur la bonté excessive de parents faibles, etc. Elle manifesta le désir de profiter quelquefois des oracles rendus par une bouche célèbre, puis elle s'excusa de cette audacieuse liberté et se prit à rougir, à trembler, toute confuse d'avoir osé espérer une si grande faveur. M. de X... l'invita à revenir, et lui promit même d'aller quelquefois le matin chez elle, car il ne sortait plus le soir. Les relations de M. de X... et de la baronne de Saint-Denis durèrent quelque temps, mais dans un état assez éphémère : la rouée s'aperçut bientôt que de l'ancien Raphaël il ne restait plus que la tradition. Madame de X..., noble et charmante femme, avait eu le talent d'accaparer désormais le cœur de son mari. Artiste elle-même, bonne et spirituelle, madame de X..., avec ses beaux cheveux blancs et ses yeux encore pleins d'expression, était le type de la compagne digne, dévouée et aimante. Tous s'inclinaient devant elle avec une respectueuse admiration. Madame de X... recevait donc avec la plus grande courtoisie les adulateurs et les adulatrices de son mari, comme elle avait fait dans les beaux jours de sa jeunesse. Elle était radieuse de ses succès, et acceptait les compliments alambiqués des femmes avec un air si reconnaissant et en même temps si tranquille, que chacune comprenait tout de suite que la galanterie n'avait plus rien à voir dans ce vieux ménage si uni et s respectable.

Mais si les salons de M. de X... n'avaient plu rien de leur éclat passé, il était important cepen dant pour Magarthy d'avoir une porte ouverte aussi s'y cramponna-t-elle... Mais cela ne lui ser vit qu'à passer trois ou quatre fois la soirée dan une société lettrée et savante. Ce fut là toutefoi qu'elle rencontra M. de Lauménil, qui devai jouer un grand rôle dans son existence et su lequel elle exerça, ainsi que nous le verrons plu tard, une si grande influence.

M. de Lauménil, à l'âge de soixante-cinq ans était encore un homme vert et d'agréable humeur Professeur de mécanique aux Arts et Métiers, i avait jusqu'alors consacré sa vie à l'étude. Austèr comme un cénobite, il ne vivait que pour l science et pour sa vieille mère, à laquelle il faisai une petite pension dans le Dauphiné. Il allait rare ment dans le monde, et quand il apparaissait che son vieil ami de X... c'était pour la maison comm une fête carillonnée. A l'ami Lauménil le fauteui contre la cheminée, à lui les égards, les petit soins et les plus doux sourires. Aussi le bon pro fesseur s'en allait-il toujours enchanté et, aprè avoir baisé les deux jolies mains que lui tendait l maîtresse de la maison, murmurait-il invariable ment cette phrase : — « Je ne reviendrai plus : vous me gâtez trop ! »

Comment Magarthy découvrit-elle que ce respectable M. de Lauménil avait 15,000 livres de rentes, qu'il était des plus estimés, naïf à l'excès, qu'il n'avait jamais aimé, ou du moins qu'on ne lui avait jamais connu d'affections intimes et qu'il désirait, qu'il rêvait peut-être un salon ? Nous l'ignorons ; mais Magarthy, en moins de deux mois, connut son Lauménil sur le bout du doigt et son parti fut pris.

XXI

LE MARIAGE

De l'idée à l'exécution, il n'y avait qu'un pas pour notre créole. Pour entrer chez M. de X..., elle avait affiché une grande admiration pour la littérature. Pour arriver à captiver M. de Lauménil, elle devint tout d'un coup éprise des sciences exactes. Le moment était favorable pour sa grande spéculation : on était au mois de janvier, et le Conservatoire des arts et métiers ouvrait de nouveau ses cours publics aux ouvriers et aux étudiants. M. de Laumenil allait inaugurer la dixième année de son professorat. A cette première séance du docte professeur, la grande salle du Conservatoire regorgeait de monde. Magarthy avait rencontré, le trois ou quatre fois qu'elle était allée chez M. de X..., une certaine comtesse de Calais. C'était une de ces femmes qui pullulent dans les cercles littéraires et chez les poètes. Artiste et bas-bleu, elle hantait à la fois le monde où elle était à peu près reçue et le demi-monde où elle était tout à fait choyée. Elle pouvait être utile à Magarthy évidemment, mais, hélas! elle n'avait pas de réputation pour deux, et cette bonne et aimable vieille femme ne pouvait au demeurant que servir de chaperon effacé; elle n'était en position de patronner personne.

Magarthy avait cependant remarqué qu'il existait entre la comtesse de Calais et Laumenil une sorte d'intimité affectueuse. Elle se prit donc à accabler la vieille femme de prévenance et fut bientôt dans les meilleurs termes avec cette excellente personne. Elle n'eut donc pas grand'peine à décider madame de Calais à l'accompagner au premier cours de M. de Lauménil, où elles occupèrent les places les plus voisines et les plus à la vue du célèbre professeur. Nous l'avons dit, la salle était comble et au point où Magarthy était placée, elle recevait en plein sur son visage expressif la lumière des deux becs de gaz que l'administration a si adroitement placés au dessus du professeur.

M. de Lauménil, en s'asseyant sur son fauteuil, subit presque, malgré lui, la fascination de ces deux yeux brillants et humides, carquois charmants où Cupidon avait caché les plus acérées de ses flèches. Nous demandons pardon au lecteur de cette prétentieuse allégorie; mais au Conservatoire des arts et métiers, on est presque à l'Académie, et tant qu'il y aura des académiciens, les dieux du vieil Olympe seront toujours en honneur.

Les deux dames applaudirent comme tout le monde à l'entrée du professeur et un petit bouquet de violettes, presque imperceptible, tomba sur la table de l'orateur, échappé comme par hasard de la main grassouillette de la rusée créole. M. de Lauménil salua son auditoire et ses yeux qui parcouraient les groupes, s'arrêtèrent un moment sur les deux femmes.

Madame de Calais lui fit le sourire le plus gracieux et Magarthy inclina la tête d'une façon si rêveuse et si chaste à la fois, que l'honnête Laumenil fut obligé de détourner ses regards de ce mirage séduisant, afin de rentrer en possession de son calme et de son sang-froid.

Pendant une heure et demie, la créole écouta sans bâiller une seule fois, sans manifester le moindre ennui, et en affectant, au contraire, un vif intérêt à la leçon, les graves dissertations du savant sur la dynamique, la statique et beaucoup d'autres mots en *ique* qui étaient de l'hébreu pour elle. Le cours finit au milieu des applaudissements les plus chaleureux, madame de Calais et Magarthy sortirent les dernières. Il faisait un temps superbe, Magarthy voulut faire quelques pas à pied, et sous le prétexte d'aller voir des étoffes dans la rue de Rivoli, elle fit descendre la rue Saint-Martin à madame de Calais. Cette marche savante fut si bien réglée que notre héroïne, qui semblait avoir des yeux derrière la tête, s'arrêta court au coin de l'église Saint-Merry, et se retournant soudainement pour adresser une question banale à madame de Calais, qui était loin de se douter de ce manège, se trouva en face de M. de Lauménil qui regagnait pédestrement son domicile de la rue des Mathurins-Saint-Jacques. La connaissance entre ces trois personnes fut bien vite renouée. M. de Lauménil se rappelait parfaitement avoir vu Magarthy chez M. de X... Il avait en dedans de lui-même une haute opinion de cette baronne de Saint-Denis, fréquentant l'un des salons les plus littéraires de Paris, et, de plus, s'occupant de sciences et suivant des cours de mécanique. Les vieux savants sont ainsi faits. M. de Lauménil ne trouvait pas étrange qu'une femme, jeune et jolie, passât une heure et demie à entendre des explications d'une technicité à embarrasser un élève des ponts et chaussées : pour lui, il ne voyait rien au delà de la science à laquelle il avait voué sa vie, et il était ravi quand il se trouvait avec des personnes qui témoignaient de leur goût pour cette branche sérieuse des mathématiques. La créole lui récita deux phrases *textuelles* qu'elle avait retenues de son cours, je ne sais comment, par exemple! Et le bonhomme fut aux anges. Une invitation à une des prochaines soirées de la baronne de Saint-Denis rompit complétement la glace et établit entre Magarthy et Lauménil des relations qui devaient le mener plus loin qu'il ne le croyait.

Après les grandes entrées, le savant obtint la faveur d'être reçu dans la journée, et, à partir de ce moment, il devint, de deux à trois heures, l'assidu visiteur de l'aventurière.

C'est ici que commença l'attaque la plus savante que jamais femme ait entreprise contre le cœur d'un vieux célibataire ; Magarthy mit tout en usage pour séduire le professeur. De temps à autre, elle décochait quelques mots qui faisaient comprendre tous les ennuis du veuvage pour une femme encore jeune et mère de famille : riche comme elle l'était, la question d'intérêt n'avait rien à voir dans cette affaire ; c'était une question d'avenir pour ses enfants. Elle reconnaissait son insuffisance en matière d'éducation... Ce qu'il lui aurait fallu, ç'aurait été un ami, d'un âge mûr... qui pût servir et de père et de tuteur à ses enfants. Elle sentait bien que sa santé chancelante ne la laisserait pas longtemps sur cette terre d'épreuve. Elle, qui mariée trop jeune à un époux volage, violent, n'avait connu du mariage que les peines de la maternité. Son mari l'avait désolée par son inconduite et elle se sentait toute prête à aimer, non pas d'amour, hélas! avait-elle jamais su ce que c'était que l'amour? mais à aimer sainement et de tout son cœur l'homme qui réaliserait ses espérances. Puis, elle laissait négligemment entrevoir son contrat de mariage avec le baron de Saint-Denis, les titres divers de ses propriétés sans nombre à l'île Bourbon... Ces pièces ne restaient jamais longtemps dans les mains de Lauménil, et pour cause; mais rien n'y manquait, pas même l'acte en bonne et due forme de la naissance de ses cinq enfants... Son cachet armorié fut un jour l'objet d'un examen assez long du professeur de mécanique, mais la science de blason lui était inconnue et la poulie de Vaucanson, son compatriote, lui était beaucoup plus familière que les engrenages de fantaisie qui liaient les tortils de la fausse baronne. Elle recevait à chaque instant des lettres de son correspondant, lettres que son homme d'affaires lui transmettait exactement : et, chose bizarre! c'était toujours lorsque M. de Lauménil se trouvait chez elle, que ces bienheureuses lettres arrivaient. Tantôt il lui demandait son avis au sujet de la vente ou de l'achat de quelque propriété, cotée régulièrement au dessus de 200,000 fr. — tantôt, il la suppliait de ne pas tant céder aux entraînements de son bon cœur et de l'autoriser à faire rentrer les sommes considérables qu'elle avait avancées à des colons embarrassés.

— Ah! combien toutes ces affaires m'ennuient, disait-elle alors, et que la fortune est un cruel fardeau pour une pauvre femme seule à en supporter le poids!

Lauménil, pendant toute cette mise en scène qu'il acceptait comme argent comptant, dévorait des yeux la rusée quarteronne. Les écus exercent toujours une fascination irrésistible, et le vieux savant, tout désintéressé qu'il fût, ne pouvait s'empêcher de réfléchir que son mariage avec Magarthy pouvait réaliser beaucoup de ses rêves. D'abord sa vieille mère en ressentirait le contre-coup immédiat par l'augmentation de la rente modeste qu'il était réduit à lui faire dans sa position actuelle... et, ensuite, qui sait? grâce à quelques centaines de mille francs habilement gaspillés, il mènerait peut-être à bout la grande machine dont il avait terminé les plans depuis de longues années et qui devait, selon lui, faire une révolution en mécanique et rendre son heureux inventeur au moins six fois millionnaire !

Ajoutons aussi que c'était la première fois que M. de Lauménil éprouvait les symptômes d'une véritable passion. Il était devenu distrait ; et quelquefois, pendant son cours, il restait une ou deux secondes sans trouver l'expression propre qui d'ordinaire ne lui manquait jamais, dans ses doctes improvisations.

D'autres fois, auprès de Magarthy, dans un charmant boudoir, commodément installé dans un moelleux fauteuil, il saisissait la main de la belle quarteronne et il restait plongé dans une extase, qui eût été ridicule aux yeux de toute autre que de Magarthy ; elle se plaisait, au contraire, par des agaceries parfaitement dissimulées, à égarer la raison du bonhomme. Bref, M. de Lauménil faisait tous les jours un pas nouveau dans le chemin de la passion, route inconnue de lui jusque-là et dont les bords lui semblaient parsemés de roses et de chèvrefeuilles. Quant aux semblants de papier de l'aventurière, notre clairvoyant lecteur a dû facilement en deviner la source. On n'a pas oublié le drôle nommé Simon Lenoir, l'écrivain public du pont de l'Archevêché ! Magarthy, qui du premier coup d'œil l'avait bien jugé, employait de temps en temps cet ancien forçat : ils *travaillaient* souvent ensemble et ç'eût été une chose curieuse que de voir la baronne de Saint-Denis assise sur la méchante chaise de l'échope et donnant ses renseignements à son crasseux complice. — Du reste, celui-ci comprenait vite. — Il y a des êtres à qui la destinée accorde une aptitude merveilleuse pour les choses contraires au bien! Honnête homme, Simon Lenoir eût peut-être été stupide; faussaire, voleur, assassin, s'il le fallait, il atteignait parfois au sublime dans la confection des petits travaux qui regardaient *son art,* ainsi qu'il appelait son ignoble métier. La passion du faux existait de naissance chez cet homme. Tout enfant, il fabriquait, par passion, de faux satisfécits, de faux billets de confession et l'imitation était déjà si parfaite que tout le monde s'y laissait prendre. Cette singulière vocation alla toujours en grandissant... il faisait des faux pour le plaisir d'en faire, et, un jour que le curé de son village avait acheté un autographe du pape, Simon n'eut pas de cesse qu'il ne se fût emparé du précieux chiffon qu'il imita, en une nuit, avec une rare perfection. Le papier lui-même avait subi une préparation inventée par Simon et le curé garda toujours *la copie* avec la ferveur d'un dévot et d'un collectionneur...

Quant à Simon, il déchira l'original... On s'était trompé sur sa fraude... il était content. C'en était assez pour *sa gloire*. Le mal alla toujours en empirant jusqu'au jour où la justice se permit de mettre le nez dans le passé plus qu'embrouillé de ce triste sire. Le bagne ne le guérit pas; au contraire, il y trouva des camarades de chaîne avec lesquels il rumina de nouveaux perfectionnements, et, lorsqu'il en sortit, aucun expert-juré n'eût pu lui en remontrer. Il avait tout un arsenal d'instruments propres à sa profession; mais où il n'avait pas d'égal, c'était dans la préparation de son papier ou de son parchemin et dans la perfection de son encre; il avait des bouteilles d'encre de différents âges... et des cartons correspondants. Encre de quinze ans, papier de quinze ans, etc. Pour douze cents francs, il avait construit tout un état civil à la créole et à ses enfants. Tout cela était visé, paraphé avec le plus grand soin et l'on pouvait presque s'y tromper. Magarthy qui n'avait promis que mille francs, lâcha dix louis de supplément à la vue de ce chef-d'œuvre. Il fallait que ce fût parfait, car la créature n'était pas généreuse, et elle rognait d'habitude plus volontiers un compte qu'elle n'y ajoutait.

M. de Lauménil, lui, tombait dans le marasme. Le pauvre homme s'était interrogé et il avait reconnu, avec effroi, qu'il était amoureux, mais, là, amoureux fou de la baronne. Le malheureux professeur n'avait jamais fait de déclaration à une femme du monde. Autrefois, quand il étudiait, il avait courtisé quelques *Musettes* et quelques *Mimis;* mais, outre que ces souvenirs remontaient déjà loin, M. de Lauménil n'y trouvait aucun jalon qui pût lui être utile. Au temps des amours de M. de Lauménil, une affaire de cœur se concluait à la Chaumière, à la Chartreuse ou au Salon de Mars entre une pile d'échaudés et une ou deux bouteilles de bière. La chose était des plus simples et la vertu la plus rigide ne tenait pas après le dixième gâteau ou le troisième cruchon : puis après le *Carillon de Dunkerque*, l'on s'en allait, bras dessus bras dessous, et l'un des deux finissait toujours par rentrer... chez l'autre. En rêvant à ses souvenirs, Lauménil se regardait dans sa glace. Il essayait le sourire vainqueur des beaux jours de son printemps, il se tenait sur une jambe comme Vestris, il envoyait un baiser dans le vide, et il restait tout décontenancé, car son rire lui faisait apercevoir un ratelier quelque peu incomplet; il manquait plus d'un dé à son jeu de dominos, comme disent les gamins de Paris! Et en voulant faire une pirouette, il avait heurté un meuble et brisé le modèle en plâtre de la première brouette trouvée par

Pascal. Quant au baiser, il lui avait semblé voir passer dans la glace l'ombre de ses anciennes conquêtes, et il avait cru remarquer que ces dames lui faisaient certain geste bien connu des grisettes. Il se décida à écrire.

Écrire, c'est la grande ressource des gens timides! Dans sa lettre, il demandait à madame de Saint-Denis, sa main, et mettait à ses pieds un amour sans bornes et un dévoûment à toute épreuve Il ne reçut la réponse que deux jours après. Cette réponse était des plus laconiques et ne contenait que ce seul mot : Venez! Le célèbre I de Voltaire avait trouvé son pendant.

Il est inutile de vous dire que ce fut Simon Lenoir qui écrivit ce mot... Magarthy était incapable, alors, d'aligner les cinq lettres qui le forment.

Le vieux savant, pommadé, lustré, le col serré dans une cravate d'une blancheur éblouissante, se rendit chez Magarthy. On le fit attendre une demi-heure qui lui sembla un siècle, et la fée apparut enfin aux yeux de ce Guzman d'un autre âge. Elle était étincelante : le pauvre Lauménil eut envie de se jeter à ses pieds; mais Magarthy lui montrant un siége, lui dit gravement :

— Monsieur de Lauménil, asseyons-nous, et causons comme de vrais amis.

Le professeur prit place, un peu décontenancé par ce début solennel, et tournant son chapeau dans ses mains, il attendit que Magarthy se prononçât sur son sort.

Magarthy, prenant alors la parole, commença une longue dissertation sur le mariage. Elle représenta à M. de Lauménil qu'il était peut-être aveuglé par un sentiment passager... que ce serait une folie à lui, indépendant jusque-là, d'associer son sort à celui d'une veuve, mère de cinq enfants! Et puis n'avait-il pas encore sa vieille mère, qui ne verrait certainement pas avec plaisir un pareil bouleversement dans son existence. Certes, elle eût été flattée, très flattée de cette alliance! Mais le cœur n'est pas toujours d'accord avec les convenances sociales. Elle avait tout à gagner à cette union : un père pour ses enfants, un loyal ami pour elle-même; mais c'était à elle d'avoir de la raison pour deux... etc., etc.

Pendant tout ce discours, les beaux yeux de la créole semblaient démentir ses paroles. Des larmes glissèrent entre ses longs cils et ses paupières rosées. Lauménil fut plus ébloui que jamais. A son tour, il plaida chaudement sa cause; il fut éloquent, et Magarthy, vaincue par tant d'amour, fut amenée à consentir à une union, objet de toute son ambition, mais qu'elle semblait cependant n'accep-

ter que par dévoûment pour ses enfants et pa
amitié pour son prétendu.

Aussi deux mois après, trois voitures station
naient dans la cour de la petite maison de Passy
Les témoins de Magarthy, ceux de M. de Laume
nil, le strict nécessaire, en occupaient deux. Quan
à la troisième, elle ne contenait que le savant et s
future femme. C'était la baronne qui avait désir
que cela fût ainsi, contrairement à tous les usages
mais elle voulait être seule avec le savant, et elle
parvint.

XXII

L'AVEU

Ici, nous l'avouons franchement, notre plume hésite à retracer la scène qui eut lieu dans la voiture. Nous craignons que nos lecteurs ne croient à une mystification, et cependant rien n'est plus vrai que l'histoire dont nous avons entrepris le récit.

Il y a longtemps que l'on a dit que l'amour est sourd et aveugle, et M. de Lauménil va nous donner une preuve nouvelle de cet axiome classique.

A peine installée dans la voiture qui conduisait les deux fiancés à la mairie, Magarthy éclata en sanglots déchirants, et, saisissant les mains de

M. de Lauménil, elle lui dit d'un ton de voix mourant :

— Écoutez, mon ami, ce moment est décisif dans notre vie à nous deux. Je vous ai trompé... trompé lâchement... Je n'ai jamais été mariée.

A cette brusque déclaration, le vieillard fit un soubresaut qui ébranla le véhicule.

— Quoi ! Magarthy?

— Ah! maudissez-moi! Je suis une misérable de vous avoir menti. Mais écoutez mon histoire, et vous verrez que, loin d'être aussi coupable que vous pourriez le croire, je fus plus à plaindre qu'à blâmer.

Et alors, les yeux enflammés et avec des allures de torpille, elle lui bâtit à la minute tout un roman nouveau.

Le pauvre Lauménil n'eut pas le temps de placer un seul mot. — Elle était tombée à ses genoux...

— Soyez mon sauveur! s'écriait-elle, je n'ai commis qu'une faute dans ma vie. Restée orpheline avec une immense fortune,... j'avais vingt ans... Un de mes cousins sut trouver le chemin de mon cœur, il abusa de mon inexpérience, et devint bientôt le maître absolu de ma destinée. Il venait de Maurice, où il avait des plantations; je m'abandonnai à lui... Il devait m'épouser; mais des obstacles du côté de sa famille, retardèrent notre union, et je fus six ans la maîtresse de ce misérable... Oh! oui, bien misérable!... car, un jour, j'appris qu'il était marié à Maurice. Ce fut un coup terrible pour moi, et, si je n'avais été mère, je me serais tuée. Je quittai cet homme, et je demeurai près d'un an sans en entendre parler... Au bout de ce temps, il revint... Sa femme était morte, et il m'apportait son nom pour mes enfants!

Il fallait les sauver du déshonneur, et quoique tout amour fût éteint dans mon cœur, je me décidai à me sacrifier pour assurer l'avenir des petites créatures que Dieu m'avait envoyées. Mais je n'eus même pas la consolation de voir mes enfants porter le nom de leur père! Un matin, on me rapporta le corps de mon cousin... Il avait été tué à coups de couteau dans une querelle à propos de je ne sais quelle courtisane de l'île. A partir de ce jour, je cessai d'être femme, je ne fus plus que mère. Je vins en France cacher ma honte, et je vous rencontrai... Ah! monsieur! Mon ami! rendez l'honneur à mes enfants!... Je ne suis pas une méchante femme, ne nous punissez pas du crime d'un autre. Je vous aime, et j'ai mis tout mon avenir en vous. Rendez-moi l'honneur perdu, ou je me tue à vos yeux.

Et la grande comédienne, tirant un flacon de sa poche, feignit de le porter à ses lèvres. Lui arracher le flacon des mains fut l'affaire d'une seconde. C'était une fiole pleine de laudanum, que M. de Lauménil, bouleversé, jeta par la portière ; il semblait avoir perdu conscience de lui-même. Pendant cet intervalle, on était arrivé dans la cour de la mairie ; les témoins vinrent recevoir les deux futurs, et les conduisirent dans la salle des mariages. Magarthy était anxieuse : M. de Lauménil ne lui avait pas répondu. Qu'allait-il se passer devant l'officier de l'état civil ?

Chacun prit place, et, après le petit discours d'usage, le maire, s'adressant au vieux professeur, lui demanda s'il consentait à prendre pour femme Magarthy-Latuile, fille majeure, et à reconnaître les enfants qu'il déclarait avoir eus d'elle ?

Un grand silence se fit parmi les spectateurs, à cette révélation inattendue, M. de Lauménil lui-même semblait hésiter. Que se passait-il dans son âme ? Il eût été difficile de le décrire. Surpris à l'improviste quelques moments auparavant par cet aveu stupéfiant, il eut alors l'idée de faire arrêter le cocher et de s'enfuir ; il sentait instinctivement que sa conduite était insensée, invraisemblable, ridicule ; il se disait que cette Magarthy était une misérable... Avoir attendu au dernier moment pour lui faire une pareille confidence !... Mais l'amour, de son côté, avait parlé haut dans ce vieux cœur naïf et jeune encore. La créole lui paraissait si belle!... Ses yeux exerçaient sur lui la fascination du basilic : fendus en amande, une demi-humidité, propre à la race nègre, les couvrait d'un voile à la fois voluptueux et chaste. Elle usa donc des regards, du sourire et des larmes, pour achever de faire perdre la tête au pauvre Lauménil. — Puis, se disait-il, elle se serait tuée sans doute, et quel remords éternel d'avoir causé la mort de la seule femme qui eût réellement fait vibrer en lui les cordes de la passion! Bref, ballotté entre l'amour et l'indignation, le dégoût et la commisération, le vieillard, pris de vertige, sentait sa raison lui échapper...

Entraîné, subjugué, il prit la plume et signa son déshonneur.

Magarthy triomphait! Déjà elle se voyait, elle et ses filles, entourées de la considération générale. La femme perdue aurait un nom honorable à laisser après elle. Des mariages convenables ne pouvaient manquer de résulter pour ses filles, de son mariage avec le vieux savant, estimé et considéré de tous. Rien ne saurait peindre son bonheur!...

Mais il était dit que, cette fois, le vice ne triompherait pas encore, et un coup terrible allait faire croûler tout l'édifice de la créole. Il y a des moments où la Providence semble se lasser du succès des pervers, et, plus le châtiment se fait attendre, plus il frappe fort et ferme, quand l'heure a enfin sonné. Ainsi, dans ce moment, cette femme à qui tout semble sourire, cette femme dont le mariage vient d'être signé devant tous, cette femme se croit à l'abri de toute inquiétude, de toute catastrophe... et cependant l'ange vengeur est près d'elle, son glaive est levé sur sa tête, et rien ne pourra parer ses coups.

Tout à coup, à l'entrée de la salle, parut un personnage nouveau dont la présence devait tout remettre en question.

Une femme de quatre-vingt-dix ans, aux longs cheveux blancs, à la physionomie vénérable, s'avançait à pas lents.

— Ma mère! s'écria M. de Lauménil!

Magarthy pâlit affreusement... Elle se sentait menacée par cette apparition imprévue.

— Oui, mon fils... c'est moi! Restez, monsieur le maire, je vous prie... et vous aussi, messieurs, car ce que j'ai à dire a besoin d'être entendu de tous. Vous venez de signer la honte de votre nom, mon fils, vous venez de nous déshonorer!... Cette femme n'a jamais été ni épouse, ni veuve, ni millionnaire; elle ne doit le peu d'argent, avec lequel elle éblouit quelques gens faciles à tromper, qu'à des trafics infâmes; depuis sa plus tendre jeunesse, elle a traîné sa vie dans tous les bourbiers... Elle ne pourrait nommer un seul père à aucun de ses enfants. Elle n'a vécu que du vol et de la prostitution... et voilà, mon fils, la compagne que vous vous êtes choisie... J'arrive à temps, du moins!... Cette malheureuse ne souillera pas le seuil de notre maison!

M. de Lauménil ne put résister à ce nouveau coup... Il tomba évanoui, et sa mère le fit transporter chez lui.

Quant à Magarthy, elle avait disparu, en voyant s'affaisser M. de Lauménil.

— Je le ramènerai, se disait-elle, en proie à une violente crise de nerfs, en rentrant dans son appartement. Et puis, en tous cas, nous sommes bien et dûment mariés; on ne casse pas les mariages en France.

Le soir même, une demande en nullité fut déposée au parquet, et nous allons suivre d'un bout à l'autre ce curieux procès qui préoccupa, pendant dans plus d'un mois, tout un certain monde de Paris.

XXIII

LE PROCÈS

Le jour fixé pour l'audience arriva enfin. Le prétoire ne contenait que peu de personnes, car on avait fait en sorte de ne pas trop divulguer cette honteuse affaire. Cependant, grâce aux indiscrétions des témoins de la scène de la mairie, il s'y trouvait encore un certain nombre d'habitués des salons où l'on avait l'habitude de voir M. de Lauménil. Celui-ci avait choisi pour avocat une des lumières du barreau français, une de ses gloires étincelantes qui, toujours sur la brèche, ne comptent presque que des victoires, dans leurs combats d'éloquence. Connu et aimé de la foule, maître Laudier ne suffisait qu'à peine à ses travaux sans nombre. La France entière invoquait sa puissante intervention. Aujourd'hui, il gagnait un procès à Marseille; il en avait gagné un autre huit jours auparavant à Strasbourg. Demain, peut-être serait-il à Lyon ou à Bordeaux? Net et serré dans la discussion, maître Laudier avait dans la tournure de ses plaidoieries, quelque chose de mordant qui manquait rarement son but. Caustique et sans pitié pour le vice et la déloyauté, il semait ses harangues de sorties spirituelles à l'emporte-pièce qui détruisaient souvent d'un seul coup tous les arguments de ses adversaires.

Quant à la baronne de Saint-Denis, elle avait choisi maître Delioux, l'avocat prédestiné de toutes les causes féminines. Maître Delioux ne le cédait en rien, comme talent et comme esprit, à maître Laudier; mais il avait plus de moelleux dans la forme. Habituée à défendre le sexe faible, sa rhétorique savait trouver des adoucissements aux fautes les plus graves. Il présentait toujours ses clientes comme de pauvres victimes, dont tous les torts venaient d'un premier entraînement, causé par la malice et la fourberie de quelque Don Juan éhonté. Bref, la réunion de ces deux célébrités du barreau moderne offrait un spectacle curieux et plein d'intérêt.

Après l'exposition des faits par M. le Procureur impérial, maître Laudier commença une plaidoirie remarquable, mais trop longue pour que nous la transcrivions en entier ici.

Nous en donnerons donc simplement un résumé succinct, et, passant sous silence un grand nombre de détails, nous ne nous étendrons que sur les considérations essentielles que l'orateur s'attacha à démontrer au tribunal.

Il commença par tracer un portrait simple et vrai de M. de Lauménil. Selon lui, son client, arrivé à l'âge, où d'ordinaire le dernier mot des passions est depuis longtemps prononcé, avait été entouré, capté par une femme éhontée. Cette fausse baronne avait simulé un état et une fortune qu'elle n'avait pas, un mariage qui n'avait jamais existé, etc., etc., et enfin, elle s'était fait constituer, dans le contrat, deux cent mille francs, c'est à dire la fortune entière du malheureux savant, qui, en cas de séparation (cas probablement prévu), aurait été obligé de mendier une pension alimentaire auprès de celle à qui il abandonnait tout son bien, dans un moment d'égarement.

Maître Laudier retraça en termes énergiques la scène de la voiture : il voyait dans cette comédie honteuse, où la menace d'un suicide public avait trouvé place adroitement, une captation au premier degré. Il partait de ce point pour prouver que la demande en nullité devait être accueillie, puisque le consentement de son client n'avait pas été libre. De plus, il y avait erreur dans la personne, car M. de Lauménil croyait épouser une femme titrée, veuve et riche à millions, tandis que Magarthy n'était qu'une aventurière et que le peu de fortune qu'elle possédait avait été acquis au prix des plus honteuses spéculations. Puis, il représenta le pauvre savant ahuri, stupéfié, après la confession de Magarthy, arrivant à la mairie et, sans conscience de l'acte qu'il accomplissait, sous le coup d'une hallucination momentanée, signant, les yeux fermés, son déshonneur et sa ruine.

Mais, ajouta maître Laudier, la Providence, qui sait attendre pour mieux punir, ne devait pas laisser s'accomplir un forfait aussi exécrable. Tout semblait terminé, on avait signé et la créole triomphante calculait déjà de nouveaux crimes peut-être, quand une porte s'ouvre et tout à coup l'ange gardien de M. de Lauménil apparaît sous les traits vénérables de sa noble et digne mère. Bravant toutes les fatigues, courbée sous le poids de quatre-vingt-dix hivers, cette héroïne de l'amour maternel avait rassemblé ses dernières forces pour sauver son fils d'une honte irréparable. Au bord de la tombe, elle retrouve toute l'énergie de la jeunesse pour protéger ce fils, unique objet de son amour ; spectacle touchant, bien digne d'attendrir tous les cœurs généreux ! Aussi, dit l'avocat en terminant, j'ai pleine confiance dans la justice du tribunal ; un aréopage français ne saurait souffrir que par suite d'une captation, que par suite de dol et d'erreur, une des gloires de la France, un savant acclamé si souvent dans nos chaires populaires, voie le reste de son existence terni par le contact d'une fille impure. — Je demande la nullité du mariage.

Ici la séance fut suspendue pendant quelques minutes. M. de Lauménil serra la main de maître Laudier et le silence se rétablit, lorsqu'à son tour, maître Delioux se leva pour répondre à la brillante improvisation de son collègue.

Sa tâche était difficile ; mais son talent était souple et il s'attacha à détruire les principaux arguments de maître Laudier. Selon lui, cette femme, madame de Lauménil, n'avait en rien abusé de la bonne foi de son prétendu... On invoquait contre elle un passé déplorable ; mais on ne fournissait aucune preuve à l'appui. La vérité était ce qu'elle avait avoué à M. Lauménil au moment de signer l'acte qui devait les unir à jamais. Oui, cette infortunée avait été trompée par un parent dans la colonie de Bourbon : oui ! Mais malgré ce malheur, malgré cette confiance trahie, elle était encore digne de l'amour d'un honnête homme. C'est en vain, ajoutait l'habile avocat, que l'on cherche à introduire le motif d'erreur dans la personne... C'est bien Magarthy elle-même, connue depuis un an par M. de Lauménil que celui-ci avait l'intention d'épouser. Quant aux bâtards, le fait de cette irrégularité de naissance n'avait plus de valeur, puisque instruit à temps, M. de Lauménil avait accepté la reconnaissance de ces pauvres enfants.

Donc, disait en terminant maître Delioux, ce n'est ni à l'erreur sur la personne, ni aux mauvais antécédents de ma cliente qu'il faut reporter cette demande étrange en nullité d'un mariage consacré suivant toutes les formes... Il y a un autre motif, messieurs les juges, et un motif qui n'est pas à la gloire de la partie adverse... Madame de Lauménil entraînée par le grand amour qu'elle porte à ses enfants, a peut-être exagéré le chiffre de sa fortune. Certes cette fortune existe : elle a des propriétés à Bourbon, à Paris même... — Mais on s'aperçoit, tout à coup, que nous ne sommes pas millionnaire! On avait parfaitement accepté notre vie passée; mais on ne peut pas accepter le déficit qui s'annonce tout d'un coup dans notre position pécuniaire! Nous sommes riches, mais nous ne sommes pas millionnaire! Voilà, voilà seulement où gît tout le procès qu'on nous intente. Il est triste, messieurs les juges, de voir, pour une misérable question d'argent, mettre en jeu les principes les plus sacrés de la société. Le mariage a été consenti volontairement... Il a été consacré par l'officier de l'état civil. Le mariage est valable et la loi ne peut trouver, dans l'espèce, un seul motif sérieux d'annulation. Notre adversaire a fait un tableau dramatique de l'arrivée subite de la vieille mère de M. de Lauménil... Cela est touchant sans doute; mais la loi ne se laisse pas émouvoir par des scènes dramatiques. — La loi ne reconnaît que le droit, le sentiment n'a rien à voir dans une affaire toute de procédure. M. de Lauménil est depuis longtemps affranchi du joug maternel; il a soixante-huit ans, il a agi avec toute liberté, en plénitude de son bon sens et nous sommes persuadé que le tribunal répondra à la confiance que nous avons placée en lui, en prononçant la validité d'un mariage auquel on n'a opposé que des moyens sans effet au point de vue légal.

Pendant cette réplique, M. de Lauménil était resté immobile; mais lorsque maître Delioux avait excipé de la cause que le défaut de millions était le seul motif de son instance, il n'avait pu retenir un vif mouvement d'indignation et le noble vieillard plongeant sa tête dans ses mains, laissa échapper quelques larmes longtemps contenues, de honte et d'indignation.

Le public lui-même avait eu un mouvement de dénégation à ces paroles de maître Delioux et un murmure désapprobatif, immédiatement réprimé par le président, avait accueilli cette partie de la péroraison de l'avocat.

Enfin vint le tour du Procureur impérial.

Il commença par donner lecture de l'article 180 du code civil, ainsi conçu :

« Art. 180. Le mariage qui a été contracté sans le consentement libre des deux époux ou de l'un d'eux ne peut être attaqué que par les époux ou par celui des deux dont le consentement n'a pas été libre.

« Lorsqu'il y a eu erreur dans la personne, le mariage ne peut être attaqué que par celui des deux époux qui a été induit en erreur. »

Cet article, ajouta le Procureur impérial, n'est que l'application de règles générales qui régissent les contrats et leur ratification soit expresse, soit tacite. Le défaut d'un consentement libre, l'erreur, le dol, la violence sont autant de causes qui peuvent faire annuler un mariage et, principalement, l'erreur sur la personne. Dans tous les cas, c'est au juge qu'il appartient d'apprécier les faits qui lui sont dénoncés, et de déclarer, si, en effet, d'après les circonstances de la cause, il y a motif suffisant pour déclarer que le consentement n'a pas été librement donné, mais qu'il a été le résultat de l'erreur, du dol ou de la violence. Et quant à l'erreur sur la personne, il faut qu'elle soit telle qu'il soit démontré que ce n'était pas la personne même que l'on croyait épouser qui s'est, en effet, présentée devant l'état civil. S'étendant sur ce moyen, le Procureur impérial constata que l'erreur sur la personne était très difficile à apprécier et à déterminer, et qu'aucun des arrêts rendus à cet égard n'était peut-être à l'abri d'une juste critique. Il cita plusieurs cas de nullité qui avaient obtenu la sanction du tribunal, entre autres celui du palais de Bourges, le 6 août 1827 :

« Spécialement un mariage peut être déclaré nul lorsque l'un des contractants, par suite de faux ou de manœuvres frauduleuses, a pris un nom de famille et des qualités qui ne lui appartiennent pas, *si, d'ailleurs, cette double circonstance a été pour l'autre époux la cause déterminante du mariage.* »

Cette proposition a paru à de nombreux jurisconsultes contraire aux vrais principes.

Bref, le Procureur impérial termina sans trop conclure. Il faisait des vœux pour que Macarthy ne triomphât pas dans cette lutte ; mais, il n'osait lui-même se prononcer définitivement, et il attendait respectueusement l'arrêt qui allait sortir de la bouche des respectables dépositaires et interprètes de la loi.

Après ces paroles prononcées par l'organe du Ministère public, Magarthy se crut sauvée et l'auditoire semblait, à regret il est vrai, partager cette opinion. Me Delioux, lui-même, se penchant vers la créole, lui dit tout bas : Maintenant notre affaire est sûre !

Mais, ô coup de foudre inattendu ! Soudain, Me Laudier, sublime d'indignation et de véhémence, se lève et prononce la réplique suivante, de cette voix saccadée et sifflante qui lui est propre, et grâce à laquelle les coups qu'il porte, semblent deux fois plus piquants et plus terribles :

« Messieurs, je suis confondu... Je vois l'iniquité prête à triompher dans cette enceinte. Mon adversaire n'a pas craint d'outrager la vertu la plus pure, attestée par quarante années d'une carrière parcourue avec gloire et honneur ! On a osé nous accuser de mercantilisme. L'organe du Ministère public lui-même semble nous abandonner au moment suprême. Ah ! je ne puis plus me retenir dans les limites que je m'étais fixées. Messieurs, par respect pour le nom de Lauménil que cett femme a pu porter une heure, par pitié pour ses enfants, innocents des crimes de leur mère, j'étais résolu à garder le silence... mais la voix de la conscience parle maintenant plus haut que la voix de la commisération et du respect humain. Écoutez-moi donc encore une fois, messieurs, et pardonnez-moi, pour le besoin de la cause, de vous initier aux mystères honteux que renferme la vie de la créature qui ose soutenir ce qu'elle appelle *son droit* devant des honnêtes gens! Il y a dans la loi un article intitulé : *De la nature des preuves qui peuvent être admises*... soit en matière de séparation, soit en matière de nullité, et cette preuve, c'est l'inscription de la femme sur les registres de la police comme... »

A ces mots prononcés d'une voix forte, un cri strident se fit entendre : il sortait de la poitrine de Magarthy qui s'affaissa sur elle-même.

Quant à M. de Lauménil, il semblait ne rien voir et ne rien entendre.

— J'ai hésité, poursuivit maître Laudier, je vous l'ai dit, mais la vérité doit enfin se faire jour dans cette triste affaire, voici la preuve authentique de ce que j'avance :

La nommée Magarthy figure sur les livres de la police depuis le 13 janvier 184... jusqu'au 7 mai 184... or, par une négligence inconcevable, elle ne s'est jamais fait rayer des contrôles... Cette fille n'appartient plus à la juridiction civile... Cette fille appartient à la police qui la réclame et à laquelle, nous l'espérons du moins, le jugement qui va s'édicter la rendra dès aujourd'hui...

Après ce vigoureux élan, les juges se retirèrent pour délibérer. Leur religion cette fois était bien fixée. Le mariage fut déclaré nul à l'unanimité et tous ses effets annihilés.

Magarthy avait trouvé bon de tomber dans un profond évanouissement. Elle fut reconduite chez elle par son avocat.

Les suites de ce procès furent funestes à M. de Lauménil. En peu de temps, il eut la douleur de perdre sa mère qui semblait n'avoir vécu jusque-là que pour sauver son fils d'une catastrophe épouvantable. Il donna sa démission de toutes ses places à Paris et accepta une mission en Orient. La France perdit, ce jour-là, un savant et un honnête homme. Il y a des femmes dont le contact est mortel... Magarthy était de ce nombre : on ne s'éloignait d'elle que souillé et flétri... semblables à celles des vipères, ses morsures étaient empoisonnées; mais les revers ne l'abattaient pas, et plus on cherchait à l'écraser comme un reptile impur, plus elle relevait sa tête menaçante, plus elle redoublait d'audace et de perfidie.

XXIV

LA CHANTEUSE EN VOYAGE

Son procès perdu, la vie à Paris n'était plus possible pour Magarthy. Outre la déconsidération que lui avait value ces débats, l'état de sa fortune était trop précaire pour qu'elle pût recommencer la lutte. Il y aurait eu là matière à se désespérer pour toute autre; mais elle avait la persévérance innée, elle s'aplatissait sans se briser. Simon Lenoir, qui était resté son confident fidèle, lui disait quelquefois, pénétré d'admiration : « Vrai, vous êtes plus forte que moi!... » Compliment bien significatif de la part d'un pareil misérable! En effet, Magarthy ne se décourageait jamais. On l'eût coupée en morceaux comme un ver, que, suivant la tradition populaire, elle eût trouvé le moyen de renouer ses anneaux.

Son premier soin fut de vendre ses meubles, ses chinoiseries, son argenterie et ses bijoux. Il lui fallait un capital pour se mettre de nouveau en campagne. Enfin, toutes ses dettes payées, lorsqu'elle eut installé ses filles dans un nouveau pensionnat et sous un nouveau nom, car elle abandonna celui de baronne de Saint-Denis, et pour cause; quand elle eut soldé deux années d'avance pour leur éducation, elle se trouva à la tête de vingt mille francs. C'était peu, convenez-en, pour élever tant d'enfants, pour vivre sans travailler, ou pour trouver un époux millionnaire! Mais cette fille avait un trésor entre les mains : ce trésor, c'était le fameux *Oratoire aux lettres* dont nous avons déjà parlé. Elle passa deux jours à trier dans cette mine les matériaux qui devaient servir à reconstruire l'édifice de sa fortune écroulée. C'eût été un curieux spectacle de voir cette femme, courbée sur cette volumineuse correspondance acquise au prix des plus grands abus de confiance... comptant, supputant la valeur de chacune de ces preuves d'un crime, d'une faute ou d'une imprudence. Elle ne savait pas écrire, mais elle lisait couramment et calculait juste. Elle choisit dans son recueil un certain nombre d'*affaires* qu'elle pouvait traiter en province, et se fit un itinéraire qu'elle se proposa de suivre avec la plus grande exactitude.

Simon Lenoir fut naturellement du voyage, et ce fut lui qui rédigea, sous la dictée de Magarthy, l'ordre et la marche à suivre dans l'excursion productive qu'elle avait projetée. Ce brave Simon était devenu le secrétaire des commandements de Magarthy. Il se sentait dominé par cette femme qu'il savait capable de tout. Il connaissait la créole sur le bout du doigt; il l'avait étudiée à fond, et il était convaincu que cette fille des Tropiques n'aurait pas hésité un seul instant à priver le monde dudit Simon Lenoir, si celui-ci commettait jamais la sottise de la trahir ou même de lui opposer la moindre résistance. Aussi était-il toujours à ses ordres.

Ajoutons qu'elle payait convenablement ses services. Madame Octavie de Talin, tel fut le nouveau nom qu'elle s'octroya et pour la justification duquel le scribe du pont de l'Archevêché lui fournit tous les documents nécessaires, madame Octavie de Talin, disons-nous, partit un matin de Paris pour Alençon. Elle avait pris la poste, trouvant cette manière de voyager de haut goût. Elle occupait l'intérieur d'une charmante berline louée par elle à Blummacher, tandis que, perché sur le siége, Simon Lenoir, vêtu en valet de pied de grande maison, fumait philosophiquement une pipe courte et noire qu'il semblait entourer des plus grands soins.

La chaise avait dépassé Versailles et roulait sur la belle route impériale. Le postillon faisait claquer son fouet, pour disperser les troupeaux de canards qui encombraient le chemin. Simon Lenoir, la tête renversée sur le coussin du siége, commençait à souffler comme un tuyau d'orgue, après avoir préalablement mis à l'abri d'une chute intempestive sa pipe bien-aimée et le flacon d'eau-de-vie qui ne le quittait jamais. Le temps était magnifique... le soleil dorait les blés naissants; les coquelicots, les bleuets et les chrysantèmes blanches réjouissaient l'œil du *voyageur sentimental*. Sterne eût écrit un chapitre délicieux sur les champs de betteraves qui bordaient la gauche de cette route illuminée; mais nous nous occupons en ce moment d'une femme que les beautés de la nature n'avaient jamais touchée.

Tandis que la cigale chante au laboureur la chanson de l'anthologie et que le grillon lui répond d'une voix glapissante; tandis que les oiseaux se font des déclarations dans le feuillage discret des pommiers et que Lucas fait les doux yeux à Jeannette, Magarthy, étendue paresseusement sur les coussins de la calèche, parcourt d'un œil avide un agenda qu'elle a déjà lu vingt fois. C'est le carnet de ses opérations. Semblable à un commis-voyageur, elle cherche à bien fixer dans sa tête le nom et les qualités de ceux à qui elle doit s'adresser...

Parcourons ce carnet avec elle :

CARNET DE VOYAGE.

1° A Alençon. — Affaire Calamatti... peu de chose... Lettre du mari à mademoiselle X..., des *Délassements* ; il lui redemande sa correspondance... Dans cette lettre, il y a la preuve de 10,000 francs dépensés en dehors du ménage pour une des reines de Mabille. Prix au rabais : 2,000 francs.

2° Idem. — Alençon. — Affaire Suzanne Leloir... depuis madame de Pelhoat : Lettre imprudente à Mathilde Lerveux... (voir *la Fille aux cheveux d'or* de Balzac)... Prix 5,000 francs.

3° A Rennes. — Affaire sérieuse...

Et cela se continuait ainsi pendant deux ou trois pages ; mais Alençon n'était qu'une des petites étapes de la route que se proposait de suivre la créole. Aussi passerons-nous légèrement sur cette excursion dans le chef-lieu de l'Orne. Disons seulement que les deux chantages réussirent au delà des vœux de la créole, car madame de Pelhoat, autrefois Suzanne Leloir, racheta sa lettre 6,000 francs au lieu de 5,000, prix fixé par les entrepreneurs Simon et Magarthy.

C'est à Rennes que nous allons maintenant mener le lecteur, s'il veut bien continuer à nous suivre à travers le dédale de cette existence décousue, mais fournissant à chaque instant de nouveaux sujets d'étude de mœurs, et à côté de laquelle viennent, de temps à autre, se grouper de nobles contrastes, qui rafraîchissent l'esprit et le réconcilient avec la nature humaine.

Nous n'avons pas l'intention de faire ici une description topographique de la cité de Rennes; cet ancien siége des parlements bretons est assez connu pour que nous puissions nous dispenser d'en parler. Nous nous étendrons plus volontiers sur les mœurs et les habitudes de cette ville... mœurs anciennes, habitudes antiques s'il en fut jamais!...

La civilisation n'a pas fait un pas dans cette partie de la Bretagne, du moins quant à la classe noble. La même démarcation existe encore entre le bourgeois et le gentillâtre, même ruiné, qu'au beau temps de la féodalité. Les gens de la bonne compagnie ne se voient qu'entre eux. Il n'y a point comme à Paris de tolérance pour le talent, l'esprit ou le succès. A Rennes, le noble ne comprend pas la fréquentation d'un artiste de talent, d'un homme de lettres distingué, si cet artiste ou cet homme de lettres n'a pas une généalogie. Il n'y a guère, du reste, que dans l'Ille-et-Vilaine et dans la Vendée qu'on trouve encore aussi vivace l'esprit de caste, et la révolte aussi fortement organisée contre tout progrès. Médisants à l'excès, les gens du grand monde ne s'épargnent pas entre eux. Mais quand il s'agit de la caste, toutes les anciennes inimitiés sont oubliées, et tous se réunissent d'un touchant accord sous leur drapeau commun, dont la devise est *Mort au progrès!* — Singulier pays! Les plus grandes fortunes territoriales se trouvent dans ces deux départements, et cependant, la plupart du temps, le peuple y meurt de faim.

Aussitôt arrivée à Rennes, Magarthy s'installa à l'hôtel de la Poste et envoya son valet de pied, autrement dit Simon Lenoir, s'enquérir de l'adresse de madame la marquise de Kerloskouët. Il était en même temps chargé d'une lettre confidentielle pour la marquise, lettre écrite par lui sous la dicté de Magarthy. A force de ruse, Simon parvint à remettre en mains propres, et sans que personne s'en aperçût, cette lettre à madame de Kerloskouët. Il s'était d'abord rendu à son hôtel situé sur la place d'armes; mais on lui avait dit que la marquise venait de partir pour la Motte où se faisait entendre la musique du 10e d'artillerie. Il se rendit à cette promenade, et, après avoir questionné plusieurs personnes, il put enfin se faire désigner la marquise. Elle était assise sur un fauteuil, à l'ombre d'un bel orme ; un enfant jouait à ses pieds, tandis que sa bonne tricotait à deux pas de lui sur une chaise. Il était une heure à peine, et la promenade n'était pas encore encombrée. La marquise se trouvait donc assez isolée. Simon Lenoir, avec la dextérité d'un singe, parvint, sans se faire remarquer, à s'appuyer un instant contre l'arbre auquel la marquise était adossée, et, arrivé là, il prononça assez haut pour être entendu clairement de madame de Kerloskouët, mais assez bas aussi pour n'être entendu que d'elle, ces deux noms sur lesquels il appuya d'une façon toute particulière :

— Raoul de Faveleu !

A ces mots, madame de Kerloskouët ne put retenir un léger cri d'effroi ; le livre qu'elle tenait lui échappa des mains... Simon Lenoir profita de la circonstance : il se baissa rapidement, ramassa le livre dans lequel il eut le temps de placer la lettre de Magarthy, et, saluant profondément, il le remit à la marquise en lui disant : « Lisez ! »

Puis il disparut dans la foule, qui n'avait remarqué qu'une chose, c'est que la marquise avait laissé tomber son livre et qu'un domestique le lui avait ramassé. C'était fort simple, et personne ne fit attention à cet incident.

Cependant la marquise, en proie à une agitation qu'elle avait peine à dissimuler, se hâta de retourner chez elle... Cette lettre lui brûlait les mains à travers le volume qui la renfermait.

« Eh! quoi, murmurait-elle... au bout de dix ans... ce nom!... Oh! mon Dieu! quel est donc le malheur qui me menace?... »

[illegible]
[illegible]
[illegible]

[illegible]
[illegible]
[illegible]
[illegible]

[illegible]
[illegible]
[illegible]

XXV

HISTOIRE DE LA QUATRIÈME LETTRE

Madame la marquise de Kerloskouët avait trente-deux ans. D'une beauté remarquable et d'une sagesse exemplaire, la jalousie ou l'envie n'avaient jamais pu trouver prise sur elle. Mariée depuis quatorze ans, elle n'était devenue mère qu'au bout de sept, et sa vie tout entière était consacrée au bonheur de son mari et à l'éducation de son enfant.

M. le marquis de Kerloskouët était un homme de trente-huit ans, poli comme tout gentilhomme breton, mais froid et même parfois un peu dédaigneux. Il aimait sa femme et son fils plus que tout au monde, mais il n'était pas démonstratif, et on lui avait vu rarement des instants d'expansion. Il menait la vie des gentilshommes de province,... passait ses journées à la chasse, ses soirées au cercle et n'oubliait jamais de se trouver à l'hôtel un quart d'heure avant le moment fixé pour les repas communs, afin de pouvoir offrir la main à sa femme pour la conduire au *salon à manger,* comme on dit en Bretagne. Lorsqu'ils allaient dans le monde, il accompagnait toujours la marquise, faisait une apparition à ses côtés, et ne manquait pas de venir la reprendre à la fin du bal ou de la soirée.

Personne mieux que lui ne faisait les honneurs de ses salons. Il ne se serait pas permis de se dispenser une minute de ses devoirs de maître de maison : tandis que sa femme organisait les contredanses, lui se chargeait d'animer les tables de jeux et de veiller aux rafraîchissements. Toujours prêt à faire un quatrième au boston, à tenir un pari à l'écarté, il avait en outre une bourse remplie d'or à la disposition de tous les décavés de la bouillotte ou du lansquenet.

La maison du marquis et de la marquise de Kerloskouët était citée comme une des plus hospitalières et des mieux tenues de Rennes. Mais le marquis, sous tous ces dehors fastueux, savait cependant parfaitement calculer. Jamais ses dépenses ne dépassèrent les bornes de ses revenus. Il n'avait point d'intendant et tenait lui-même sa comptabilité. Quelquefois ses amis du cercle le raillaient à ce sujet...

— Que diable, mon cher..! Comment pouvez-vous vous résigner à faire des additions?... D'abord ça doit être très difficile, et puis c'est ennuyeux.

— Bah! cela m'amuse, moi... Je n'y dépense guère que quatre ou cinq heures par semaine, et je gagne dix mille francs par an à ce métier-là... Je vous défie de trouver un commis des gabelles qui se fasse *mes* appointements.

Cette maison paraissait donc fortunée entre toutes, jusqu'alors... et il ne fallut rien moins que l'arrivée de Magarthy pour empoisonner, en peu de jours, dix ans de calme et de sérénité. Hélas! la marquise avait un secret à cacher, secret fatal, secret rongeur, secret douloureux!

Il y avait dix ans, pendant une absence de son mari, qui était allé faire un voyage en Allemagne, la marquise de Kerloskouët avait oublié, un jour, un seul jour, qu'elle était épouse... Elle avait cédé à un entraînement, à une fatalité inouïe, due plutôt à sa faiblesse et à son inexpérience de la vie, qu'au mépris complet et raisonné de ses devoirs. Un ami d'enfance, Raoul de Faveleu, élevé avec elle jusqu'à l'âge de quinze ans, passant par Rennes pour aller rejoindre son régiment, lui demanda une hospitalité qu'elle n'hésita pas à lui accorder, qu'elle lui eût même offerte... Raoul était un roué : profitant de l'absence du mari, il égara le cœur de la marquise dans le sentier du passé. Il lui rappela, d'abord en plaisantant, qu'elle lui avait été pour ainsi dire fiancée. Ils se tutoyaient autrefois. Ils ne s'appelaient ni Raoul ni Agathe... Ils étaient l'un *mon petit mari*, l'autre *ma petite femme*. Et tous deux se laissaient aller, la main dans la main, à de douces rêveries rétrospectives. Chaque soir, après dîner, ils se promenaient dans un petit bois attenant à la propriété de M. de Kerloskouët. Une grotte artificielle leur servait souvent de retraite, pendant ces pluies subites si communes à Rennes. Raoul poussait toujours la promenade du côté de la grotte, mais il n'avait pas encore ose se déclarer à la marquise qui, cependant, ne trouvait aucun mal à se promener avec un ancien compagnon d'enfance; sa sérénité même semblait la garantir. Mais la destinée voulait que la marquise succombât, et le jour marqué pour sa défaite ne tarda pas à arriver. Il y avait déjà quinze jours que Raoul habitait l'hôtel de Kerloskouët; sur le point de s'éloigner, il faisait ses adieux à la marquise dans le petit bois dont nous avons parlé. Tout à coup un orage éclate; la nue se déchire violemment et le tonnerre gronde à chaque minute en se rapprochant. La marquise était très nerveuse, et le tonnerre exerçait sur elle une influence funeste. Dès les premiers éclats de la foudre, elle devint pâle comme la mort.

— Fuyons! cria-t-elle, et, sans réfléchir, elle entraîna Raoul dans la grotte...

— Fermez la porte! Je vous en supplie.

Raoul obéit et revint près d'elle...

En ce moment, un coup plus terrible que les précédents ébranla le sol. La marquise éperdue se jeta dans les bras de Raoul en s'écriant :

— Raoul, j'ai peur, sauve-moi!...

. . . .

Quand l'orage fut calmé, la porte de la grotte se rouvrit et madame de Kerloskouët, pâle et les yeux égarés, en sortit en chancelant... Raoul voulut la soutenir.

— Laisse-moi! lui dit-elle... J'ai ta parole... Va-t'en!

Et elle s'enfuit jusqu'à son appartement, où elle s'enferma à double tour.

Une heure après, Raoul faisait seller son cheval et partait pour réjoindre son régiment.

En arrivant au corps, il trouva la lettre suivante,

sur laquelle on pouvait voir les traces de larmes qu'on n'avait même pas cherché à effacer :

« Mon cher Raoul,

« Merci d'avoir tenu ta promesse. Tu es parti et je reste seule avec le souvenir de ce moment d'égarement inconcevable qui nous a faits coupables l'un et l'autre... Tu m'as juré sur l'honneur de ne jamais chercher à me revoir... Sois honnête homme, sois gentilhomme jusqu'au bout... et je tiendrai le serment que je te réitère aujourd'hui de ne jamais oublier ce jour néfaste et doux où je t'ai appartenu. Que Dieu protége ton avenir !... Demandons-lui pardon l'un et l'autre, et regardons tout ce qui s'est passé comme un rêve enchanté et terrible à la fois; mais ne nous revoyons jamais... Dieu nous pardonnera peut-être alors; je le prierai tant!... Ah ! que ne puis-je racheter cet instant d'oubli, qui m'a faite *tienne* une heure, au prix de mon bonheur en ce monde, de mon salut dans l'autre ! Aie pitié de moi, ne me réponds pas et brûle ma lettre. Adieu pour toujours!

« AGATHE DE KERLOSKOUET. »

Raoul tint son serment... Il ne chercha jamais à revoir la marquise, mais, soit regret de se séparer de cette relique du passé, soit par suite d'une négligence impardonnable, il ne brûla pas la lettre accusatrice qui lui rappelait peut-être le jour le plus romanesque et le plus féerique de sa vie.

Quant à la marquise, le souvenir de sa faute s'était peu à peu dissipé. Dix ans écoulés, la naissance d'un enfant adoré, la tendresse de son mari, la considération du monde, lui avaient presque fait oublier cette triste et rapide aventure de sa jeunesse, quand la lettre déposée par Simon Lenoir dans son livre vint tout à coup la rejeter de dix ans en arrière. Cette lettre était la copie de celle que la malheureuse femme avait eu l'imprudence d'écrire à Raoul. En forme de post-scriptum, il y avait ces deux lignes :

« *P. S.* Pour détails et renseignements, s'adresser à madame Octavie de Talin, hôtel de la Poste, demain avant midi... Monter au premier étage, frapper au n° 14. »

Nous n'avons pas besoin de dire que Magarthy avait fait cette trouvaille dans une liasse de papiers dérobée chez M. de Faveleu, pendant les huit jours qu'elle avait été sa maîtresse.

Tout son *Oratoire aux lettres*, comme elle appelait sa collection, venait de sources semblables.

Le lendemain, à onze heures, madame de Kerloskouët, soigneusement voilée, frappait à la porte de la créole. Ce fut Simon Lenoir qui lui ouvrit. A sa vue, madame de Kerloskouët recula... La figure du forçat avait un tel caractère de fausseté et même de cruauté, qu'elle se demanda instantanément quel devait être le caractère de la femme maîtresse d'un tel valet! Mais celui-ci que ne déconcertait nullement l'air de profonde répugnance que lui témoignait la marquise, ferma la porte derrière elle, puis soulevant une portière, il annonça à haute voix :

— Madame la marquise de Kerloskouët.

Et aussitôt la marquise vit s'avancer vers elle, presque en courant, une petite femme florissante, dodue, courte, aux extrémités vulgaires trahissant son origine, mais fraîche comme la rose, l'œil ouvert et la physionomie riante, qui, saisissant ses deux mains dans les siennes, l'entraîna dans un petit salon, la fit asseoir sur une causeuse et prit place à côté d'elle. La figure cauteleuse de Simon Lenoir apparut de nouveau à la porte, il baissa la portière, et, après avoir fait un salut pareil à celui qu'il avait adressé à la marquise sur la place de la Motte, il disparut, laissant les deux femmes en présence. La marquise, décontenancée, ne trouvait pas une parole... Mais Magarthy ne lui laissa pas le temps de chercher une phrase d'introduction.

— Je m'attendais à votre visite... pauvre chère dame, je vous ai fait bien peur et vous avez dû avoir de moi une singulière idée, n'est-ce pas? Vous vous êtes dit : Je suis tombée dans un guet-apens; je vais me trouver en présence de quelque vieille sorcière qui me menacera de remettre l'original de la lettre à mon mari... Que sais-je? Avouez que vous avez pensé tout cela?

— En vérité, madame, répondit enfin la marquise; je suis confondue et je vous demande pardon... Je suis si émue... si troublée...

— Remettez-vous... Je sais ce que c'est... La première fois, cela fait toujours de l'effet.

— Mais, madame...

— Laissez-moi donc parler pour vous! Je ne veux pas vous faire de mal, moi, au contraire, puisque je suis venue de Paris exprès pour vous sauver.

— Vous allez me rendre l'original?...

— Mais certainement, ma chère dame... Levez donc un peu votre voile. Que vous êtes belle, mon Dieu! Il faut vite sécher ces grands yeux qui ont pleuré... Oui! Je vais vous rendre votre lettre... Allons, ne pleurez plus!

— Oh! madame, ma reconnaissance...

— Voilà justement où la situation commence à s'obscurcir ; il y a une petite condition à la remise de cette lettre.

— Une condition... laquelle ? J'y souscris d'avance !

— Écoutez-moi... En recevant la copie de cette lettre, vous avez cru à un chantage, n'est-ce pas ? Eh bien ! c'est justement pour empêcher un chantage que je me suis emparée de ce chiffon de papier... Mais, je n'ai pas le droit d'en disposer, car il ne m'appartient pas. Je l'ai surpris dans la collection d'un de mes parents, amateur d'autographes... Il voulait venir lui-même vous le rapporter... Mais il vaut mieux que ces sortes de choses se passent entre femmes, n'est-ce pas? Alors j'ai saisi le précieux talisman... Il est là, dans *mon oratoire,* ajouta-t-elle avec un sourire plein de douce malice... Seulement mon parent a exigé de moi que je ne vous le rendisse qu'en échange d'une petite somme qu'il a fixée lui-même. J'ai prié, j'ai supplié... Il a été inflexible, et, ma foi, je suis venue vous apporter la lettre, en vous conjurant bien de croire que je ne suis pour rien dans ce honteux tripotage.

— Je vous crois, madame ; donnez-moi cette lettre, et dites-moi quelle est la somme qu'exige votre parent ?

— VINGT MILLE FRANCS, articula nettement la créole.

— Vingt mille francs! c'est une mystification, sans doute?

— Non, madame, c'est la triste vérité!

— Et si je ne les paie pas?

— Votre mari recevra la lettre.

— Infamie!

— Oh! le vilain mot, madame, c'est du commerce, voilà tout. Mon oncle vous vend l'absolution d'un bien gros péché; vingt mille francs seulement..! Mais c'est pour rien... Votre mari en donnerait le double.

— Je n'ai pas cette somme.

— Mais vous pouvez vous la procurer?

— Sans doute, mais il faudrait du temps...

— J'attendrai, madame... Je suis patiente.

Et d'un geste gracieux elle indiqua à la marquise que l'audience était terminée.

— Reconduisez madame, dit-elle à Simon qui venait de paraître sans être appelé, ce qui prouvait qu'il avait écouté.

La marquise eut encore à subir la politesse obséquieuse du valet de pied, et sortit, anéantie, de cette maison.

Elle prit le chemin le plus long pour rentrer chez elle... et, durant toute la route, la malheureuse femme murmurait, comme dans un cauchemar :

— Vingt mille francs ! vingt mille francs !

Quant à Magarthy, elle s'était mise tranquillement à sa toilette de l'après-dîner et avait dit à Simon Lenoir :

— Tout va bien... mais il faut battre le fer pendant qu'il est chaud !

— Battez, madame, battez fort et ferme... moi, pendant que madame s'habille, je vais aller prendre un verre d'absinthe.

— Eh quoi ! vous boirez donc toujours !

— Ah ! madame... ce n'est pas là mon plus grand défaut.

Et il sortit, en chantant le refrain d'une ronde composée par un Apollon du bagne.

XXVI

COMMENT ON FORCE UNE PORTE

Le soir même, Magarthy, qui savait que M. et madame de Kerloskouët devaient aller entendre *Haydée* au théâtre, parvint à se procurer la loge contiguë à celle de la marquise. M. de Kerloskouët, fidèle à ses habitudes, accompagna sa femme au spectacle et ne sortit que vers le milieu du premier acte ; ce fut alors que, passant familièrement son bras par dessus le bourrelet de velours rouge qui séparait les deux loges, Magarthy toucha du bout de son éventail la main de la marquise. Celle-ci se retourna, croyant avoir affaire à quelque femme de sa connaissance, mais qu'on juge de sa stupéfaction, lorsqu'elle reconnut la femme de l'hôtel de la Poste dans sa voisine de loge.

— Quoi, vous ici, madame... par grâce! que me voulez-vous encore?

— Rien... ma toute belle, rien qui puisse vous affliger. Avez vous quelque bonne nouvelle à me donner relativement à la petite somme...

— Plus bas, au nom du ciel! on nous regarde!

— Eh bien... où est le mal? Vous me connaissez, je vous connais, nous nous rencontrons au théâtre et nous causons... quoi de plus simple!

— Assez, madame, assez! aussitôt que je serai en mesure... je vous le ferai dire...

— Non pas, chère madame... Souriez donc... voici un fort joli blond qui nous lorgne... Je suis défiante. En deux mots, voici ce que je veux... Jusqu'à ce que vous ayez réuni la somme nécessaire... je ne vous quitterai que le moins possible... et avec votre permission... puisque M. votre mari est sorti... je vais passer dans votre loge...

— Y pensez-vous?... dans ma loge!... vous!

— Vous aimeriez mieux, sans doute, y voir M. Raoul?

La pauvre marquise changea de couleur.

— Allons, continua Magarthy... pas d'enfantillage... Invitez-moi à aller dans votre loge, ou M. le marquis aura la lettre ce soir même.

— Madame... vous me torturez...

— Non... ma bonne amie... je désire cultiver votre amitié... voilà tout... Je suis madame Octavie de Talín, une veuve des colonies; vous m'avez connue à Paris, dans les commencements de votre mariage... Tout est là... pas de fadeurs! Ah! à propos, si vous recevez la visite de quelques dames du grand monde... vous me présenterez... je le veux...

Et sans plus attendre, Magarthy se fit ouvrir la porte de sa loge, et, pénétrant dans celle de madame de Kerloskouët, elle dit tout haut en entrant :

— Vous le voulez, chère marquise, je cède à vos instances... Mais nous allons être bien gênées dans cette armoire.

Et elle s'installa, sans plus de façons, à la gauche de la marquise.

— Madame, murmurait celle-ci, c'est de la violence.

— Pas un mot, ou je vous perds sans pitié...

La marquise terrifiée subit le voisinage de la quarteronne pendant toute la soirée.

Magarthy avait une toilette éblouissante; son bouquet était une véritable rareté. Camellias et violettes de Parme artistement assemblés, ce bouquet devait lui avoir coûté *les yeux de la tête*, pour nous servir de l'expression du jeune baron de Saint-Yves qui, placé à l'orchestre, avait, un des premiers, fait remarquer l'étrangère dans la loge de la marquise.

Toute la salle tourna alors les yeux du côté de cette nouvelle arrivée. Assise à côté de la plus belle et de la plus honorée des femmes de la société, elle ne pouvait évidemment être qu'une grande dame, car on savait que madame de Kerloskouët était fort difficile et plus que sévère dans le choix de ses amies intimes. De plus, Magarthy était encore agréable, et, nous l'avons dit, sa physionomie, lorsqu'elle le voulait, s'imprégnait d'un cachet de douceur et de mélancolie qui lui allait le mieux du monde.

Pendant le second entr'acte, ce fut comme une procession dans la loge de madame de Kerloskouët, et force fut à la pauvre marquise de présenter à tous madame Octavie de Talin « veuve d'un riche créole et l'une de ses amies d'autrefois. »

Magarthy fut superbe d'impudence et d'aplomb. Elle sut plaire à chacun et de temps en temps, on la voyait serrer avec affection, avec tendresse même, la main de la pauvre marquise qui murmurait tout bas :

— Vous êtes cruelle, madame !

— Eh ! pourquoi cruelle, ma bonne amie? lui répondit Magarthy, quand elles furent bien seules dans la loge? Je ne vous fais aucun tort, et vous me rendez un immense service en me lançant dans un monde où, sans vous, j'aurais probablement eu beaucoup de peine à pénétrer. Ne vous désolez donc pas. Je suis de bonne compagnie et ne déshonore pas ceux qui me protégent. Mais, n'est-ce point votre mari que je vois auprès de madame de Rostanges? Il nous regarde avec une certaine curiosité; il va venir... Présentez-le moi, chère marquise, je serai enchantée de faire sa connaissance... Ah! à propos, vous lui direz que vous m'avez invitée à dîner pour demain.

— Moi... dire cela? jamais!

— Ne froncez donc pas le sourcil... souriez... allons donc! souriez... Tenez, comme moi... Bien... c'est à peu près cela. Si vous ne faites pas ce que je vous demande... j'ai la lettre sur moi, et je la lui remets, séance tenante.

Madame de Kerloskouët aurait donné dix ans de sa vie... sa vie entière peut-être, pour échapper à cette main de fer qui la tenait... Mais la pauvre femme plia encore sous le geste terrible de Magarthy. En effet, en ce moment le marquis entrait dans la loge, et la créole tira de son corsage un papier avec lequel elle se mit à jouer négligemment; madame de Kerloskouët reconnut, par une intuition spontanée, le fatal billet qu'elle avait eu l'imprudence d'écrire.

La présentation fut donc faite des deux parts. L'invitation à dîner réitérée, et M. de Kerloskouët, qui avait un ami à l'île Bourbon, prit goût à la conversation de Magarthy. Elle sut plaire et se montra créole, ce soir-là, jusqu'au bout des ongles. Elle parla de son triste veuvage, de ses enfants qu'elle adorait, et elle expliqua son excursion en Bretagne par le désir qu'elle avait de trouver quelque retraite agreste où elle pût vivre calme et tranquille, entourée de sa petite famille.

— Les maris sont trop chers dans ce grand Paris, disait-elle naïvement, mes pauvres filles auront à peine chacune cent mille francs de dot; c'est tout au plus si je pourrais leur trouver un sous-chef de bureau ou un contrôleur d'omnibus.

La conversation continua sur ce ton; la marquise rêvait, le marquis et la créole redoublaient de gaîté. Bref, la soirée passa comme un éclair pour M. de Kerloskouët, et *Haydée* finit sans que personne dans cette loge se fût aperçu qu'elle eût commencé. On reconduisit Magarthy à son hôtel, et, en rentrant chez lui, le marquis ne tarit pas d'éloges sur la charmante veuve. Quant à madame de Kerloskouët, à peine parvenue dans son appartement, elle se mit à fondre en larmes. Noble de cœur autant que de naissance, l'odieuse comédie que cette fille lui avait fait jouer la révoltait au suprême degré. Elle n'eût pas eu d'enfant qu'elle n'aurait pas survécu à tant d'ignominies accumulées dans une seule soirée.

Mais son fils était là, près d'elle, il lui souriait; car il s'était réveillé en l'entendant rentrer, et elle se jeta convulsivement dans les petits bras qu'il lui tendait. Elle l'arrosa des larmes contenues toute la soirée; puis, épuisée de fatigue, la tête brisée par tant d'émotions, elle se mit au lit, après avoir adressé à Dieu une fervente prière, pour le supplier de l'éclairer sur le parti qu'elle avait à prendre dans cette fatale circonstance.

Quant à notre quarteronne, son premier soin en rentrant fut de raconter à Simon Lenoir ce qui s'était passé. Elle lui fit part de tous ses triomphes, et, après avoir reçu les compliments de ce digne confident, elle s'endormit confiante en l'avenir et sûre du succès qui, cette fois, semblait ne pouvoir lui échapper.

Dors, Magarthy, rêve de gloire, de fortune et de renommée!... Dans un songe splendide, tu vois tes filles richement unies à des hobereaux de province; toi-même tu séduis un second Lauménil... et tu deviens considérée!...

Dors et rêve! Il y a quelqu'un qui ne dort jamais, c'est l'esprit de justice et de vérité qui ne permettra pas que tu viennes plus longtemps souiller de ton contact les honnêtes gens que tes dehors peuvent séduire un instant!...

Dors, Magarthy! mais prends garde au réveil... Il peut être terrible!...

Quelques jours se passèrent en invitations successives... On s'arrachait positivement la riche veuve des colonies, baronne de Talin, amie intime des Kerloskouët. Magarthy ne parlait plus à la marquise des vingt mille francs, mais de temps en temps elle lui faisait sentir qu'elle était en sa puissance... Cette lettre... cette lettre... madame de Kerloskouët eût donné plus qu'on ne lui demandait pour la ravoir... Mais, femme mariée sous le régime de la communauté, il lui était impossible de réaliser aucune somme sans le consentement notarié de son mari. Et cependant cette vie de mensonges, de frayeurs, de bassesses, ce contact perpétuel avec cette misérable créature, lui étaient devenus insupportables... C'était une femme d'une grande énergie, quand il le fallait, que madame la marquise de Kerloskouët; aussi, après avoir bien mûri sa résolution, s'arrêta-t-elle au parti suivant:

Un jour, à huit heures du matin, elle se présenta dans la chambre du marquis.

Celui-ci, surpris de cette visite imprévue et inaccoutumée, lui demanda galamment à quel heureux songe il devait une pareille faveur...

— Monsieur le marquis, j'ai à vous parler sérieusement... Voilà pourquoi vous me voyez à cette heure chez vous... Personne ne nous dérangera... Levez-vous, pendant que je vais encore réfléchir à ce que j'ai à vous dire, et préparez-vous, hélas! à entendre des choses terribles, qui vont peut-être nous séparer à jamais.

Surpris de ce début solennel, le marquis se hâta de passer un pantalon à pied, une robe de chambre, et, prenant sa femme dans ses bras, il lui dit :

— Parle, mon enfant, et rappelle-toi seulement que tu n'as pas au monde de meilleur ami que moi.

La marquise, qui avait gardé assez de sang-froid jusque-là, ne put résister à de si nobles et de si douces paroles... Elle se laissa tomber aux pieds de son mari en s'écriant :

— Tuez-moi, monsieur le marquis... Je vous ai trompé!

Le marquis pensa tomber à la renverse... Il se laissa glisser dans un fauteuil, et, ne pouvant articuler un mot, il fit signe à sa femme de parler.

Alors la pauvre marquise commença le récit des quinze jours qu'avait passés Raoul au château... Elle ne cacha rien... Elle ne s'excusa pas... Ses larmes couvraient quelquefois sa voix, mais elle se reprenait, et elle acheva cette terrible confession en tendant à son mari la lettre que lui avait remise Simon Lenoir.

Le marquis écoutait sans dire un mot... Sa figure n'exprimait rien... On l'eût pu croire en état de catalepsie.

— Oui, monsieur le marquis, j'ai commis cette faute, faites-moi enfermer comme adultère, tuez-moi si vous voulez... J'aime mieux subir toutes les tortures que le contact de cette misérable qui joue avec mon honneur et avec ma réputation... qui se sert de votre nom comme d'un manteau pour couvrir son opprobre... Chassez cette femme, monsieur le marquis, chassez-la!... j'ai trop souffert dans mon orgueil... je ne puis en supporter davantage... Chassez-la... et faites ensuite de moi tout ce que vous voudrez!...

La marquise se tut et regarda son mari... Il était peu à peu revenu à lui-même et semblait réfléchir profondément... Enfin, il se leva, et, sans regarder la pauvre femme qui était toujours à genoux, il laissa tomber ces mots :

— Retournez près de votre fils, madame, et attendez mes ordres...

L'infortunée sortit sans avoir pu obtenir un regard de son mari. Elle se retira dans sa chambre et s'assit silencieusement auprès du berceau de son chérubin qui dormait encore, sans se douter du drame qui se passait dans la maison paternelle.

— Au moins, murmura la marquise, il n'a pas été aussi dur que je le craignais... il ne veut pas me séparer de mon fils... puisqu'il m'envoie près de lui...Si je dois perdre à jamais son affection, ô mon Dieu! faites au moins que j'aie toujours une place dans le cœur de mon cher Gaston!...

Elle achevait à peine cette invocation que l'enfant fit un mouvement... Ses lèvres s'entr'ouvrirent et laissèrent échapper ces mots :

— Maman... je t'aime!

La marquise s'agenouilla devant le lit de son fils.

Elle était radieuse, car Dieu lui avait répondu.

Laissons la pauvre femme à sa sainte prière, et retournons auprès du marquis...

Après dix minutes de réflexion, M. de Kerloskouët sonna son valet de chambre, se fit apporter un costume de voyage qu'il revêtit à l'instant, puis il écrivit deux lignes qu'il mit sous enveloppe, en disant à son fidèle Joseph de ne remettre cette lettre à son adresse que deux heures après son départ.

Sur l'enveloppe on lisait :

« A madame la marquise de Kerloskouët. »

Ensuite il alla à son secrétaire, y prit un portefeuille bourré de billets de banque et sortit de la maison. Il était neuf heures.

A neuf heures et demie, il frappait à la porte de Magarthy.

Simon Lenoir vint lui ouvrir et témoigna sa surprise de voir le marquis à une heure aussi matinale.

— Madame n'est pas levée, dit-il.

— Que m'importe! dit le marquis; et, repoussant Simon Lenoir, il pénétra sans plus de façons dans la chambre à coucher de la créole. Magarthy poussa un cri d'effroi, en voyant un homme pénétrer ainsi chez elle sans s'être fait annoncer. Mais elle reconnut aussitôt le marquis, et, changeant de ton, elle s'excusa de sa frayeur.

— Qui vous amène de si grand matin, marquis?... Avez-vous besoin de moi? Votre chère femme est-elle malade? Qu'y a-t-il... Mais parlez donc! vous me faites mourir...

— Épargnez-vous, madame, un zèle inutile dit le marquis avec mépris : madame de Kerloskouët m'a fait l'aveu le plus complet... Elle a préféré s'exposer à tout plutôt que de continuer des relations qui la déshonoraient à ses propres yeux... Voici vingt mille francs; donnez-moi la lettre!

Magarthy avait bien envie de faire un discours mais les traits contractés du marquis n'annonçaient rien de bon... Aussi se hâta-t-elle de tirer le fatal papier de dessous son traversin. Le marquis l parcourut et pâlit davantage encore, s'il est possible. Puis, jetant vingt billets de banque sur le lit, il gagna la porte.

— C'est d'un bon mari ce que vous faites-là, marquis! ne put s'empêcher de dire la créole en ricanant.

— Ah! j'oubliais... reprit négligemment M. de Kerloskouët, avec dégoût et sans la regarder. Si vous êtes encore à Rennes dans deux heures, je vous préviens que vous serez arrêtée et conduite en prison... sous bonne escorte... A bon entendeur, salut!

Et il sortit.

Une heure après, Magarthy était sur la route de Nantes.

Quant à M. de Kerloskouët, il prit la poste jusqu'au Mans, puis le chemin de fer jusqu'à Paris, et, sans s'arrêter nulle part, se fit conduire immédiatement à la gare de Lyon.

Voici ce que contenait la lettre qu'il avait laissée à sa femme :

« Je pars pour huit jours... administrez la maison... Je vous laisse tous pouvoirs. »

Quarante-huit heures après, on lisait, dans le *Salut public* de Lyon, le fait divers suivant :

« Hier, une rencontre au pistolet a eu lieu entre M. le marquis de K... et un capitaine du...

M. Raoul de ***. Par une fatalité dont on rencontre peu d'exemples, les deux adversaires, qui devaient tirer ensemble, ont été atteints l'un et l'autre. M. de K..., frappé à la tête, est mort instantanément, et M. Raoul de ***, qui a reçu la balle dans la poitrine, a expiré trois heures après ce duel, dont on ignore les motifs, et qui, du reste, a eu lieu sans témoins. — La justice informe. »

Que dire de plus? Madame de Kerloskouët pensa devenir folle; mais son amour pour son fils la sauva. Sa vie est à jamais perdue. Pauvre femme! Elle fut la cause de la mort des deux seuls êtres qu'elle eût aimés en ce monde... — Elle n'aimera plus... car son cœur est à jamais enseveli dans le linceul de l'amour, et son fils aura seuldésormais tous ses soins et toutes ses préoccupations.

Ici finit l'histoire de la quatrième lettre.

XXVII

LE MARI PHILOSOPHE. — DIANE DE NELVIL

Pendant que Magarthy court la poste sur la route de Nantes, qu'on nous permette quelques réflexions sur le mariage et les gens mariés. Nos observations prépareront le lecteur au dénoûment de l'aventure qui nous attend à Nantes, et nous donneront quelques instants de repos dans cette course au clocher où nous entraine notre héroïne voyageuse.

Beaumarchais a dit que de toutes les choses sérieuses le mariage était la plus bouffonne... Malgré le cercle vicieux de la phrase, on comprend parfaitement l'ironie contenue dans cet axiome *ab absurdo*. Si Figaro est toujours de l'avis de Figaro, on ne nous en voudra pas de n'être pas toujours de l'avis de Beaumarchais! Loin d'être une chose bouffonne, le mariage devrait être considéré comme le seul acte réellement important de la vie. N'est-ce pas, en effet, une chose grave que de lier pour jamais son existence à une autre existence?

Il n'y a que trois sortes de mariages au monde : le mariage d'amour, le mariage de raison et le mariage de fortune. Il ne devrait, à mon sens, y en avoir qu'un : le *mariage d'affinité !* Mais l'affinité est chose si rare sur cette terre, que nous risquerions fort de voir le monde finir, si l'on ne célébrait que ce seul mariage-là. Admettons donc les autres puisqu'il faut que le monde se perpétue ; mais plaignons sincèrement les malheureux qui se jettent inconsidérément dans la nasse.

Dans les deux martyrs d'un hymen mal assorti, il est incontestable que la femme est la plus à plaindre. Nous allons peut-être nous faire lapider, nous faire accuser d'immoralité ; mais nous sommes tranquille, nous avons notre conscience pour nous et nous pouvons dire hardiment comme le sage Cléante :

Allez, tous vos discours ne me font point de peur :
Je sais comme je parle et le Ciel voit mon cœur.

La condition de la femme dans le mariage est à notre sens absurde et fort injustement établie. Ce qui est peccadille chez le mari est crime chez la femme : voilà ce qui nous choque, ce qui nous révolte et ce contre quoi nous protesterons toujours et contre tous ! Dans le cas de l'adultère par exemple... la femme seule supporte la peine de la prison... L'homme, lui, peut impunément courir la brune et la blonde... du moment où il n'introduit ni blonde ni brune au domicile conjugal, il est libre de faire le don Juan. — Pourquoi cette injustice? — La grande raison que vous donneront les docteurs c'est que l'infidélité de la femme peut amener des enfants étrangers dans le ménage : ce qui est la plus grande injure qu'on puisse faire au mari, ajoutent-ils avec assez de naïveté. Je trouve leurs allégations fort bonnes, mais qu'ils me permettent de leur faire observer que le mari qui fait des infidélités à sa femme porte des enfants adultérins dans le ménage du voisin, ce qui me semble également une grande injure pour la femme trompée. Ce sont les hommes qui ont fait la loi et ils se sont octroyé la part du lion. D'ailleurs, qui fait le plus souvent l'inconduite de la femme? C'est le mari. — Voici un homme possédant une femme charmante ; il la délaisse pour des créatures ignobles, et vous accuserez de crime cette malheureuse si, un seul jour, poussée à bout par le désespoir, la jalousie, la passion ou même l'amour-propre blessé, elle oublie des devoirs que son mari, celui qui lui a juré protection et fidélité, foule constamment aux pieds. Mais, messieurs les docteurs, les femmes ont des sentiments et des sensations comme vous... Et vous voulez, sous le prétexte du devoir, qu'une femme cesse d'être une créature humaine, soumise à toutes les imperfections terrestres! vous voulez que tandis que le mari s'enivre au cabaret, la femme boive de l'eau à la maison... que tandis qu'il cajole impudemment la voisine d'en face, elle ferme sa porte au nez du Cupidon d'à-côté... C'est plus que de l'injustice, c'est de la sottise et de la déraison! Si vous voulez une épouse vertueuse, soyez vertueux vous-même. Vous êtes le sexe fort; donnez l'exemple de votre force en domptant vos passions... Il y a longtemps que cet esprit charmant qui avait nom madame de Girardin, l'a dit pour la première fois :

C'est la faute du mari!

Une femme, plus qu'un homme peut-être a besoin d'encouragement et de tendresse. Elle ne vit que par le sentiment et l'amour est toute sa vie. Combien de femmes rencontrent-elles d'hommes se consacrant absolument à elles? Dans le commencement du mariage, il y a de beaux jours... puis, bientôt le froid pénètre dans la maison et c'est presque toujours le mari qui lui ouvre le premier la porte... La femme prend patience : elle cherche, à force de soins, de tendresse, à ramener celui à qui elle a donné toute son âme... l'homme, lui, traite ses transports de niaiseries : il fait du mariage une chose trop sérieuse pour s'arrêter aux bagatelles, aux mièvreries, aux menus détails qui sont cependant la monnaie charmante de l'amour! Peu à peu, il s'absente... il est inexact... il passe ses soirées au café... au cercle... que sais-je? Et la femme, seule, en tête à tête avec ses illusions qui s'envolent, se prend à repasser, dans sa mémoire, les beaux rêves qu'elle avait faits avant la cérémonie. Et, pendant qu'elle rêve ainsi, Chérubin vient lui soupirer sa romance... Elle commence par en rire... puis à mesure que son mari la délaisse davantage, elle sent croître en elle le dépit... Si elle avait épousé Chérubin si doux, si calin? Ce n'est pas lui qui aurait laissé sa femme seule! Et l'on sourit à Chérubin... on lui donne un ruban... et... C'est encore madame de Girardin qui l'a dit :

La femme abandonnée appartient à qui l'aime!

Le Christ lui-même n'avait-il pas fait à part lui

tous ces raisonnements et beaucoup mieux que nous sans doute quand il prenait la défense de la femme adultère? C'est que ce génie immense connaissait le fort et le faible de toutes choses. Il y a des gens à système qui ne croient pas à la vertu des femmes... tristes idiots! Oui, certes, hélas! il y a des femmes perdues; mais si l'on remontait à leur début dans la vie, nous parierions hardiment qu'il y a toujours un homme comme cause première de leur inconduite. Ici je parle généralement et je suis toute prête à convenir, à la gloire de notre siècle, qu'il y a de nobles et grandes âmes, qui pratiquent la vertu jusqu'à l'héroïsme, sont esclaves du devoir, quand même, parce que c'est leur nature et que rien au monde ne peut les détourner du sentier qu'elles ont choisi... Mais ce sont là des exceptions! La plupart des hommes sont sans remords et sans scrupules quand il s'agit de la satisfaction de leurs désirs, et voilà pourquoi il y a tant de filles perdues! Oh! oui, perdues et bien perdues... par les hommes! La misère aussi conduit souvent les jeunes filles à l'inconduite... Interrogez ces malheureuses sur les causes de leur chute... c'est toujours la même histoire! Un père ivrogne, qui bat la mère et boit en un jour le salaire de la semaine... Que faire? que devenir? il n'y a qu'une route et il y a toujours là un homme prêt à vous y engager par les séductions, les promesses de luxe, de toilettes, de fêtes ! Comment voulez-vous qu'une pauvre ouvrière résiste à tant de piéges ! Ah, si la mode changeait tout à coup et que ce fussent les hommes qui eussent à subir les tentations offertes aux jeunes filles pauvres ou aux jeunes femmes lâchement trahies, aux cœurs faibles et sans expérience, nous verrions des choses splendides ! — Combien diraient non ? Je l'ignore ! Tout ce que je sais, c'est que l'histoire des femmes regorge d'héroïnes qui ont su résister aux plus séduisantes tentations, tandis que l'histoire des hommes ne nous fournit qu'un seul Joseph !

Mais nous nous sommes laissé entraîner un peu plus loin que nous ne voulions et Magarthy est arrivée depuis quelques heures déjà dans la bonne ville de Nantes, où nous allons la réjoindre.

C'était encore un chantage dans le genre de celui qu'elle avait réussi à Rennes, qui attirait Magarthy à Nantes.

Madame la comtesse de Nelvil, de même que la marquise de Kerloskouët, avait commis une faute dont les preuves étaient entre les mains de la créole. Elle crut facilement venir à bout de la comtesse et envoya hardiment Simon Lenoir porter à madame de Nelvil une des vingt lettres qui la compromettaient. Cette fois Magarthy s'était trompée. La comtesse de Nelvil était une femme d'un caractère ferme et résolu. Elle avait pu oublier ses devoirs, mais elle ne voulait pas capituler avec une créature se servant de telles armes. Elle renvoya Simon en lui défendant de remettre jamais les pieds chez elle.

A trente-cinq ans, Diane de Nelvil était encore belle. Ses cheveux noirs avaient les reflets de l'aile d'un corbeau. Ses yeux étaient magnifiques et sa tournure pleine de noblesse et de distinction. Malheureuse dans son ménage, elle avait cherché ailleurs des consolations. Depuis des années, son mari l'avait délaissée sans raison pour mener la vie oiseuse des débauchés de province. Actrices de passage, courtisanes à la mode, tout lui était bon, et madame de Nelvil, qui s'aperçut de ses désordres, ne tarda pas à imiter l'exemple funeste qui lui était donné.

Cependant ce mariage avait été un mariage d'amour, c'est à dire la plus sotte chose qu'on puisse imaginer, selon beaucoup de gens.

Le comte de Nelvil avait vingt ans quand il épousa Diane de Lorge qui n'en avait que seize ! L'illusion dura peu. Le comte était trop jeune pour apporter dans cette union la prévoyance et la sagesse qui doivent toujours présider à un acte aussi grave. Il n'avait pas jeté son feu, comme disent les bonnes vieilles et les bons vieux, et lorsqu'il atteignit ses vingt-cinq ans, il sentit tout à coup naître en lui des désirs et des passions inconnues jusqu'alors. Il n'aimait plus sa chère Diane que comme une amie... Il éprouva le besoin de distractions violentes, et il commença à se lancer dans une vie de dissipation qui, dans le principe, affecta vivement la comtesse.

Mécontente des procédés de son mari, elle sentit s'éteindre peu à peu la passion qu'elle avait cru éternelle, et un matin elle s'avoua ingénument qu'elle n'aimait plus du tout d'amour M. le comte. Quant à l'affection, elle était réciproque chez eux, et malgré ses galanteries et ses folies, le comte eût été profondément affligé de voir sa femme malade, de même que la comtesse eût été au désespoir si son mari eût couru un danger quelconque. Ce n'étaient plus deux époux, c'étaient plutôt deux cousins. La comtesse, qui savait, à trois ou quatre près, les aventures de son mari, fermait les yeux et le recevait toujours avec affabilité. Depuis longtemps du reste tout commerce était rompu entre eux. Mais ce que la comtesse savait de son mari, celui-ci l'ignorait quant à sa femme. La comtesse eut un amant... un seul; nous n'en connaissons qu'un! qui commença à la négliger au bout de deux ans de liaison. Elle se résolut à borner là le cours de ses recherches en matière sentimentale et s'adonna complétement aux soins de l'administration de leurs biens que son mari négligeait fort. Malheureusement, dans les premiers mois de son amour clandestin, elle avait écrit une vingtaine de lettres à son amant. Il y avait cinq ans que cette liaison s'était dénouée. Elle n'y pensait plus, car elle ne l'avait acceptée que par distraction, avouons-le à sa honte, — nous ne l'excusons pas, — et par dépit, pour donner, en quelque sorte, une occupation à son cœur froissé, endolori ; aussi fut-elle fort surprise en revoyant une de ces lettres. Elle ne la reconnut pas d'abord et fut obligée de la relire deux fois, pour se persuader qu'elle était véritablement d'elle.

— Mais j'étais donc folle ! se dit-elle en riant tout bas. Peut-on écrire des choses aussi absurdes ?

Et se tournant vers Simon Lenoir elle ajouta :

— Vous faites un vilain métier, mon ami, et votre maîtresse en fait un plus vilain encore. Sortez de chez moi, je n'ai aucune réponse à donner.

Et, étendant le bras vers une sonnette, elle dit à son valet de chambre :

— Quand cet homme se présentera, de même qu'une autre espèce nommée Octavie de Talin, donnez l'ordre à mon suisse de les chasser l'un et l'autre ou l'un sans l'autre !

C'était une femme d'un sang impétueux que madame la comtesse de Nelvil, une vraie descendante des croisés. L'idée d'une transaction avec une créature capable de faire métier de scandale lui répugnait au dernier point. Elle brûla la lettre qu'elle avait gardée et ne perdit rien de sa tranquillité ordinaire pendant toute la journée.

Simon Lenoir rendit un compte fidèle de sa mission à Magarthy qui se mordit les mains de rage.

— Dix mille francs de perdus, Simon !... mais il faut au moins nous venger. Demain tu porteras ce paquet au comte de Nelvil, et tu le lui remettras à lui-même !

— Bien, madame ! dit le forçat en empochant les lettres.

Le lendemain, à l'heure où, par exception, le comte et sa femme déjeunaient ensemble, un domestique se présenta et dit, en s'adressant à la comtesse :

— Je demande pardon à madame de venir l'interrompre pendant son repas ; mais l'homme d'hier s'est présenté et il insiste pour être introduit.

— Je vous ai dit de le chasser...

— Mais c'est que ce n'est pas à madame qu'il désire parler... c'est à monsieur le comte.

— A moi ?... quel est donc cet homme, ma chère Diane, que vous voulez faire chasser et qui veut m'entretenir à toute force ? C'est étrange !

— Faites entrer ! dit la comtesse d'un ton fiévreux mais résolu : elle avait pris son parti et s'était décidée à jouer le tout pour le tout.

Simon Lenoir fut introduit.

Il s'avança presque courbé en deux jusqu'au fauteuil du comte, et, lui remettant un paquet entre les mains, il lui dit :

— Ma maîtresse attendra la réponse de M. le comte jusqu'à cinq heures.

Une fois Simon Lenoir parti, M. de Nelvil déchira l'enveloppe qui recouvrait le paquet; il s'en échappa une masse de lettres; il en prit une au hasard et frémit en reconnaissant l'écriture de sa femme. Il se mit cependant à lire toute cette correspondance d'un bout à l'autre. La comtesse resta muette et immobile. Elle n'osait regarder le comte, mais elle ne voulait pas l'interrompre. Celui-ci paraissait ému; une fois même il porta l'index à ses yeux, sous prétexte d'assurer son lorgnon ; mais en réalité pour essuyer une larme furtive qui glissait entre les cils de sa paupière. C'est que pas une de ces lettres ne contenait autre chose que l'expression du regret de la faute commise. Elles constataient et prouvaient l'adultère, il est vrai... Mais dans chaque phrase le comte sentait le remords transpercer.

Toutes ces lettres avaient le même thème : « Si

j'avais trouvé dans le mariage ce que j'étais en droit d'en attendre, je n'aurais jamais trompé Gonran. »

Le comte, après cette lecture, resta pensif, accoudé sur la table, jouant machinalement avec sa cuillère à café. La comtesse, pareille à une statue de marbre, gardait une immobilité stoïque.

Au bout d'une demi-heure de ce silence solennel... le comte se leva, prit le paquet de lettres et le jeta dans le feu, puis saisissant la main glacée de sa femme, il lui dit sans transition :

— Diane, j'ai demain trente-neuf ans. Nous sommes seuls, je puis vous dire que vous allez en avoir trente-cinq... ce qui n'empêche pas qu'on nous voie vraiment trop rarement ensemble dans le monde... Cela fait un mauvais effet; voulez-vous me permettre de vous accompagner ce soir au bal de madame de Z... ?

La comtesse ne put lui répondre; elle se jeta à ses genoux qu'elle pressa convulsivement sur son sein... son cœur débordait...

Pas un mot de plus ne fut échangé.

Les résultats de cette réconciliation tardive furent inespérés. Les deux époux recommencèrent pour ainsi dire la vie. Le comte abdiqua toutes ses prétentions au titre d'homme à bonnes fortunes, et la comtesse, devenue quelque peu dévote, mit le sceau à ce second hymen, par le don qu'elle fit à son mari d'un charmant petit vicomte qui apporta la joie dans la maison. Aujourd'hui, ce ménage autrefois désuni, ferait honte à bien des tourtereaux... Au début de la vie, ils avaient pris chacun une route diverse dans le pays des chimères ; revenus au point de départ, ils reconnurent leur erreur... et maintenant, enfants comme au temps de leurs premières amours, ils se disputent les baisers du petit chérubin que la Providence leur a envoyé, pour leur prouver que la félicité peut se trouver encore dans le pardon des fautes communes.

Les vers de l'un de nos grands poètes seront toujours et éternellement vrais :

Mais quand on s'est aimé, l'on s'en souvient toujours,
Et ces doux souvenirs que le cœur accumule,
Survivent à l'amour, comme un long crépuscule.

. . . .

Tel fut le résultat imprévu de la tentative de chantage de Magarthy à Nantes. Elle était furieuse; mais Simon Lenoir la consola, en lui disant :

— Allons, madame, ne désespérons pas... Vous avez encore des provisions... Reprenons la chasse... Vous êtes tombée sur les deux pigeons de la fable... c'est un malheur ! Nous en trouverons bien d'autres plus faciles à plumer !

Magarthy exploita la France en tous les sens...

La suivre plus longtemps serait une fatigue pour le lecteur. — Disons seulement qu'elle réussit plus souvent qu'elle n'échoua. La nature humaine a peur du scandale, et personne n'a le courage de ses vices! Elle *travailla*, — pour me servir de l'expression de son *secrétaire*, Simon Lenoir, — pendant près de deux ans, et put enfin retourner à Paris, où elle pensait être complétement oubliée... Madame Octavie de Talin, en possession de cent cinquante mille francs de capital, tous frais payés, ne devait en rien rappeler l'ex-baronne de Saint-Denis.

Quant à maître Simon, il était devenu Anglais... Une perruque rousse admirablement faite... des favoris monstres de la même couleur, auraient défié l'œil du plus habile argousin.

Nous allons entrer dans une nouvelle phase de la vie de Magarthy et faire connaissance avec quelques personnages qui nous fourniront encore de curieuses études. M. le vicomte de Prissé, madame la duchesse de Fulgence feront le sujet des chapitres suivants. Nous espérons que les lecteurs qui ont eu la bonté de nous suivre jusqu'à présent, s'intéresseront à ces figures nobles et sympathiques, dignes d'un pinceau plus habile que le nôtre.

XXVIII

CURIEUSES MANOEUVRES

A son arrivée à Paris, avec cent cinquante mille francs en poche, le premier soin de Magarthy fut d'acheter, sur le boulevard Malesherbes, un terrain qui lui coûta, bel et bien, 100,000 francs. Cela pourra paraître insensé, au premier abord, de sacrifier, d'un coup, les deux tiers de son avoir pour une acquisition qui ne rapportait aucun intérêt; mais notre fine mouche savait bien ce qu'elle faisait... D'ailleurs, ce terrain, fût-il même payé cent mille francs, se trouvait être une occasion : quelques mois plus tard il devait en valoir le double! En outre, cette acquisition devait lui donner une importance toute nouvelle. Magarthy annonça partout l'intention d'y édifier un hôtel splendide, sorte de château avec parc, pièces d'eau, petit bois, etc.— Tous les jours, des architectes nombreux lui soumettaient des plans ; puis, lorsqu'elle fut installée, dans un appartement de trois mille francs, situé au cinquième étage de la rue de Varennes, elle montra les plans à ses visiteurs.

L'étage était bien un peu haut; mais la maison, par contre, était splendide, et l'hôtel des *plans* serait superbe !...

Avec cinq mille francs habilement ordonnés, elle parvint à se meubler tout à fait *richement* et presque confortablement, mais elle y mit le temps. Elle ne manquait pas une vente à l'hôtel de la rue Drouot. Elle courait les revendeuses à la toilette et les marchands d'antiquités, et, comme elle avait toujours l'argent à la main ; comme elle n'achetait que d'occasion et qu'elle savait admirablement *marchander*, elle parvint à avoir un ameublement complet, dont les éléments n'étaient pas trop disparates. L'aspect du mobilier et des tentures avait quelque chose de sévère et de puritain, qui aurait bien fait rire les matelots de Port-Louis. En effet, dans sa chambre tendue d'étoffe sombre, on voyait un Prie-Dieu moyen âge, s'alliant avec le meuble en bois de chêne sculpté, qui la garnissait. Les rideaux du lit s'ouvraient en forme de dais, laissant apercevoir un Christ d'ivoire sur un fond de velours, et un ange, tenant dans ses mains un bénitier. Une touffe de buis sacré étendait ses verts rameaux sur le tout. Un livre de méditations était toujours ouvert sur le Prie-Dieu; un chapelet, dont les grains avaient été formés avec du bois provenant du Jardin des Oliviers, était suspendu sous une statuette en albâtre de la Vierge, posée sur un socle en marbre blanc. C'était là que, du samedi au lundi, elle gardait, chez elle, ses trois filles, maintenant au couvent de la Santé, et que ces pauvres enfants passaient *gaîment* leur dimanche en oraisons et en lectures pieuses. C'était encore une spéculation que cette dévotion simulée par la créole, qui n'avait aucune conviction religieuse. Il fallait qu'elle posât, quand même, pour la vertu, et ses filles, innocentes complices de ses supercheries, étaient obligées de passer dans la retraite, la plus absolue, ce dimanche tant souhaité par toutes les pensionnaires passées, présentes et futures.

Quelquefois, on s'étonnait de voir une veuve riche de deux cent mille francs de rente — (elle s'était constitué de son autorité privée quatre millions de fortune!) — habiter un cinquième étage; mais sa réponse était toujours triomphante : — Je fais bâtir, disait-elle, et les frais qu'entraîne le petit palais que je rêve absorberont plus d'un million. Tout ce que j'ai acheté pour ce modeste pied-à-terre sera perdu pour moi. Je ne loge pas dans ce moment, je *perche;* je n'ai donc pas besoin d'embellir un nid provisoire que je vais abandonner inopinément un de ces jours.

Et, pendant deux ans, ce terrain réel et ce château imaginaire lui permirent d'habiter paisiblement son cinquième de la rue de Varennes... Elle était bien entourée, du reste, car elle avait pour voisins les Larochefoucauld-Liancourt et les Montebello. La maison qu'elle habitait faisait le coin de la rue Barbet-de-Jouy, vis-à-vis le ministère du Commerce et de l'Agriculture, et elle avait le droit de se promener dans un vaste jardin et de jouir d'une terrasse donnant sur la rue de Varennes, au premier étage de la maison. Elle en usait largement comme on peut le croire ; mais elle n'y rencontrait jamais les propriétaires de l'hôtel qui, partis pour l'Orient, avaient loué, pour un temps déterminé et par portions, cette magnifique propriété.

Loin de placer les quarante mille francs qui lui restèrent, une fois installée, elle imagina d'organiser une comédie, puérile sans doute, mais qui dénotait, chez cette femme, une rare connaissance des moyens propres à jeter de la poudre aux yeux.

Comédienne par nature, elle avait deviné que les accessoires, pour nous servir d'un mot emprunté au vocabulaire théâtral, sont quelquefois les choses essentielles dans une pièce bien réglée. Tout pour elle était un sujet d'observation, et elle ne remarquait, lorsqu'elle allait au théâtre, que les objets matériels. Ainsi elle avait vu plusieurs fois *Une tempête dans un verre d'eau*, ce petit drame intime de ce subtil esprit qu'on appelle Léon Gozlan, et elle s'était amusée à compter les objets *accessoires*, puisque nous avons accepté le mot, qui, passant de la main du mari dans celle de la femme, font de cette petite comédie, le tableau le plus réussi, le plus amusant qu'on puisse imaginer. Elle en avait compté jusqu'à cent vingt! Aussi chez elle, tout était-il un accessoire utile, depuis le Prie-Dieu de la chambre à coucher, jusqu'au portrait voilé de noir, représentant un capitaine de vaisseau en uniforme, qui s'étalait au milieu du salon.

Ensuite elle changea vingt mille francs en billets de cent francs de la couleur de ceux de mille, elle fit des liasses de ces billets de cent francs, fermées en dessus et en dessous par de vrais billets de mille francs. Plus tard elle perfectionna encore son système; Simon Lenoir qui, comme la Mort, veillait toujours à la porte du petit Louvre de madame de Talin, lui fabriqua de faux billets de mille francs qu'elle enferma également dans de vrais billets, et elle eut bientôt ainsi, dans son secrétaire, une vingtaine de liasses de cinquante mille francs chacune, qui auraient trompé l'œil le plus exercé. Aussi, dès qu'elle entendait sonner, s'élançait-elle à son secrétaire, et le visiteur ou la visiteuse la trouvait occupée à compter.

— Ah! c'est vous... venez donc m'aider. Voilà encore mon homme d'affaires de l'Ile qui m'envoie cent mille francs dont je ne sais que faire... J'en ai déjà quatre cents dans mon secrétaire... Ah! que l'argent est une ennuyeuse chose!... Aidez-moi donc : voilà trois fois que je compte ce paquet-là et je me trompe toujours... J'ai trouvé quarante-huit tout à l'heure et maintenant je trouve cinquante-trois. On dirait d'une gageure... Mais je m'impatiente, et puis je compte comme une petite grue... Aidez-moi et vous m'aurez sauvé la vie. Et le visiteur, ou la visiteuse, comptaient avec la créole. Ils croyaient bien réellement toucher des billets de banque. Le dessus et le dessous du paquet étaient vrais, mais le milieu était *composé*, ainsi que nous l'avons dit. C'est par ce subterfuge, que sa grossièreté même faisait réussir, qu'elle se créait d'innocents complices. En effet, si l'on venait à émettre un doute sur la fortune réelle de cette femme qui habitait un cinquième, il se trouvait toujours là quelqu'un pour prendre la défense de Magarthy !

— Que dites-vous?... Mais madame Octavie de Talin est énormément riche... Elle a plus d'un million dans son secrétaire.

— Oh! oh! se récriait-on avec l'accent du doute.

— Il n'y a pas de oh! oh! — J'ai vu le million, et j'y ai touché!

— Et moi aussi! ajoutait un second témoin.

Ceux qui parlaient ainsi étaient, l'un, un homme fort honorable et dont la loyauté ne pouvait être mise en doute, l'autre, une fournisseuse, honnête mère de famille et à l'abri de tout soupçon de connivence.

— Elle est fort aimable, reprenait le premier interlocuteur.

— Et quelle dévotion bien entendue! répliquait la marchande... Ses enfants sont des anges et la mère est une sainte.

Cependant, malgré tous ces témoignages accumulés, on sentait qu'il y avait quelque chose de louche dans la vie de notre intrigante... Mais on ne savait pas au juste quoi.

Magarthy vivait donc tranquille dans un milieu restreint; le moment n'était pas encore venu, à ses yeux, de se créer des relations illustres. Elle voulait se faire, avant tout, une réputation de vertu et surtout de fortune dans le quartier; aussi ne négligeait-elle rien pour donner une haute idée de ses richesses. Elle se serait bien gardée d'inviter à dîner, mais elle avait trouvé un biais qui, sans lui coûter énormément d'argent, lui donnait néanmoins les allures de la femme réellement millionnaire. Ainsi, souvent elle engageait deux, trois ou quatre, *jamais plus de quatre*, de ses connaissances, rares encore, à venir visiter son terrain du boulevard Malesherbes : « Elle avait besoin de leurs conseils pour les merveilles qu'elle voulait faire édifier, etc., etc. » Elle venait en voiture de remise, car elle n'avait pas encore *son écurie organisée!* Mais ces jours-là, Simon Lenoir, en grande livrée, attendait les visiteurs à la porte du futur castel et ouvrait lui-même la portière à madame Octavie de Talin, qui faisait à merveille les honneurs de sa propriété. Elle expliquait tout son plan à ses invités : — Là, serait le château, avec ses quatre petites tourelles, — semblable à cette miniature de donjon qu'on aperçoit, non loin de la Notre-Dame des Flammes, au Bas-Meudon. — Ici une jolie pièce d'eau (diminutif de l'étang de Fontainebleau), avec un petit chalet au milieu des ondes. Il fallait à madame Octavie de Talin, des carpes et des poissons rouges, bleus et violets. Elle avait commandé un petit aquarium, et M. Coste, disait-elle, lui avait promis des leçons de pisciculture. Enfin, lorsqu'elle avait étalé, devant les yeux de ses auditeurs, les sept ou huit plans que lui avaient soumis *ses* architectes, elle faisait un signe, et Simon Lenoir, grave comme la garde fatidique que l'on trouve au fond du palais à colonnades de toutes les tragédies, annonçait que les rafraîchissements étaient servis! Elle conduisait alors ses hôtes sous une tonnelle de houblon, de vigne vierge et de chèvrefeuille, et l'on prenait place sur des fauteuils rustiques, autour d'une table cannelée, sur laquelle s'étalait une charmante collation. Un ananas, des fruits, des gâteaux, deux ou trois bouteilles de vins rares, chypre, xérès ou johannisberg, composaient cet en-cas inattendu. Six couverts d'une argenterie massive et lourde, un service de table damassé! Les seaux à frapper étaient d'argent ou de ruolz, les verres en cristal de Bohême dentelé; une mignonne cafetière d'argent baignait dans un bain-marie, au dessus d'une lampe également en argent... Somme toute, cette dînette coûtait tout au plus quarante ou cinquante francs, admirablement distribués. Par exemple, la maîtresse de maison savait où trouver des ananas à huit francs, etc., et Simon Lenoir ramassait soigneusement, après ce petit régal, les reliefs du festin qui prenaient immédiatement la route de la rue de Varennes. On s'étonnera peut-être que le fidèle acolyte de Magarthy n'achevât pas les bouteilles et ne fît pas main basse sur les restes; mais son palais n'était point fait pour ces délicatesses de la bouche. Il lui fallait le vin blanc du marchand de la Cité et la nourriture substantielle de la gargotte; il méprisait souverainement toutes ces *confitures* inutiles, ainsi qu'il appelait tout ce qui n'était pas bœuf ou mouton... tout ce qui n'était pas relevé par les aulx et les épices de tout genre.

Quant à Magarthy, chaque fois qu'elle revenait d'une de ces *Promenades au Château*, elle était triomphante, car, grâce à son habile mise en scène, chacun de ses hôtes emportait de cette matinée champêtre, une haute idée de la fortune et du bon goût de la créole. Ses invités étaient choisis;... mais elle y menait, de préférence, les quelques artistes qu'elle était arrivée à connaître, lesquels, admis sans doute dans les salons, lui préparaient pour ainsi dire son entrée. Elle était redevenue baronne, et son confident Simon lui avait fourni une nouvelle généalogie, sous son nouveau nom. Elle avait eu les idées les plus ingénieuses pour se créer des relations. Parmi les singuliers moyens qu'elle employa et qui tous dénotaient une certaine imagination, nous ne pouvons nous empêcher de citer ceux-ci :

Elle dépensa cinq cents francs en consultations., pour faire connaissance de médecins en renom; elle se commanda six portraits qu'elle paya sans marchander, leurs auteurs devant devenir le noyau de sa société; elle s'acheta douze paires de bottines chez douze cordonniers différents, etc., etc. Enfin, elle ne négligea aucune occasion, si puérile qu'elle fût, de se donner du relief... Tout cela avait un but parfaitement arrêté... Elle voulait se faire connaître sous sa nouvelle transformation : la vipère avait changé de peau et tenait à faire remarquer sa nouvelle robe.

Elle sortait fort peu. Sa maladie de cœur, disait-elle, l'empêchait de rendre les aimables visites qu'on lui faisait. Le couvent, l'église et quelquefois l'Opéra : là se bornaient ses rares distractions, excepté, bien entendu, les jours de dînette au *château* du boulevard Malesherbes. Sa conversation roulait toujours sur les vœux qu'elle adressait au ciel pour le bonheur de ses enfants. Chacun de ses bons amis, les médecins, les artistes, les cordonniers, etc., savait par cœur l'histoire de ses millions, de ses souffrances et de son veuvage. On l'admirait, on l'enviait! Elle était flattée d'inspirer ces deux sentiments. Mais sitôt les visiteurs sortis, Magarthy redevenait la femme que vous savez. Elle discutait son menu avec une sordidité sans exemple. Sa nourriture, des plus frugales, lui coûtait à peine quatre francs par jour. L'hiver, elle ne mettait le feu à son bois, tout préparé, que lorsque l'on entendait la sonnette. C'était l'avarice poussée aussi loin que possible! Elle avait pour la servir, deux vieux domestiques nègres, anciens esclaves affranchis, mais qui n'avaient rien oublié de leur servitude passée. Ces deux débris de l'esclavage donnaient un certain air de couleur locale à la mise en scène préparée par Magarthy, et la servaient du reste avec le même zèle qu'ils déployaient jadis pour leur maître, planteur à Bourbon.

Mais tout cela ne suffisait pas à Magarthy; il lui fallait une famille avant de se produire tout à fait; elle mit Simon Lenoir en chasse, et celui-ci finit par découvrir le gibier souhaité.

Le hasard voulut que dans ce même hôtel de la rue de Varennes, nouvelle étape de notre aventurière, demeurât sous les combles, et tout à fait inconnue du voisinage, une certaine madame du Tilleul, veuve d'un noble et riche planteur de Maurice. Cette dame avait eu des *malheurs*, expression favorite de toutes les vieilles femmes qui se trouvent sans ressources! Assez instruite, elle vivait de copies et s'était faite le secrétaire de ce quartier retiré. Magarthy, qui l'avait connue de nom autrefois, pensa que cette femme pourrait la servir et, sans plus d'hésitation, elle lui fit une visite de bon voisinage et lui soumit la proposition suivante :

— Madame, vous êtes pauvre, vous êtes âgée, et le mince salaire que vous retirez de votre travail est à peine suffisant à vos besoins. Je suis riche, moi, et toute disposée à vous faire une position sortable. Voulez-vous passer, aux yeux de tous, pour une de mes tantes de l'île Bourbon?... Je vous assure deux mille quatre cents francs par an; de plus, vous logerez chez moi et vous partagerez ma table... cela vous convient-il? Je n'aime pas les atermoiements et je déteste les hésitations... Je vous laisserai l'administration de mon intérieur... Si je m'absente, vous me remplacerez auprès de mes enfants. En un mot, vous serez tout à la fois pour moi, une parente, un porte-respect et une dame de compagnie. Vous avez été riche, vous devez avoir des souvenirs du temps de votre fortune... Je vous offre le bien-être, le moyen d'économiser pour vos vieux jours, s'il vous plaît de me quitter jamais... acceptez-vous?... Je vous habillerai comme doit être habillée la tante d'une riche veuve de la colonie... et vous n'aurez plus à vous fatiguer par un travail pénible et répugnant pour une femme bien née.

Madame du Tilleul accepta... Elle sentait bien

qu'elle allait jouer un rôle honteux ; mais la perspective d'une existence aisée la décida ! La pauvre femme devint donc la tante officielle de madame Octavie de Talin. Les commencements de cette association eurent bien des moments douloureux pour elle... Au fond du cœur elle rougissait du métier qu'elle faisait ; mais souvent la misère fait taire la conscience la plus rebelle, et madame du Tilleul finit par accepter la situation de Magarthy et même par prendre intérêt à la réussite des projets de la créole... Elle méprisait Magarthy, mais elle la craignait et la servait fidèlement. Il n'y avait ni bassesse ni déloyauté à reprocher au passé de cette malheureuse créature... Elle était vieille et misérable, voilà tout; or la misère et la vieillesse sont parfois de mauvaises conseillères. Quand on approche du terme fatal et qu'on a longtemps souffert, la conscience subit bien des transformations. Semblable à la *Peau de chagrin* de Balzac, à chaque échec, à chaque désillusion, elle se raccourcit, et la conscience de madame du Tilleul avait fini par obéir à cette loi commune.

La créole la fascina, la trompa, la séduisit avec son art habituel ; elle sut attaquer ses cordes sensibles, et puis, il faut être juste, madame du Tilleul avait un fils, un fils unique, lieutenant de frégate et n'ayant que ses épaulettes pour toute fortune ! Elle espérait lui laisser quelque argent après sa mort. Que fallait-il faire pour cela ? Simplement servir de tante à madame Octavie de Talin. La pauvre femme, après quelques hésitations, était donc entrée en fonctions chez Magarthy. A partir de ce jour, la quarteronne ne sortit plus qu'avec madame du Tilleul... Elles allaient, toujours ensemble, à l'église, au spectacle, à la promenade et même chez les amants de Magarthy, car celle-ci avait réussi à inspirer quelques caprices dans le faubourg Saint-Germain : alors elle attendait dans l'antichambre.—De plus, Magarthy avait promis à la du Tilleul que le jour où elle, Octavie de Talin, ou bien l'une de ses filles, épouserait un millionnaire, elle lui compterait cent mille francs comme cadeau de noces. Alors la pauvre femme, rentrée seule le soir dans sa modeste chambre, passait des heures entières à consulter les cartes pour savoir si le Roi de trèfle épouserait Argine, ou si le vaillant Charles se déciderait à avouer sa flamme à la Dame de carreau !

Après la tante vint l'oncle, et ce fut encore le précieux écrivain du pont de l'Archevêché qui découvrit l'*Utilité* demandée. Sa profession le mettait en rapport avec toutes les classes pauvres de la société. Il découvrit un vieux planteur, de ceux que les habitants de l'île Bourbon appellent *Petits*

Blancs, c'est à dire issu d'une de ces familles blanches qui, par suite du peu de développement du commerce et de l'industrie, se trouvent, comme tant d'autres, sans propriétés et sans profession. Celui-là avait été tour à tour charpentier et mécanicien; puis, lorsqu'il eut acquis un petit coin de terre, il se vit, comme une grande quantité d'autres *petits créoles*, obligé de labourer son champ à côté de son esclave. Après 1848, il était venu en France. Du reste, innocent plutôt que naïf, abruti plutôt qu'innocent, il comprit seulement qu'Octavie serait sa nièce et qu'il serait son oncle. Il avait une figure respectable, douze cents livres de rente bien à lui, que Magarthy proposa de lui doubler; il n'accepta pas, ce qui prouve au moins son désintéressement en cette affaire, mais il avait une tenue convenable. C'était tout ce qu'il fallait à l'aventurière. Il fut donc installé non loin de madame du Tilleul, et, comme il n'a qu'un rôle assez effacé dans notre récit, nous nous occuperons de lui le moins possible et reviendrons à Magarthy qui, voyant son appartement garni convenablement, se trouvant à la tête d'une garde-robe suffisante : six chemises au moins, autant de jupons et un coffre-fort contenant cinq cent mille francs... lisez vingt ou vingt-cinq mille... résolut de commencer sérieusement sa grande œuvre. Elle se fit plus malade que jamais... Elle donna le change à tous ses médecins ordinaires en feignant une recrudescence de sa maladie de cœur qui ne lui laissait pas un instant de repos. Elle avait toujours eu des palpitations, sans gravité!...Ces palpitations lui servirent admirablement dans la circonstance. Elle ne parla plus que par demi-mots : une phrase entière l'aurait brisée!... Elle eut bientôt augmenté son entourage d'un petit cercle de femmes douteuses et de petits créoles... Mais cette société n'était pas celle qu'elle ambitionnait. Ses vues étaient plus hautes, et elle aspirait à l'honneur de pénétrer dans les salons de l'aristocratie parisienne...

Elle avait beaucoup entendu parler de madame la duchesse de Fulgence, et elle résolut de faire la connaissance de cette femme charmante qui recevait chez elle une société exceptionnelle. Les moyens d'entrer directement en relations avec la duchesse semblaient impossibles; mais Magarthy avait mis dans sa tête de résoudre ce problème, et nous verrons, tout à l'heure, comment elle parvint à se faire, pendant trois semaines, l'amie et presque l'indispensable de la Duchesse.

XXIX

LA DUCHESSE DE FULGENCE

A cette époque, la duchesse de Fulgence pouvait avoir quarante-cinq ou quarante-huit ans. Nous ne croyons pas qu'elle ait jamais été belle, mais elle était plus que cela, elle était adorable... la grâce en personne.

Le caractère de la duchesse, son genre d'esprit et son originalité formaient un tout complet et saisissant. Étant jeune, sa figure ne se distinguait que par un teint éclatant. Jamais elle n'avait voulu s'initier aux mystères du blanc en pâte et du rouge végétal... quoique souvent, chose bizarre! on l'eût accusée de se peindre, elle, la seule femme de

Paris peut-être qui ne se fût jamais *maquillée*. Ses dents étaient éblouissantes; la bouche, un peu grande peut-être, la lèvre autrichienne légèrement relevée, mais le sourire plein de finesse et de malice : — sa physionomie révélait la sérénité de son âme, la franchise de sa nature. Ses cheveux bruns et d'une finesse exceptionnelle n'avaient jamais été très épais, mais ils étaient démesurément longs... Elle avait conservé la plupart de ses avantages dans l'âge mûr... surtout sa taille de *déesse marchant sur les nuées*... Quant à son pied, c'était tout simplement un chef-d'œuvre... il était long, étroit et cambré, la cheville d'une délicatesse adorable. C'était le pied de la Vénus de Médicis. Devant lui Pradier se serait mis à genoux, et Préault serait devenu fou.

Il faut que nous avouions ici une de nos faiblesses : le vulgaire juge les gens sur la mine. Quelques-uns déclarent que la main seule est un signe de race... Pour nous, le pied est l'indice le plus sûr; il a toute une physionomie, et l'étude que nous en avons faite nous a rarement trompé. Montrez-moi votre pied, je vous dirai qui vous êtes.

Le pied plat est passé à l'état de proverbe : il trahit des instincts hypocrites, une âme vile, un caractère mesquin. — Gros, épais et lourd, il devient le signe d'un tempérament brutal; déformé, il raconte tout un passé honteux ; ainsi celui de Magarthy révélait toute sa vie. Maigre et chétif, il dénote l'irrésolution au moral comme au physique. Quant au pied bot et au pied fourchu, que Dieu nous en garde et ne nous les laisse jamais voir ! Parlez-nous d'un pied nerveux, souple et bien proportionné, qui, sous une forme aristocratique, cache une vigueur rare et qui mord le pavé comme la main de Goria attaquait le clavier sonore d'un piano. Madame de Fulgence possédait cet idéal de la perfection. Elle en était du reste innocemment orgueilleuse; elle laissait voir complaisamment le bas de sa jambe, sachant qu'on aurait cherché en vain ailleurs semblable merveille ; le cou-de-pied était plein de hardiesse; il se relevait et se redressait comme le versant d'une alpe. Il n'y avait qu'une reine ou une impératrice qui eussent le droit d'en montrer un pareil.

Du reste, elle disait souvent tout bas, dans ses heures d'enjouement et lorsqu'il n'y avait que trois ou quatre intimes dans son boudoir (comme autrefois le cardinal Maury, quand il s'écriait : « Fermez les portes, nous allons causer, nous sommes *entre femmes.* ») : « Ma figure n'a jamais été que passable et n'a guère valu la peine qu'on parlât d'elle ; mais ma taille ! voyez-vous, mes amis, ajoutait-elle plus bas encore; ma taille, depuis la naissance du cou jusqu'à la plante des talons... c'était la perfection des perfections! Quand j'étais jeune, je me disais souvent en me regardant au miroir : Est-il, mon Dieu! possible d'être si belle! Et à quoi cela me sert-il, puisque jamais personne que M. le duc n'en saura jamais rien? J'ai compris bien souvent la princesse Borghèse posant devant Canova, mais je n'oserais pas en convenir tout haut. Voilà un gros péché que je vous confesse. »

Madame de Fulgence avait une instruction réelle, variée, étendue; elle aimait l'étude pour l'étude, et n'avait jamais cherché à faire parade de sa brillante éducation. Intelligente, lettrée, savante même, prompte à la répartie, d'une grande perspicacité pour les choses d'art, elle était, quant aux choses extérieures, d'une rare crédulité. A quarante-huit ans, elle avait des naïvetés d'enfant : elle n'avait ni ruse ni adresse, et manquait absolument de savoir-faire; elle ne soupçonnait jamais chez les autres les défauts qu'elle n'avait pas. Aussi, malgré son intelligence supérieure, je m'explique très bien, tant elle était simple en certaines occasions, que, toute femme du monde, tout artiste, toute grande dame qu'elle fût, plusieurs personnes aient pu la croire niaise. « Ma chère, lui avait dit un jour la plus spirituelle des reines (c'est nommer la reine d'Angleterre), vous êtes la femme d'esprit la plus sotte que je connaisse! »

Elle était née pour être dupe! Composée de contrastes, elle avait une grande fermeté de caractère, beaucoup de décision dans l'esprit et ne revenait jamais sur un *parti pris*. Capable des plus grands dévoûments, elle était foncièrement bonne, c'est à dire naturellement bienveillante, quoique l'on eût pu dire d'elle qu'elle était la *bonté armée*.

La duchesse avait un salon comme nulle autre personne qu'elle au monde n'eût pu le constituer. C'est un des rares salons de ces vingt dernières années. Légitimistes, républicains, orléanistes, bonapartistes, s'y coudoyaient. Jamais une discussion ne dégénérait en querelle... car la maîtresse de la maison avait un tact parfait et savait diriger la conversation... Elle eût été parfaite à la présidence d'une grande assemblée. Son salon rivalisait avec celui de madame de Castellane, où régna si longtemps le comte Molé. Il n'avait pas de couleur politique prononcée, bien qu'on pût deviner les tendances de la maîtresse de la maison, mais il avait une nuance littéraire très accusée. C'était là que se décidait en dernier ressort l'élection aux diverses académies; c'était là qu'on jugeait le dernier tableau, la pièce en vogue; là enfin que se révélèrent plusieurs de nos grands hommes du jour.

La duchesse était extrêmement sévère en fait de femmes, et si deux ou trois fois par an elle ouvrait ses salons, comme elle y était obligée, à ces grandes réunions dont les femmes sont le corollaire obligé et l'accompagnement indispensable, le choix le plus minutieux dictait ses invitations. A ses raoûts de chaque semaine, elle en invitait peu... Elle trouvait que la présence des femmes en général était plus embarrassante qu'utile, et souvent gênante, dans une réunion purement littéraire. — Les femmes, disait-elle, apportent partout une frivolité banale qui ne me fait même plus sourire, depuis que je suis vieille !... Mais ce à quoi elle veillait avec le plus grand soin, c'était de ne jamais laisser pénétrer chez elle une femme du demi-monde, quoiqu'elle reçût souvent à ses grandes soirées, et se trouvât fort honorée de recevoir quelques artistes du Théâtre-Français ou de l'Opéra, heureuses à leur tour de trouver dans cette assemblée un auditoire intelligent et sympathique. On lui avait reproché souvent cette facilité peu compatible, disait-on, avec la rigueur absolue qu'elle montrait pour les femmes dont la position était fausse ou alambiquée ; mais elle se trouvait logique et ne comprenait pas ce reproche. — On n'a pas à s'occuper de la vie privée des actrices en renom, disait-elle, remplies de distinction et d'esprit pour la plupart, habituées à vivre avec les maîtres, coudoyant tous les jours les gens de génie, quelques-unes sont vraiment les grandes dames de l'époque. Madame de Fulgence eût paraphrasé volontiers une lettre célèbre de madame É. de Girardin. On l'avait vue recevoir Rachel et Augustine Brohan, ces deux reines de l'art et de l'esprit, comme elle n'eût pas reçu une princesse du sang.

Elle avait donc un entourage fervent, surtout choisi. Toutes les gloires du temps l'avaient appréciée, encensée, et qui plus est, aimée d'une adoration respectueuse. Elle était de ce genre de femmes qui semblent nées pour l'amitié. Avait-elle eu des amants dans sa jeunesse? Ses ennemis disaient que oui, et ses nombreux amis soutenaient que non. Pour notre part, nous n'osons rien décider à ce sujet, mais nous sommes bien convaincu que si quelqu'un avait osé aborder ce chapitre avec elle, elle eût répondu en toute sincérité... Elle devait avoir tous les courages, le courage de ses affections et celui de ses fautes, si elle en avait commises. Elle eût rougi de sa lâcheté, si elle eût renié une conviction ou une faiblesse; mais personne n'avait le droit de lui faire cette question, et personne ne la lui fit. Quant à nous, nous ne pouvons qu'exprimer ici notre opinion personnelle sur cette charmante femme. Nous croyons donc qu'elle avait dû inspirer beaucoup plus le sentiment de l'amitié que celui de l'amour... Si l'on avait commencé par l'entourer avec d'autres idées, d'autres espérances, peut-être, par une transition insensible, l'amour devenait peu à peu une franche et solide amitié, ayant quelque chose de l'amour en effet, comme toutes les amitiés des hommes pour les femmes, mais dans des régions idéales et désintéressées. Bref, par la nature même de sa personne, — nous avons déjà dit qu'elle n'était pas jolie, — elle n'inpirait pas le désir... Sa séduction était latente. Elle avait beaucoup d'amis, ou plutôt, pour employer une expression à elle, beaucoup de partisans... Elle n'inspirait pas l'indifférence. On l'aimait à l'excès ou on la haïssait souverainement... Ceux qui la connaissaient en disaient le plus grand bien... Ceux qui ne la connaissaient pas en disaient... le plus grand mal... Les uns l'adoraient et portaient jusqu'à l'enthousiasme leur admiration pour ses nobles et généreuses qualités... Ceux-là chérissaient jusqu'à ses défauts!... Les autres poussaient à l'extrême leur antipathie pour ses habitudes de *parti pris*, d'opinions arrêtées, de franchise impitoyable, de mépris du qu'en dira-t-on.

Elle n'aimait pas les conseils, surtout les donneurs de conseils; elle disait souvent : « Un bon conseil n'a jamais fait plaisir qu'à celui qui le donne ! » Donc, sensible et enthousiaste, elle avait des haines et des affections : haines invétérées, affections à toute épreuve. Elle n'aurait jamais fait la première une méchanceté, c'est là, croyons-nous, la vraie bonté. Je crois que la seule supériorité qu'elle n'eût pas, c'était celle du pardon : incapable d'oublier le mal ou le bien, je ne pense pas qu'elle ait jamais laissé une seule offense impunie, un seul service inrendu. Elle rendait au centuple le bien et le mal. Incapable d'agression, elle ne se servait de ses armes que lorsqu'on l'y obligeait. Mais malheur alors à l'imprudent qui l'avait offensée. Comme toutes les natures complètes, elle était vindicative, parce qu'elle était passionnée...

Elle s'intéressait à tout et avait réussi à augmenter tellement toutes ses sensations par sa force d'impression, qu'elle vivait la vie de dix femmes.

Elle avait une manière à elle de sentir les œuvres d'art. En peinture et en sculpture elle avait trois degrés d'adoration. Pour nous faire mieux comprendre, nous allons citer quelques exemples. Tout en faisant la part des modernes, elle avait un culte plus prononcé pour les anciens. Mais, là encore, se plaçaient les trois degrés dont nous avons parlé. Ainsi, dans le Salon carré, elle éprouvait simplement de la sympathie pour l'Archange saint Michel, de Raphaël; — elle aimait d'*amitié* les Noces de Cana, de Véronèse; mais elle aimait d'*amour* la Vierge de Murillo. Les mêmes nuances pouvaient être observées pour les œuvres des sculpteurs : profonde sympathie pour le Milon, de Puget; grande amitié pour le Spartacus, de Foyatier, et amour passionné pour le mignon Enfant à la tortue. En musique, elle avait un système à elle pour jouir des œuvres des maîtres de l'art. Elle commençait par les interpréter elle-même, afin de s'en rendre un compte matériel, et quoiqu'elle n'eût pas une exécution consommée, alors même qu'elle *pataugeait*, suivant son expression, le sentiment artiste dominait; s'abandonnant alors à toute la fougue de son imagination, elle se bâtissait intérieurement tout un petit roman sur le thème adopté par l'auteur. Rien de plus ravissant que ses improvisations sur les motifs connus des grands compositeurs. C'était inégal, incorrect peut-être quelquefois, avait dit Rossini, mais c'était inspiré. Ses amis intimes seuls, au surplus, avaient eu le bonheur de participer à ses rêveries artistiques, et encore c'était à la campagne; à Paris, elle faisait rarement de la musique, elle en laissait peu faire chez elle, elle trouvait que cela nuisait aux conversations; mais lorsque pendant sa villégiature elle jouait ce charmant motif de Mozart intitulé : *Lison dormait*, elle racontait, tout en exécutant les notes, une histoire délicieuse, qui s'adaptait parfaitement au sentiment qui avait dicté l'œuvre. En jouant la *Dernière Pensée de Weber*, elle pleurait de vraies larmes. Voilà, disait-elle, tout en suivant la partition, voilà bien la désolation du pauvre poète qui se sent mourir. — Oui, la nature est belle, le monde est brillant... mais lui... il meurt... Si, la, si, la, si, la... sol... Il est seul à la fin de sa vie... le pauvre chevalier... et cependant, que de trésors il avait amassés dans son cœur! Comme il eût aimé! Comme il eût pu être heureux!... Mais, vœux superflus! La mort l'emporta au plus beau de sa gloire... si, la, si, la, si, la, sol! Et l'on pleurait avec elle... On riait avec elle... Que de nouvelles charmantes elle a su trouver dans les symphonies de Beethoven! Quelle pastorale délicieuse un librettiste aurait pu mettre en vers, s'il lui avait entendu *raconter* l'*Orage*, de Steibelt, ou le *Souvenir d'un petit enfant*, d'Alfred Quidant!

C'était, en un mot, l'art fait femme! Elle avait remplacé la jeunesse disparue, la beauté absente, par les qualités les plus attrayantes. Ardente à acquérir des connaissances nouvelles, elle se livrait passionnément à tout ce qui paraissait nouveau à son esprit insatiable. Les tables tournantes l'occupèrent un mois; le spiritisme l'attira. Elle se livra tout entière à cette science qui serait si consolante, si tant de charlatans ne la déshonoraient par des spéculations indignes.

Les sciences exactes l'attiraient aussi... L'étude de la géologie la ravissait. Elle aimait à reconstruire les mondes passés avec Cuvier, ce génie superbe que David a si bien représenté, l'œil plongeant dans la nue et la main enfoncée dans le globe terrestre. Une théorie nouvelle d'un Suédois qui prétendait avoir trouvé le secret de la vie et de la mort, qui pétrifie les corps, c'est à dire les réduit à l'état d'insensibilité complète et les ranime ensuite à sa volonté, fut un nouveau prétexte d'études pour la duchesse qui fit exprès le voyage de Stockholm afin d'assister aux expériences du savant. Puis ce fut le tour du docteur Gorini, de Lodi. Elle se rendit à Turin uniquement pour se rendre compte de ses découvertes (1).

(1) Quoi de plus curieux et de plus étrange, en effet, que de voir le monde se former dans un baquet de zinc. La croûte terrestre, les montagnes et les volcans, de vraies montagnes et de vrais volcans qui vomissent de la lave et qui font entendre de véritables détonations? M. Gorini pourra, quand il le voudra, faire des mondes habitables... Il a le secret du liquide qui, selon lui, a été à la fois le principe et la matière du globe terrestre. Il ne lui manque que le

La duchesse voulait être et était, par le fait, universelle.

Elle passait sans transition d'un livre à un autre, d'une lecture frivole à une lecture sérieuse. Elle pleurait avec Clarisse Harlowe, et riait de tout son cœur avec Nicolas Nickleby. Elle aimait Marie Stuart et sentait son cœur battre, malgré les indignations d'un de ses amis, sévère classique, aux hoquets de madame Laurent. Après Rob-Roy elle dévorait Faust... Après Rabelais, elle s'attachait aux *Confessions* de saint Augustin. Les poésies de Victor Hugo et celles d'Alfred de Musset qu'elle n'avait comprises et aimées qu'à trente ans, côtoyaient

vase pour recevoir ce liquide dont il n'a révélé la composition à personne.

Non content de créer des mondes nouveaux, M. Gorini a découvert le moyen de conserver les mondes anciens. En présence d'un cercle d'élite, je l'ai vu exhiber une série de cadavres réduits par lui à l'état de statues. Ces cadavres furent trempés dans l'eau, et reprirent toute la fraîcheur et la mollesse de la chair vivante. Ce qu'il y a de particulier dans sa méthode d'embaumement, c'est que toutes les parties extérieures et intérieures, le sang lui-même, restent tout à fait intacts. J'ai pu me convaincre que les rapports signés par les princes de la science italienne, MM. Baruffi, Sobrero, Moleschott et de Filippi, étaient encore au dessous de la vérité. Dans ses moments perdus, M. Gorini fait du marbre, qui participe du bois et du caoutchouc... Un de ces jours, il fera de l'or.

(*Note de l'auteur.*)

sur son bureau la bulle *Unigenitus*. Mais toutes ses lectures étaient faites sérieusement. Elle ne faisait pas parade de sa bibliothèque. Elle ne ressemblait en rien à ces amateurs passionnés de livres qui rougissent d'entendre parler d'un ouvrage qui leur est inconnu, non pas parce qu'ils ignorent la matière que cet ouvrage traite, mais parce qu'il manque à leur collection. Pauvres bibliophiles que ceux-là, dont toute la richesse réside dans la quantité de volumes acquis! Voyez-les... Quand ils entrent dans leur cabinet, ils contemplent des monceaux d'ouvrages. Ils promènent leurs regards sur ce riche assemblage, ouvrent en une heure soixante volumes et sortent la tête embarrassée et l'esprit vide. Malades de l'amour de la collection, ils ressemblent à ces convalescents qui voient une table splendidement servie... Ils goûtent à tous les plats et sont bien vite rassasiés, sans avoir réellement mangé d'aucun.

Madame de Fulgence avait en toutes choses des opinions arrêtées dont elle ne démordait jamais; son imagination avait le pouvoir d'évoquer tel personnage de l'histoire ancienne ou moderne dont elle était éprise. Pour elle aucun de ces grands génies n'était mort... et, lorsqu'on accusait en sa présence, un de ses héros favoris, tels que Shakespeare, Molière, Schiller, Goethe, Swedenborg,

Swift, Corneille, Mirabeau surtout, et d'autres que nous oublions... il n'y avait pas un détail de l'histoire du maître dont elle prenait la défense, pas une ligne de sa correspondance, qu'elle n'eût étudiés, retrouvés, pour s'en servir comme d'un argument contre son antagoniste. On aurait juré, en l'entendant parler, qu'elle avait été la contemporaine de tous ses défunts amis.

Sa mémoire était prodigieuse, et elle avait naturellement une *méthode* sûre, grâce à laquelle elle ne se fourvoyait jamais.

Sainte-Beuve, cet érudit inépuisable, et le célèbre collectionneur d'autographes, j'ai nommé M. Feuillet de Conches, étaient souvent restés surpris, ébahis, devant cette mémoire implacable.

— Dieu me pardonne, murmurait Sainte-Beuve, la duchesse en sait encore plus que moi sur Chateaubriand!

— Cette femme est un démon... charmant, s'écriait Feuillet de Conches... Elle sait ce qu'il y a dans mes autographes les plus secrets et les plus inédits... et cependant il n'y a que moi au monde qui possède ces documents.

La duchesse avait une grande facilité d'assimilation; si elle copiait le tableau d'un vieux maître, elle s'appropriait immédiatement la tonalité de sa couleur et ses procédés intimes; de même que lorsqu'elle lisait un livre, les idées de ce livre s'incrustaient dans son esprit comme les lettres s'incrustent dans le marbre. Mais, modeste et sans vanité, elle pouvait toujours paraître instruite et intéresser son auditoire... sans jamais être pédante ou dogmatique.

D'une grande droiture et d'une grande loyauté, elle avait toutes les qualités d'un homme en même temps que toutes les sensibilités d'une femme; courageuse jusqu'à l'imprudence, vraie jusqu'à la hardiesse, dévouée jusqu'à la folie... c'était l'amie la plus vaillante qu'on pût imaginer. Elle vivait dans des termes parfaits avec son mari, excellent homme, doué de qualités négatives, et dans la diplomatie depuis l'âge de vingt ans... Il représentait la Belgique près d'une petite cour d'Allemagne ; mais comme la duchesse n'aimait rien tant que son Paris, — elle y était née et était Parisienne jusqu'au bout des ongles, — sitôt qu'on avait quelques mois de congé, ou bien dans l'intervalle d'une mission à l'autre, elle revenait à Paris où elle avait conservé dans le faubourg Saint-Honoré un charmant hôtel entre cour et jardin.

Telle était la femme chez laquelle Magarthy tenta de s'introduire.

XXX

LES NAIVETÉS D'UNE FEMME D'ESPRIT

Magarthy, grâce à Simon Lenoir, connut bientôt les habitudes de la duchesse, le nom de tous ceux qui composaient son cercle intime, et, un soir d'Opéra, elle se résolut à tenter ce qu'elle appelait le grand coup. Elle défendit à madame du Tilleul et à Simon de la suivre, et se rendit rue Lepelletier. Elle avait une loge qui faisait face à celle de madame de Fulgence, et celle-ci, pendant la soirée, demanda plusieurs fois à ses amis quelle était cette petite femme, jolie quoique déjà obèse, assise modestement derrière deux belles enfants qui occupaient le devant de la loge et qui semblaient jouir sincèrement de la musique. Personne ne put lui répondre; puis la conversation changea et la duchesse avait oublié sa voisine de face, quand, à la sortie du théâtre, au moment où elle allait monter en voiture, elle vit l'inconnue franchir le péristyle et chercher des yeux quelqu'un qui ne venait pas, un domestique sans doute. Elle allait passer outre, quand tout d'un coup elle vit cette femme chanceler et donner des signes évidents de faiblesse; la duchesse s'élança vers elle assez à temps pour la retenir. L'inconnue venait de tomber sans connaissance! La faire porter dans sa voiture, y jeter ses enfants, fut pour madame de Fulgence l'affaire d'un instant, et jusqu'à son hôtel elle lui prodigua les soins les plus empressés; mais lorsqu'on s'arrêta sous la porte cochère, l'inconnue n'avait pas encore repris ses sens. Loin de soupçonner une feinte, la bonne duchesse fit préparer un lit dans sa chambre; une de ses femmes y coucha madame de Talin, tandis qu'une autre emmenait les enfants; alors Magarthy se décida à ouvrir les yeux et à regarder tout autour d'elle, en murmurant le mot traditionnel : « Où suis-je? »

— Vous êtes chez moi, lui dit la duchesse en se nommant, et j'espère que vous voudrez bien y rester cette nuit; car, dans l'état où vous vous trouvez, je ne souffrirai pas que vous retourniez chez vous; un de mes gens va aller prévenir votre mari, et demain, quand vous serez mieux, je vous rendrai votre liberté.

— En vérité, madame la duchesse, je crains réellement d'abuser...

Mais la duchesse insista tellement que Magarthy dut céder. Un domestique de madame de Fulgence alla prévenir la tante de madame Octavie de Talin qu'elle eût à ne point s'inquiéter de l'absence de sa nièce, et la nuit se passa sans autre incident. La créole était ravie d'être parvenue si facilement à faire la connaissance de la duchesse de Fulgence, et celle-ci, après avoir fait préparer une potion à la malade, s'endormit en se demandant quelle pouvait être cette femme si *câline* et si gracieuse. Elle attendait avec impatience le lendemain pour s'éclairer sur le compte de sa nouvelle connaissance.

A dix heures la duchesse se réveilla, et sa première pensée fut pour sa pensionnaire improvisée : elle regarda du côté du lit de Magarthy, et ne fut pas peu surprise de le voir vide.

Et portant ses regards de l'autre côté de l'appartement, elle aperçut notre créole complétement habillée, qui lisait dans l'embrasure de la fenêtre. Celle-ci, aussitôt qu'elle vit la duchesse réveillée, s'approcha de son lit avec une modestie charmante, et lui dit :

— Il y a longtemps que je suis debout... mais je n'ai pas voulu vous déranger. Vous dormiez si gentiment que c'eût été un crime d'interrompre un sommeil qui devait être peuplé des songes les plus riants.

Et elle s'assit en face de la duchesse, qui lui tendait une main qu'elle s'empressa de saisir et de baiser.

— Vous ne partez pas, j'espère? Comment allez-vous? Mieux, sans doute, puisque vous êtes levée. Mais vous m'avez fait horriblement peur hier au soir.

Et ici commença entre les deux femmes une de ces conversations dont les femmes seules ont le secret. Au bout d'une demi-heure, elles se connaissaient complétement. Du moins Magarthy connaissait-elle parfaitement la duchesse. Puis vint le chapitre des confidences. Sans montrer une indiscrétion de mauvais goût, la duchesse amena tout doucement la rusée créature à lui confier sa vie : c'est ce que demandait Magarthy. Elle raconta une histoire longuement préparée. Elle était une des plus riches créoles de l'île Bourbon, mais elle ne voulait pas abuser d'une rencontre fortuite pour capter la bienveillance de la duchesse. Pauvre femme trompée cruellement au début de la vie, elle avoua qu'elle n'avait jamais été mariée. Son fiancé, qui était son amant depuis de longues années, mourut avant d'avoir pu légitimer ses enfants. On voit qu'elle s'était peu mise en frais d'invention, et que le récit qui lui avait servi pour M. de Lauménil trouvait une seconde édition. Alors, pour cacher sa honte, elle avait fui Bourbon pour toujours. Elle n'avait emmené avec elle que son oncle et sa tante, pauvres parents dont elle avait voulu rendre les vieux jours heureux, et elle se consacrait uniquement à l'éducation de sa petite famille, mais elle avait peur de ne pouvoir achever sa tâche. La maladie terrible qui la minait, l'enlèverait tout d'un coup, et ses pauvres enfants resteraient sans tutrice intelligente pour les guider dans les sentiers si ardus de la vie. Son oncle et sa tante étaient trop vieux et d'une intelligence trop bornée pour qu'elle pût compter sur une protection efficace de leur part. Ah! si elle pouvait vivre assez longtemps pour voir sa fille aînée, sa bonne et belle Mézélie, contracter un mariage sortable! Elle n'aurait plus rien à demander à Dieu sur la terre. Sa tâche serait finie, car Mézélie, une fois mariée, la remplacerait auprès de ses sœurs. Mais Mézélie était encore bien jeune : elle craignait de forcer la volonté de ce cher petit ange en lui imposant un mari. Elle n'était cependant pas embarrassée pour établir sa fille... Son immense fortune attirerait les prétendants. Elle laissa adroitement entendre que chacun de ses enfants aurait au moins soixante mille livres de rente; c'était le choix seul qui l'inquiétait. Le cœur de Mézélie ne soupçonnait pas encore l'amour. Enfin elle termina en disant qu'elle se confiait à la Providence et qu'elle attendait tout de la protection divine.

Pendant ce récit, dont nous n'avons rapporté que le sommaire, la duchesse n'avait cessé d'examiner la créole. Elle s'intéressa avec elle au sort de ses enfants; elle pleura avec elle sur la probabilité d'une fin prématurée, et, quand Magarthy eut terminé son odyssée... elle lui prit les deux mains, l'attira sur son cœur, l'embrassa cordialement et lui fit promettre de lui amener prochainement sa fille aînée.

La glace était rompue.

Magarthy venait de faire la conquête d'une place importante; elle venait de pénétrer avec effraction dans le cœur enthousiaste de madame de Fulgence.

Une liaison assez intime suivit cette première rencontre. Magarthy présenta le reste de ses enfants à la duchesse, qui les trouva charmants. Une promenade au futur château fut organisée, et cette petite partie de plaisir, accompagnée de la collation de rigueur, resserra encore les liens qui unissaient les deux femmes. La duchesse, nous l'avons dit, était foncièrement bonne. L'amour d'Octavie de Talin pour ses enfants, sa conduite en apparence sans reproche, lui firent oublier l'irrégularité de la position de cette mère sans mari. Au contraire, ce fut peut-être une des raisons qui l'attachèrent davantage à la créole. La duchesse n'avait pas de jeune fille auprès d'elle, elle pouvait fermer les yeux, à la rigueur, sur cette situation de sa nouvelle amie, qu'elle croyait au surplus ignorée de tous. Puis la duchesse, qui n'avait jamais eu d'enfant, se sentit prise d'une affection presque maternelle pour toutes ces fillettes si douces, si jolies, si bien élevées même. Magarthy, de son côté, ne négligea rien pour cimenter des relations sur lesquelles elle comptait pour arriver à trouer enfin le rempart qui sépare le faubourg Saint-Germain des autres quartiers, comme la grande muraille des Chinois les préserve de l'invasion des Tartares.

Magarthy était devenue indispensable à la duchesse. C'était une dame de compagnie gratis que la Providence lui avait envoyée. Obséquieuse, chatte, humble et prévenante, l'aventurière s'était rendue nécessaire. Jamais la duchesse n'avait rencontré une personne qui lui fût aussi sympathique. Et puis, de combien de prévenances Magarthy ne la comblait-elle pas? Chaque jour un bouquet la précédait d'une heure ou deux chez sa noble amie. Les jeunes filles lui brodaient à l'envi des pantoufles... Mille petits ouvrages au crochet lui étaient offerts par ses petites fées tricoteuses, comme elle les appelait. De temps à autre, Mézélie lui écrivait des petits billets pleins de candeur et d'affection. En voici un entre beaucoup d'autres :

« Chère et respectable bonne amie,

« Je prie le bon Dieu pour vous. J'ai demandé au ciel que vous aimiez toujours notre chère maman comme elle vous aime.

« Comme je terminais ma prière, le vent qui souffle très fort ce matin a entr'ouvert ma fenêtre, et une jolie feuille de rose est venue tomber dans mes mains. Je vous l'envoie pour que vous pensiez un peu à vos petites tricoteuses qui, elles, pensent constamment à vous.

« Nous nous demandons si jamais dimanche arrivera, afin que nous puissions vous voir. Ma petite sœur Julie a peur que nous ne mourrions toutes les trois avant ce jour-là. Moi, qui suis la plus raisonnable, je me contente de trouver le temps bien long et d'accuser les faiseurs d'almanachs qui n'ont mis qu'un dimanche dans la semaine. Oh ! les vilains chapeaux pointus, je les déteste. Mais je vous aime de tout mon cœur.

« Mézélie de Talin. »

Magarthy, elle aussi, prodiguait les billets. Elle écrivait à sa *chère amie* à propos de la moindre chose. Il est bien entendu que c'était le compère Simon qui tenait la plume. Il s'était créé, pour l'usage de Magarthy, une petite écriture de femme, fine, élégante, et qui ne manquait pas d'une certaine originalité.

Il y avait déjà quinze jours que la duchesse entretenait commerce d'amitié avec la fausse madame de Talin, et déjà, admise dans ses salons, Magarthy avait fait la connaissance de plusieurs personnes du plus grand mérite, entre autres, du vicomte de Prissé, de Jacques Tayeur, dont l'histoire trouvera sa place plus loin et que nous désignerons simplement dès à présent, par la qualification d'un des plus riches capitalistes de l'époque, de Georges Pontis, le député poète, de Berthe Legrand, la petite cousine de Tayeur, etc., etc.

Nous vous présenterons d'abord le vicomte de Prissé.

XXXI

M. DE PRISSÉ

Tout le monde élégant de Paris connaît le vicomte de Prissé. C'est une des physionomies originales de l'époque. La famille des Prissé remonte aux croisades, et compte Godefroid de Bouillon au nombre de ses ancêtres. Mais le vicomte n'est pas un homme comme un autre. Il a compris qu'au dix-neuvième siècle la noblesse de la race ne suffit plus pour constituer une véritable personnalité. Il avait reçu une éducation complète, mais c'est surtout dans les études de droit qu'il montra le plus d'aptitude. En peu de temps il devint un légiste distingué, et les avocats les plus illustres ont été plusieurs fois surpris de la finesse de ses aperçus et de la sûreté de son jugement. Homme de lettres et journaliste à ses heures, il a publié des chroniques et des articles que n'auraient pas refusé de signer des écrivains de profession ; mais la modestie de M. de Prissé désavouait, en public du moins, son aristocratique paternité.

Sans avoir l'élégance extérieure de Brummel, il a le goût épuré du comte d'Orsay ; c'est un véritable connaisseur. Personne mieux que lui ne sait décorer un appartement, apprécier un tableau ou lire dans les arabesques d'un objet d'art sa date et le nom de son auteur. Les gentlemen-riders les plus célèbres le consultent sur le choix d'un cheval ou d'un jockey, et Froment-Meurice lui-même a souvent eu recours aux conseils de M. de Prissé pour la confection de ses œuvres merveilleusement ciselées.

Autrefois, nos ancêtres se glorifiaient de ne pas savoir lire. Duguesclin prétendait que, lorsqu'on pouvait faire une croix avec le bout de sa lance, c'était tout à fait suffisant. M. de Prissé, lui, n'est pas de l'avis de ses aïeux. Il a, au contraire, la vanité légitime de sa valeur. Derrière le gentilhomme qui respecte ses titres, parce qu'ils lui viennent d'une famille sans peur et sans reproche, il y a le savant... l'artiste... l'homme moderne...

Le vicomte de Prissé avait, en général, une assez mauvaise opinion des femmes... Sceptique par principe et par expérience, il ne croyait guère à leur vertu et pas du tout à leur désintéressement. En général, il estimait même un peu moins ses maîtresses que les autres. Une seule femme au monde avait trouvé grâce devant lui : c'était la duchesse de Fulgence.

Il était un peu plus âgé qu'elle ; ils avaient été élevés ensemble, et il ne l'avait jamais perdue de vue. Il avait pour elle un véritable culte. Il lui eût sacrifié sa vie sans hésiter, et il n'est pas d'amours, pas de distractions, pas de travail, pas de caprice qu'il ne lui sacrifierait au besoin. Railleur pour tous, bourru avec quelques-uns, il est pour la duchesse plein de prévenance et de courtoisie. Dieu, son roi et la duchesse, voilà les trois articles de foi de ce gentilhomme, son *vade mecum*, son drapeau et son Paraclet.

— Ce qui fait que je n'aime pas les autres femmes et que je ne me marierai jamais, disait-il quelquefois naïvement, c'est qu'aucune ne ressemble à la duchesse !

Il était pour celle-ci plus qu'un ami, non pas un amant, — ils s'aimaient trop sincèrement pour avoir jamais pensé à cette folie au plus beau temps de leur jeunesse, — mais un frère aîné.

Il avait accompagné souvent le duc et la duchesse dans leurs voyages. En Italie, ils avaient poussé fort loin leurs recherches en archéologie et en numismatique, science où la duchesse lui disputait hardiment le pas.

Peintre d'une rare précision, elle croquait admirablement une ruine, un paysage, une cascade ou un chalet. Et, pendant qu'elle travaillait, M. de Prissé la contemplait, attendri. A mesure qu'elle prenait des années, loin de perdre ou de décliner comme les autres femmes, elle révélait un charme, une qualité, une aptitude nouvelle, et le vicomte restait émerveillé. Il avait eu plusieurs querelles pour elle ou pour son mari, un peu légèrement peut-être; mais la duchesse n'était plus assez jeune pour en être beaucoup compromise; quant au duc, qui aimait le vicomte de tout son cœur, il lui avait défendu de recommencer : « La première fois, lui avait-il dit, que vous vous faites tuer pour nous, je me fâche! »

Tel était M. de Prissé, au moment critique qui allait, encore une fois, précipiter Magarthy du sommet de ses espérances.

La bonne madame Octavie de Talin ne pouvait oublier son ancien métier : elle avait *glané* chez la duchesse, et, pour le moment, elle se préparait trois en-cas qu'elle attirait chez elle en cachette :

M. le vicomte de Prissé, qui la traitait fort cavalièrement par une espèce d'intuition, M. Jacques Tayeur, chez qui elle sentait les vrais millions qui lui manquaient, et enfin un jeune peintre qui espérait vendre ses tableaux à Tayeur. Elle menait ces trois intrigues naissantes avec une tranquillité si parfaite que la duchesse ne soupçonnait rien. Mais le voile qui lui couvrait les yeux devait bientôt tomber. Un jour, elles allèrent toutes deux à l'exposition des Champs-Élysées, et la duchesse ramena Magarthy chez elle, après avoir fait le tour du bois de Boulogne. La créole ne se sentait pas d'aise. Tout Paris l'avait vue assise à côté de l'une des femmes les plus illustres et les plus connues de la société parisienne.

Le lendemain de cette promenade, la duchesse lisait un nouveau roman de George Sand, quand arrivèrent à la fois Tayeur, Prissé et Georges Pontis. Ils avaient l'air confondus tous trois.

— Ah! duchesse! duchesse! s'écria Georges, voilà bien une de vos imprudences! Ah! duchesse, qu'avez-vous fait là?

— Mais quoi? parlez donc! Vous avez l'air de trois membres du Conseil des Dix... Voyons, vous, Prissé, parlez!

— Madame, dit ce dernier courageusement, vous êtes sortie hier publiquement avec une fille.

— Moi! quelle horreur! je n'ai vu que madame de Talin.

— Eh! voilà justement la fille en question, reprit Tayeur, non sans quelque embarras; — mais l'amant de la veille ne pouvait faire taire l'ami de vingt ans.

Alors tous trois lui expliquèrent qu'il n'y avait pas plus d'Octavie de Talin que de millions; on lui raconta d'un bout à l'autre le procès du pauvre Lauménil. La duchesse avait bien entendu parler de cette curieuse affaire; mais elle était loin de supposer qu'elle dût jamais serrer la main de l'héroïne.

— Mais êtes-vous bien sûrs?...

— Écoutez, lui répliqua Georges, j'étais sur la place de la Concorde avec l'avocat Laudier, quand votre voiture vint à passer. Il me serra le bras, en disant : — Comment! elle a l'audace de reparaître à Paris! Je lui demandai aussitôt des explications qu'il me donna de bon cœur. C'est lui qui a plaidé pour la famille Lauménil.

— Que faut-il faire?... je ne veux pas la revoir.

— Écrivez-lui! dit M. de Prissé.

— Faites-moi un brouillon alors, Tayeur, car j'ai la tête perdue, et je ne pourrais rassembler deux idées.

Tayeur écrivit de sa plus belle encre les quelques mots suivants, que la duchesse copia textuellement :

« La duchesse de Fulgence prévient madame « Octavie de Talin qu'elle ne sera plus chez elle à « dater d'aujourd'hui, partant pour ses terres pour « un temps indéfini. »

Le soir même, la duchesse recevait un billet ainsi conçu :

« Je ne suis pas la dupe de votre prétexte, ma- « dame la duchesse. Vous me chassez, moi qui « vous aimais tant ; mais je me vengerai. »

La duchesse haussa les épaules, que pouvait-elle avoir à craindre de cette femme?

Deux mois après, la duchesse de Fulgence suivait son mari envoyé en mission à Rome, et oubliait complétement Octavie de Talin et ses menaces.

XXXII

ÉVÉNEMENT IMPRÉVU — LE CINQUIÈME VOL AUX LETTRES

Tandis que la duchesse se livrait à Rome à son goût dominant pour les arts, elle reçut une lettre de Prissé qui la bouleversa. La duchesse, depuis son plus jeune âge, avait pris l'habitude d'écrire à son vieil ami, tantôt ses secrets d'enfant, tantôt ses fraîches aspirations de jeune fille, plus tard ses rêves de jeune femme, plus tard encore les opinions de son âge mûr ; elle n'avait jamais cessé de lui raconter ses joies ou ses peines, ses espérances, ses succès, ses réflexions, ses affaires, ses innocentes épigrammes, etc. Elle écrivait bien et avait un peu la manie d'écrire, quoiqu'elle fût loin d'être un bas-bleu, et, en cela, elle n'avait pas suivi la recommandation que lui avait faite sa tante, la princesse de X... le jour de son mariage : « Ma fille, faites tout ce que vous voudrez; seulement mettez des verrous à vos portes et *n'écrivez jamais!* » Propos de l'ancienne cour, s'il en fut.

Madame de Fulgence n'avait pas tenu compte de ces conseils, elle n'aimait pas les verrous : sa maison était de verre! Et de plus, comme la princesse palatine, elle écrivait à tort ou à travers, sur tous et sur tout, mais ses lettres ne devaient être lues que par son vieil ami. Il était gentilhomme, elle n'avait donc rien à craindre!

Eh bien, cette correspondance de plus de trente années, Prissé lui écrivait qu'elle lui avait été volée... volée par la créole, dont il avait été assez fou, assez idiot pour faire, lui aussi, sa maîtresse de quelques jours.

« Je suis déshonoré, s'écriait-il en terminant, et j'ai envie de me faire sauter la cervelle! Mais j'irai lui reprendre vos lettres, fût-ce aux enfers. »

Ce qui rendait ce vol plus fâcheux encore qu'on ne pourrait le supposer, c'est que, toute bonne qu'elle fût, la duchesse avait dans l'esprit un tour malin et sarcastique. Elle disait franchement ce qu'elle pensait des uns et des autres; elle le disait malignement... Enfin, elle avait la manie de faire des portraits... et sans avoir, comme Célimène, une galerie d'amants ridiculisés dans son calepin... il y avait dans ses lettres comme dans ses albums, un véritable musée de caricatures!

Tout cela taillé, esquissé par l'homme du pont de l'Archevêché, et souligné perfidement... ou plutôt altéré, grâce à l'aide de ce nouveau Râteau de Vilette, courait déjà les salons de Paris...

Et, pour comble de disgrâce, la duchesse ne pouvait se défendre, elle était à Rome!...

Cependant Magarthy ne parvint, malgré les plus habiles manœuvres, qu'à lui enlever quatre ou cinq de ses intimes, et peut-être la chose en fût restée là ; malheureusement, comme nous le disions, cette correspondance fut envenimée, exploitée, dénaturée! Il fallait, de toute nécessité, couper court à ce scandale, et Prissé se décida à se rendre chez Magarty. Il lui offrit de lui racheter ces lettres au poids de l'or ; il la supplia, lui, le gentilhomme des croisades, elle une fille! Tout fut inutile. Alors, cédant à un mouvement de rage, il cravacha cette misérable, comme il eût fait d'un cheval rétif; mais elle feignit de s'évanouir, et il dut la quitter sans en avoir rien obtenu. Un peu honteux de son emportement, il se rendit alors chez un ancien magistrat nommé Cagnotte, un fort honnête homme, qu'il avait rencontré plusieurs fois chez la créole. Celui-ci comprit l'affaire du premier coup et promit son intermédiaire. En effet, il se rendit, son code sous le bras, chez Magarthy, qui rugissait comme une hyène blessée. Elle commença par refuser tout arrangement, mais quand Cagnotte lui eut montré l'article du code qui punit d'amende et de prison les légèretés du genre de celle qu'elle avait commise, Magarthy se décida, moyennant dix mille francs, que Prissé avait remis dans ce but au magistrat, à faire l'échange proposé.

Huit jours après, la duchesse recevait toutes ses lettres... Il lui parut qu'il n'en manquait aucune, mais Simon Lenoir eut le temps de copier, peut-être même de contrefaire les principales, et Magarthy se garda par ces copies, altérées ou amplifiées, une poire pour la soif.

Cette histoire avait fait quelque bruit dans le cercle de la duchesse. Le monde, dont le premier mouvement n'est jamais le bon, revint peu à peu sur le compte de madame de Fulgence. Elle n'avait été, en définitive, que victime d'un vol audacieux. Que ne dit-on pas sur les uns et sur les autres dans l'abandon de la confiance? et, même parmi ceux qui blâmèrent la duchesse de son trop de laisser-aller épistolaire, Magarthy n'inspira que le dégoût, et peu de gens répondirent à ses avances; aussi se trouvat-elle bientôt réduite à la société de sa tante, de son oncle, de Tayeur, qui s'était laissé décidément prendre au trébuchet, malgré la part qu'il avait eue à son renvoi de chez la duchesse, —et de trois ou quatre autres personnes blessées par les innocentes malices de la pauvre madame de Fulgence, et obéissant à un dépit irraisonné et à un vague sentiment de rancune.

Ainsi Magarthy n'était arrivée à rien. Tentatives de toute sorte, liaisons exploitées, désordres publics et secrets, ruses, crimes, perfidies, mises en scène ingénieuses, elle avait tout accumulé, tout dépensé en pure perte.

Le vice l'avait trahie, aussi bien que l'amour. Comme Sisyphe, elle s'était épuisée à soulever un rocher, et le rocher était retombé sur elle.

Elle commençait à se faire vieille; elle avait voulu interroger son miroir; il lui avait répondu de tristes, d'incontestables vérités!...

En proie à une sorte de frénésie, debout devant sa psyché, son peignoir entr'ouvert, avec le coup d'œil d'un commissaire-priseur, elle avait fait sur elle-même des investigations sincères ; nous ne savons pas ce qu'elle découvrit, mais ce dut être épouvantable, car elle s'écria d'une voix sombre, mais convaincue : — C'est fini, je ne suis plus belle! c'est fini!... Où trouver un vieillard ou un collégien qui puisse se faire illusion? Non, je ne puis plus prétendre à inspirer une passion!...

Et, seule ainsi avec sa raison, en face de la glace cruelle, elle se rendit un compte exact de ce qui lui restait d'attraits. C'était un spectacle étrange et douloureux à la fois que celui de cette femme interrogeant anxieusement ce miroir, et reconnaissant avec désespoir et stupeur qu'il n'y avait plus d'avenir pour elle dans sa beauté!... En effet, son visage seul avait survécu au naufrage de ses charmes d'autrefois, et encore s'était-il élargi et sa fraîcheur avait-elle disparu; ses cheveux s'éclaircissaient tous les jours, ses yeux charmants jadis, mais qui brillaient surtout par leur mobilité et leur vive expression, n'avaient jamais été grands, et, maintenant que la face s'était légèrement bouffie, ils paraissaient petits; quant à son corps!... Hélas! on ne mène pas impunément pendant vingt-cinq ans une pareille vie! Jamais, même dans ses plus beaux jours, Magarthy n'avait été bien bâtie; mais du moins ce défaut de construction disparaissait sous les grâces de la jeunesse; plus tard, un léger embonpoint ne lui avait pas trop nui: quelquefois l'embonpoint procure aux femmes qui approchent de la quarantaine une sorte d'*été de la Saint-Martin*... Chez Magarthy il avait détruit ce qu'il devait vivifier. Conséquence naturelle de ses grossesses et de ses excès, son embonpoint ne respirait pas la santé; mal réparti, mal distribué, ressortant davantage grâce à la petitesse de sa taille, il la faisait paraître plutôt enflée qu'épaisse, plutôt obèse qu'enflée; les extrémités étaient empâtées, les chairs amollies, malsaines. On eût dit qu'une sorte d'éléphantiasis avait pris posession d'elle.

Elle ne pouvait plus douter.

— Plus d'espoir! plus d'espoir! râlait-elle; et ses dents s'entre-choquaient.

Elle frappa violemment le miroir, dont les éclats roulèrent en ricanant autour d'elle, lui répétant vingt fois, trente fois l'affreuse vérité. Tous les fragments épars semblaient la narguer. Alors elle se roula par terre au milieu des débris dont le sol était jonché, pleurant, non sa beauté disparue, mais les moyens de lucre perdus à jamais.

— Ah! si le reste valait encore ma figure! s'écria-t-elle dans un de ces naïfs et cyniques élans qui n'abandonnent jamais les courtisanes, fût-ce dans les crises les plus douloureuses, je défierais encore le monde et l'amour!...

Elle garda quelques instants le silence; elle se sentait écrasée; son cœur était plein de dégoût. Pour la première fois de sa vie, elle ne croyait plus en elle.

Que faire?

Mais cet abattement ne fut pas de longue durée.

Une autre serait allée vivre dans une ferme, loin de tout et de tous; une autre aurait demandé à l'amour maternel l'apaisement et la consolation. Mais Magarthy était elle et non pas une autre. Elle avalait les dégoûts, les déboires, les déceptions, comme une médecine salutaire; et, découragée une heure, se relevait plus ardente et plus âpre pour marcher au but.

Chose bizarre! elle était moins abandonnée alors qu'elle ne le supposait : une planche de salut existait pour elle : l'amour de Tayeur. Mais, toute à la folie de son désespoir, elle ne soupçonnait ni l'existence ni l'étendue de cet amour... Peut-être le vieillard lui-même l'ignorait-il encore?...

— Allons, se dit-elle, je vois bien que je ne serai jamais ni millionnaire, ni grande dame, ni reçue pour de bon dans un salon; mais mes filles le seront et je revivrai en elles; ce sera toujours cela : moi, esclave, fille d'esclave, j'aurai relevé ma race... Puis j'ai encore des lettres pour les aider!... Que le marchepied que j'ai à leur offrir soit de honte, de douleur, ou de sang, peu importe! je ferai le leur de tout ce que j'ai encore, de mon corps si c'est nécessaire, du déshonneur des familles s'il le faut!...

Et ses yeux s'injectaient de sang. Puis ils brillèrent d'un feu sombre.

Son égoïsme, sa soif de vengeance, son amour pour ses enfants se rencontraient dans une voie nouvelle.

Elle s'y jeta à corps perdu.

Elle fit un nouveau plan...

Quelques jours après elle partit pour Bade.

Sa famille l'accompagnait.

FIN DU PREMIER VOLUME.

[illegible]

[illegible]
[illegible]

[illegible]
[illegible]
[illegible]

[illegible]
[illegible]
[illegible]
[illegible]

[illegible]

TABLE DES MATIÈRES

FIN DE LA TABLE DES MATIÈRES.

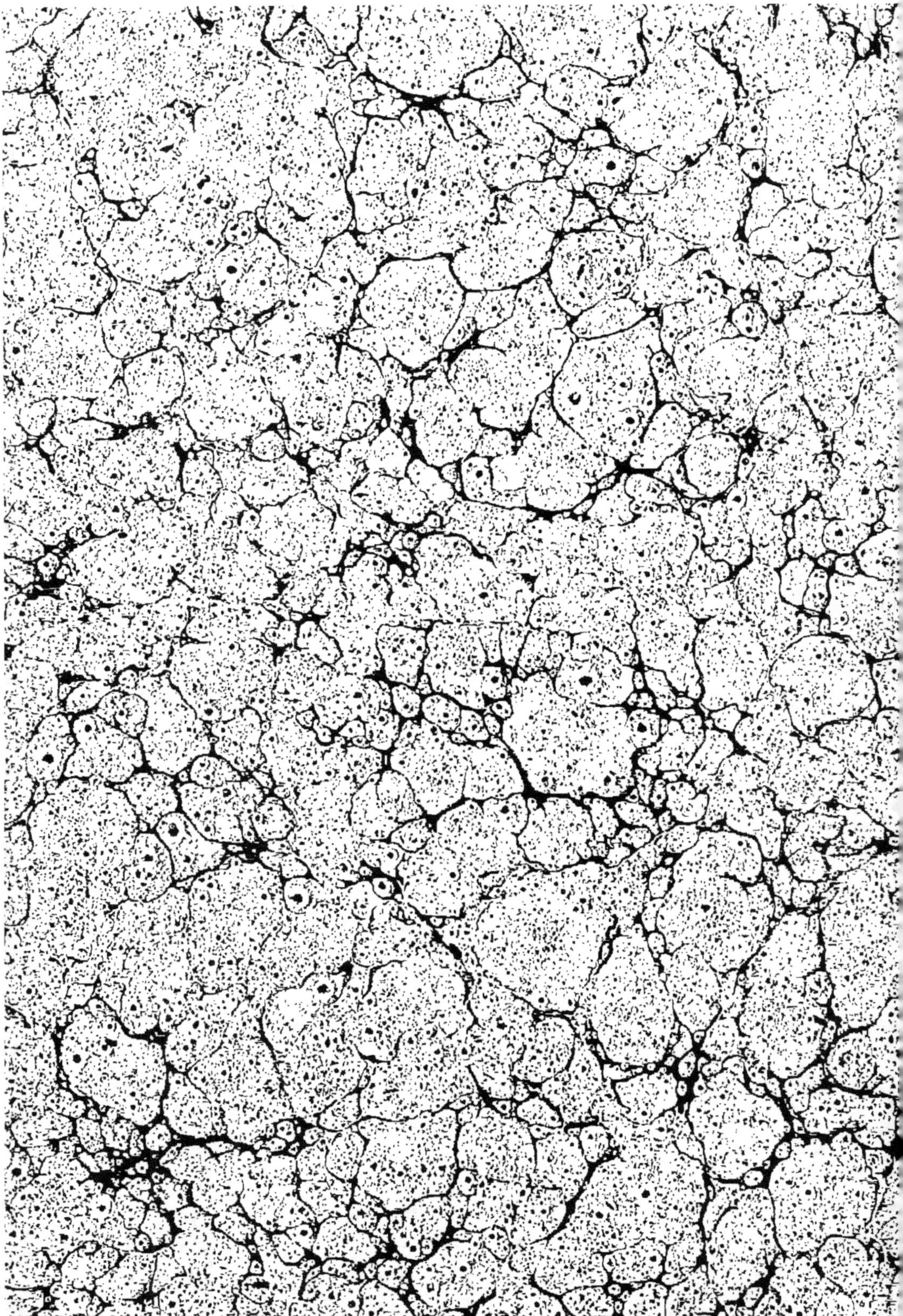

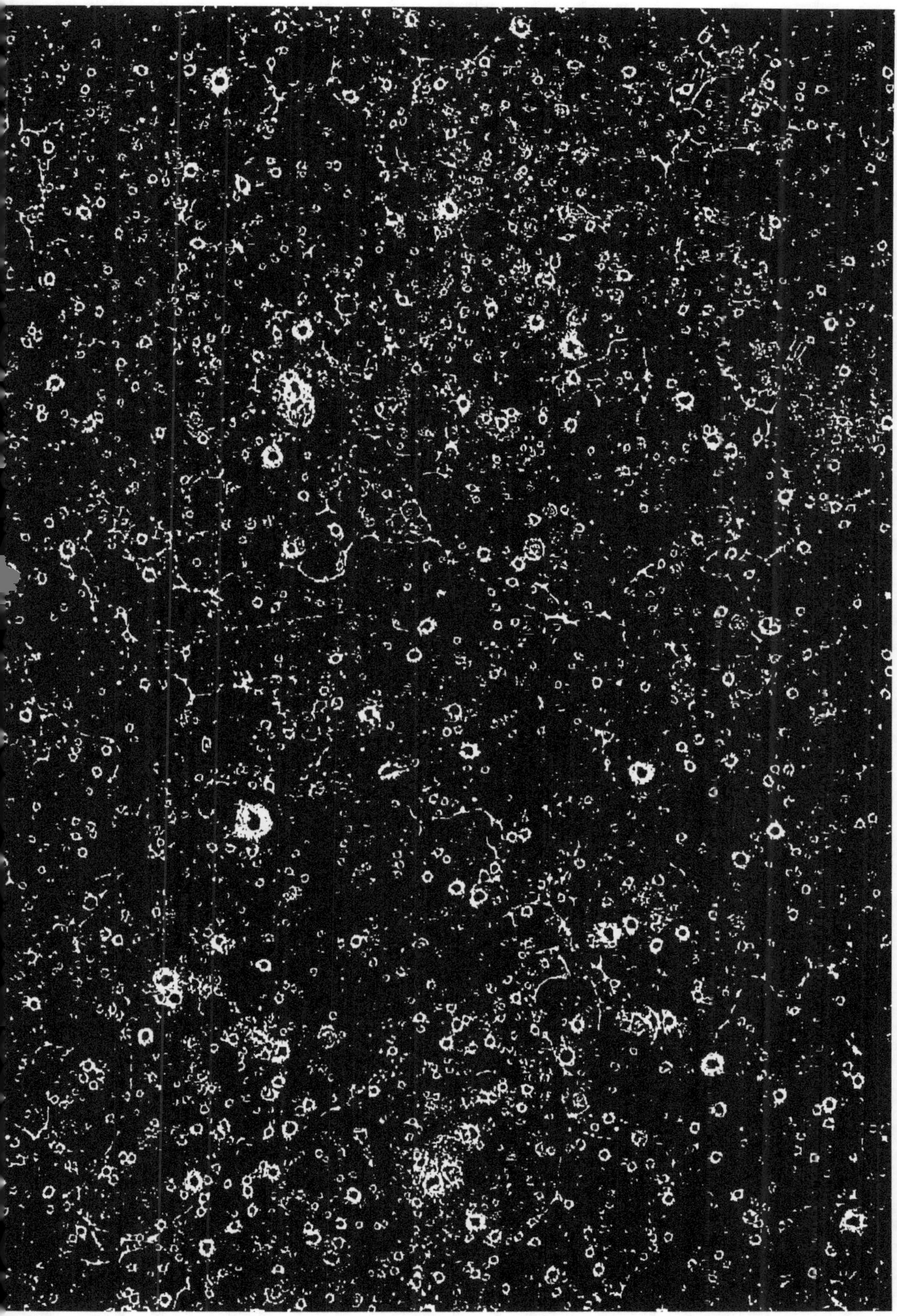

www.ingramcontent.com/pod-product-compliance
Lightning Source LLC
Chambersburg PA
CBHW070304030726
47505CB00004B/900
* 9 7 8 2 0 1 3 7 1 3 7 8 8 *